朝……勁草。寧化孤鴻去，不學鴛鴦老。

不學鴛鴦老 下

白鷺成雙 著

隨書附贈
《不學鴛鴦老》
典藏明信片
書裡的情，紙上的意

桀驁不馴將軍少帥 × 隱忍負重前朝公主

人氣古風大神｜白鷺成雙再一大作！

★甜虐齊飛，盛寵如夢——讀一頁便不忍放下！

目錄

第61章　折肺膏

三人一齊走到偏角，韓霜一翻袖口便掏出一個小瓷瓶來，遞到花月面前。

李景允還在旁邊站著，花月也放心，接過來打開塞子嗅了嗅，問她：「這是何物？」

韓霜道：「折肺膏，吃著就是山楂味兒，一口兩口不打緊，還能止咳化痰。但連續吃上一個月，便是心肺摧折，難以保命。」

李景允冷著臉便奪了那東西扔回她懷裡。

韓霜輕笑：「小女也沒別的意思，只是想問少夫人知不知道這一味藥？」

花月搖頭，她對藥向來沒什麼見解，也就先前那一個月伺候莊氏交道打得多，但也只能分出些常用的藥材，哪裡知道這製成膏的東西？

面前這人的目光甚是意味深長，眼皮子刮下來從她臉上一掃，似笑非笑地轉頭朝李景允道：「景允哥哥還是好生查一查吧，別連自己生母怎麼死的都不知道。靈前哭得歡有什麼用，人後不知是怎的一副心腸呢。」

這話帶著刺，根根都是朝著花月去的，殷花月聽得皺眉，剛要開口，身邊的人倒是搶在了她前頭。

李景允嗤笑了一聲，朝韓霜拱手，甚是柔和地道：「多謝提醒。」

韓霜一喜，捏著帕子道：「景允哥哥若是聽得進去，也不枉小女走這一遭。」

「韓小姐說的話，在下自然聽得進去。」李景允抬眼看她，「畢竟是過來人吶，都是有過經歷的，爺頭一回瞧這人前人後不一樣的模樣，還是受了韓小姐賜教。」

韓霜：「……」

花月不知道這話是什麼意思，就見面前這方才還帶著笑的人突然就垮了臉，臉上一陣青一陣白，接著就冒了眼淚。

「我是真心來幫著你的。」她哽咽，「你只管去查，查不出這折肺膏的毛病，我把命賠給你！」說罷，一跺腳就扭身走了。

李景允平靜地目送她，看她跑出大門了，才斜眼朝花月道：「都這場面了，妳怎麼不裝裝賢慧呢？來者是客，爺都給人說哭了，妳也不打個圓場？」

「老實說。」花月誠懇地道，「妾身聽著挺舒坦的，要不是韓小姐跑得快，妾身還想給您鼓鼓掌。」

「半點沒個正室夫人的氣度。」李景允板著臉教訓，嗓子一壓，又低聲道，「爺喜歡。」

世間多的是體面人圓場話，他養的小狗子能不管不顧地爭著他，比什麼都強。

不過，韓霜突然來說這麼一段話，花月心也安不了了，將就後院裡藥爐藥渣都還在，她將溫故知請了過去。

「嫂夫人。」溫故知語重心長地道，「咱們做御醫的，雖說是聞百草治百病，但真的不是有神通，這麼糊的藥渣攏上來，在下當真無法一眼看出有沒有折肺膏。」

他身邊跟了個小丫頭，在他說話的間隙，已經撚了一撮藥渣在水裡化開，仔細查驗了。

花月看得意外，低聲問：「這位是？」

溫故知擺袖：「宮裡我身邊的醫女，姓黎，一般喚她筠兒，今日本該我當職掛牌御醫院，但府上這不是有事麼，我便告了假出宮了，她一個人待著無事做，便說跟我來瞧瞧。」

長得挺周正的小姑娘，穿的卻是一身深色長衫，頭上無髻，只拿髮帶束了，頗有些不拘小節的意思。但她低頭嗅藥，臉蛋繃得死緊，瞧著比溫故知可正經多了。

「折肺膏常用的幾樣藥材，這裡頭倒是都能找著，但也不知是原來藥方裡就有的，還是後頭添的。」筠兒抬頭朝她問，「夫人可還存著藥方？」

「有。」花月連忙去給她拿。

小姑娘年紀輕輕，做起事來卻是乾淨俐落，將藥方與那一大簸箕的藥渣一一比對，就旁花壇裡撿了樹枝來分撥，一埋頭就是半個時辰。

溫故知也不催她，大袖一拂就坐在旁邊看，還給花月端了茶來。

花月覺得不太對勁，側眼打量他：「這當真只是您身邊的一個醫女？」

溫故知垂眼：「嗯，也算半個徒弟，她入行便是我在帶，望聞問切的本事不怎麼樣，就對這藥材還算親近。」

說得漫不經心，但怎麼聽都有點自豪的意思。

花月突然想起很久以前溫故知說的，喜歡一個人不一定要娶回去，身處危險，就不能連累人家姑娘。當時她以為說的是三爺和韓霜，可眼下一瞧，得，算是她會錯了意，正主多半在這兒呢。

「夫人。」分撥規整了，筠兒一臉凝重地過來道，「原先的藥方裡的確也有折肺膏那幾樣藥材，但劑量不對，藥渣裡的劑量已經是每副都加了折肺膏的程度，病人長食，不但不會好轉，反而會心肺摧折而死。」

花月一震，臉龐霎時雪白。

「這奇就奇在，藥方的劑量寫的都是對的，可這藥熬出來不對勁。」筠兒板著臉，十分嚴肅地道，「藥不對方是行醫者的大忌諱，這其中有什麼緣由，還請夫人細查，嚴懲不貸。」

溫故知捏了摺扇往她腦門上一抵：「夫人做事，用得著妳來指點？說話溫柔些，別嚇著人。」

「我也想溫柔，可這事兒太大。」捂著腦門，筠兒直皺眉，「要是別的也就算了，裡有還有您開的方子，若真給誰吃出了問題，不是也砸您招牌麼？不能輕饒。」

眸子緩慢地轉了轉，花月聲音有些抖：「我對這藥材的事不太擅長，若當真來查，也只能查查府裡熬藥的丫鬟婆子，很多時候藥還是我自己熬的，可否請二位幫幫忙，幫忙查一查是哪裡不對？」

溫故知一看她這神情就知道不妙，點頭想應，筠兒連忙道：「師父您出宮的時候就同人說了下午便回的，御藥房那幾個人可不好對付，您若真是放心不下，那把我留這兒便是，我替您查，查出眉目了您再來接我回去。」

她說著，笑盈盈地問花月：「夫人可能包吃住？小的出來的時候身上沒揣錢。」

花月僵硬地點頭，也沒聽清他們在說什麼，起身便往前頭走。

筠兒打量著她的背影，小聲道：「師父您要不說實話吧，這位夫人才是那主母親生的對不對？這難過勁兒，瞧著就讓人心疼。」

白她一眼，溫故知哼笑：「我可提醒妳，將軍府就算不是什麼外地界，妳嘴上也不能沒個把門的，將那夫人照看好，妳這醫女受箱也能早些。」

受箱便是由司藥房親發問診的藥箱，大梁宮裡的御醫院，小童醫女一開始都只是給御醫打下手的，只有正式受箱，才能開始掛牌問診。

筠兒渴望受箱可太久了，一聽這話當即就精神了起來：「我辦事您放心，好說也是十歲就出來闖蕩江湖的人，這點場子還是能鎮住的。」

溫故知最不喜歡看她這裝老成的模樣，眼眸一深便單手擒住她的雙腕，將人拉過來垂了眼皮問：「十歲闖蕩江湖？」

筠兒一個哆嗦，周身氣焰熄滅大半，但還是答：「是、是啊，睡過山神廟，遇過流氓地痞，我這兒沒什麼會怕的，您只管把我當男孩兒養。」

御醫院裡別的大夫的徒弟都是男孩兒，只她一個女孩，所以筠兒最不喜歡穿裙子，老跟別人一起穿長衫，說話粗聲粗氣，生怕誰因著這身分說她閒話。

溫故知眼眸裡深沉似海，他打量著眼前這小丫頭，突然手上用力，似要將她攬進懷裡。

筠兒臉一紅，急急忙忙掙脫開他的手，退後了幾大步。

「妳瞧。」溫故知終於樂了，「妳還是個女孩兒，當不了男孩兒。」

神色慌張，黎筠想再找補一番，可師父已經施施然起身，笑著往外走了，背影帶著一種拆穿她之後的痛快，走得瀟灑萬分。

「……」

她的師父真的很討人厭，黎筠咬牙切齒地想。

花月將平日裡照顧夫人的丫鬟婆子統統叫到了東院，說這些日子辛苦了，要給發銀子。有這等好事，人來得很齊，花月一個個地給著錢袋，順便細聲細氣地詢問功勞。

「少夫人。」前頭一溜串過去，到半途出來個精瘦精瘦的奴僕，朝她拱手道，「奴才羅惜，沒在主院裡伺候，但那主院裡用的藥材都是奴才去扛回來的，算不得辛苦。」

他說完就跪下去伸了手。

花月不動聲色地看著，將錢袋放進他手裡，朝身邊的霜降點了點頭。

羅惜領了賞，歡天喜地地告退，也沒察覺到什麼。他是個喜歡賭的，難得主人家發賭資，這會兒趕著就要出門爽上一把。

不曾想剛走到西小門，旁邊就出來個姑娘，笑著同他道：「大人，我是府上新來的醫女，您這是不是要出府去買藥材啊？捎帶我一程，我想去看看鋪子裡有沒有大點的人蔘。」

羅惜一打量，見她長得水靈，心倒也軟：「捎帶妳可以，我將妳送過去，但我有別的地方要去。」

「成。」

兩人一起出門，羅惜帶她去了平日拿藥材的地方，將她領進門就走了。

黎筠倒是懂禮，親近地與他道謝，目送他走遠了，才迎上來招呼她的掌櫃。

「您也是將軍府上的人吶？」掌櫃的笑問。

黎筠笑道：「哪兒能啊，就是沾了沾羅哥的光，被他帶著討口飯吃。」

這架勢，掌櫃的看看她又看看那走遠的羅惜，連忙套近乎：「羅哥是常來咱們這兒拿藥的，都是好藥材，您來看看？」

黎筠道：「也沒什麼好看的，羅哥今日忙，讓我來抓他六月廿那天抓的那副藥材，還是這方子，您按照先前的吩咐給。」

說著，將之前溫故知寫的藥方遞了過去。

掌櫃的一看便會意，轉頭去開抽屜，一邊抓秤一邊道：「這方子咱們熟，府上吃許久了。」

他抓好放在櫃檯上，黎筠掃了一眼，搖頭：「不對啊，好像少了點什麼，羅哥先前吩咐——誒吩咐什麼來著，瞧我這腦子，但這東西是少了點。」

「哦——」掌櫃的一副明白了的模樣，又添了幾味藥單獨裝了一包，輕聲與她道，「是這個吧？羅哥的娘親老咳嗽，他回回都要捎帶這個走的。」

採買的人，多少都會為自己撈點油水，這小包的藥材不過分，掌櫃的也樂意替人瞞著，送個人情。今日見她是羅惜親近的人，掌櫃的也就順手遞過去了。

黎筠將兩包藥一併帶回去，放在了花月面前。

「單這一包沒什麼要緊，可這兩包若是混在一起熬了，和著原本就有的芥子、細辛和冰片，便等於加了折肺膏。」她沉聲道，「手段挺高明，藥堂裡的人不會覺得抓錯了藥，問起來也不會說漏嘴。」

花月定定地看著這兩包藥材，嘴唇上一點血色也不剩。

她以為莊氏這一輩子已經夠苦了，可沒想到最後她的命是在她手裡折了的，她沒防著藥裡會出蹊蹺，就這一個疏漏，竟是直接害了莊氏。

「少夫人。」霜降在旁邊，聲調突然急了，「您冷靜些。」

花月覺得奇怪，她還有什麼好不冷靜的呢？她只是坐在這裡而已，什麼話也沒說，霜降急什麼？可下一瞬，霜降撲過來抱住了她的身子，花月才發現自己抖得厲害，幾乎要坐不住這凳子，牙齒間磕得嘎巴作響。

黎筠飛快地拿出一截軟木來塞進她嘴裡。

「這東西咬著，防止咬著自個兒舌頭。」她看了看花月的臉色，安撫緊張的霜降，「這是急火攻心，一時沒緩過來，不是病。但話說回來，少夫人您別這麼急，再急也沒用，有人使壞心眼咱們就把人逮回來便是。」

抓一個羅惜多容易啊，可壞人抓回來了，莊氏呢，她沉冤未得昭雪，死得不明不白，誰給她出這口怨氣？

「奴婢覺得，羅惜這一個奴僕，沒這麼大的膽子害主母，更何況他與夫人又無冤無仇。」霜降一邊撫著她的背一邊道，「咱們冷靜冷靜，這背後肯定還有別的事兒，您不能亂，您亂了，這事更沒人管。」

花月閉眼，漸漸平緩下呼吸。

黎筠連忙遞了茶過來。

飲下一口熱茶，花月回過神，聲音低啞地問：「羅惜懂藥材麼？」

回憶一番，黎筠答：「他時常幫著抓藥，一些尋常藥材是認得，但他不懂藥理，未必就知道這折肺膏有什麼功用。去的路上小的套過兩句話，發現這羅惜好賭，家裡一窮二白，但最近一直在賭，若說有人給他銀子讓他使壞，也是說得通的。」

花月應了一聲，扶著霜降的手站起來，身子直晃。

「夫人，要不小的給您也把把脈？」筠兒唏噓，「您這模樣要是給三公子瞧見，還不得來找我麻煩？」

「無妨。」花月擺手，「妳歇著便是。」

她抬步出門，瘦削的身子被外頭的秋風一吹，薄得像是要被吹走似的，黎筠看得忍不住感慨，這府裡主母去世，少夫人又是個柔弱的，可不得被人欺負麼？幸好三公子是個有本事的，熬過這一道坎，他們許是就好了。

出了小院的門，花月挺著柔弱的小身板，冷聲吩咐霜降：「備上車馬。」

霜降很是擔憂：「三公子還沒回來，這府裡還掛著喪，您身子骨最近又不太好，就別出門了。」

花月看了她一眼，眼神冷得像當初西宮裡她與她見禮的時候。

霜降也不是什麼尋常人，原先好歹也是個小郡主，在一堆來給西宮請安的郡主裡頭，就她最不服氣這小主，因為不知道小主到底算個什麼身分，憑什麼就得她跪下？

可後來山河破碎，花月同她一起在宮裡相依為命，又一起輾轉到了將軍府，她反而服了這主子了，別的小丫頭都只會哭，她在宮裡哭過一場之後，出來都是頂著梁的，哪怕身邊人都覺得她是個靠不住的，她也有自己的章法。

頂著這眼神，霜降嘆了口氣，去給她備來最穩當的馬車，扶她上去坐。

花月去的是京華裡有名的極樂坊，這地方賭錢莊大，賭客絡繹不絕，可以上桌下注，也可以開桌與人對賭。

上一回來這地方，還是來抓李景允的，三爺混帳事沒少幹，賭自然也賭過，那一次李景允死活不肯回去，還是她坐上了桌子，用一個篩盅贏完了他身上的銀子，將他逮回了府。

殷掌事什麼都會，包括賭錢，小時候從沈知落那兒學來的技巧，就指著這個贏過可惡的大皇子。

眼下再進這地方，花月沒再上桌了，只找來了管事的，關著房裡吩咐了兩句。

羅惜拿了賞錢就站在這極樂坊裡不動了，他覺得自己運氣好，一上來就贏了五兩雪花銀，於是跟著繼續下注，可好事沒個長久的，他那點賞銀連著贏回來的銀子，不到半天就都輸了。

「管事的。」他扭頭道，「我想賒幾個籌子。」

這地方的人都知道他是老賴，一般是不會賒帳的，但今日掌事許也是心情好，直接讓他按了手印，拿走了五十兩。

羅惜就著這五十兩在賭場裡玩了三天，三天之後，身無分文地被趕了出來。光是趕走也就罷了，他還欠了錢，幾個打手圍著他，要他五日內將銀子補來，不然他這胳膊腿都別想要了。

他先前欠銀子，也就三四兩，頭一回欠上五十兩，知道是要完蛋了，連忙回府去求管帳的少夫人。府裡這少夫人心腸軟，羅惜覺得有戲，跪在她面前哭了個昏天黑地，結果不曾想少夫人端著茶道：「將軍府上不出壞帳，你幹多少活兒就拿多少銀子，沒有預支這麼多的道理。先前給賞銀，是念著你照顧夫人也算有功，如今你這可就算是得寸進尺。」

羅惜灰溜溜地出來，啐了兩口，不過眼珠子一轉，倒是想起了另一茬。

他去市井茶樓裡遞了話，求見了一個面白無鬚的人，又是行禮又是磕頭，連威脅帶哄騙地讓人拿銀子過來。

倒不是他胡攪蠻纏，先前他替將軍府抓藥，這人親自上門來給了他個紅封，讓他多抓一個方子云云。羅惜也不傻，這些大人做陰損事，肯定算個把柄，再換來五十兩銀子他就封口，也算不白忙活。

面白無鬚那人沉默地聽完，應下了：「這麼多銀子，你跟我回府去取吧。」

羅惜大喜，當即就跟著走了，結果越走越偏，到了個無人的地兒，旁邊突然躥出來幾個人，舉起棍棒就把他往死裡打。

殺人滅口可比給銀子封口爽利多了。

花月在暗處瞧著，看他們打得差不多了，才招了招手。

另一群人也躥出去，將這些個打人的打手和那面白無鬚的領頭人一併抓住，帶回了將軍府。

日落收網，花月不慌不忙地往主位上一坐，聽得下頭的人嚎：「你們這沒有王法啊，怎麼濫用私刑抓人吶？快把我們放開！」

將茶盞一闔，她望著下頭，嚴肅地道：「你們光天化日之下打傷我將軍府的人，還跟我說王法？」

領頭那個臉色一變，眼珠子轉了轉，道：「誤會，誤會，認錯人了。」

羅惜被打得只剩了一口氣，趴在旁邊的擔架上艱難地道：「不是誤會，請少夫人做主，他們欠錢不還，還要對我下狠手——這個人叫德勝，咱們認識的。」

德勝臉色幾變，轉眼瞧見這屋子裡就兩個娘們，當即動了狠心，掙開背後捆著的麻繩就想抓了那少夫人過來當質，好離開這地方。

然而，他剛起身上前，那柔柔弱弱的夫人就一腳將他踹得跪了回去，咚地一聲悶響，疼得他齜牙。

「力氣還不小。」花月點頭，「給他換個鎖鏈吧，腳上也戴一副。」

一眾護院從暗處衝出來，七手八腳地按住他，德勝這才知道跑是跑不了的，一雙眼灰暗了下去。

「說說吧，為什麼打我府上的人？」花月皺著眉尖道，「不是我嚇唬你，在這兒你們還能說上兩句話，等府上那位爺回來瞧見，怕是直接以牙還牙，將你們都打死在這兒了。」

倒吸一口涼氣，德勝左右看了看，笑道：「少夫人，當真是誤會，小的也算與三爺相識，您怎麼著也得信我的，不能信了這狗奴才的謊話。」

第62章　今宵又吹昨夜風

「與三爺相識。」低聲重複他這句話，花月納悶地撫著自個兒的袖口，「那這幾日府上掛喪，怎的也沒見過你來弔唁？」

「夫人抬舉。」德勝賠笑道，「說是相識，也只是見過面，有些往來，小的這身分，也不是能來弔唁的，但您放心，小的做不出壞事來。也是這刁奴開口勒索，才有今日這一番衝突。」

花月點頭，看向旁邊的羅惜：「那你便說清楚吧，人家欠了你什麼錢？怎麼又說是勒索了？」

羅惜渾身都疼，聽著德勝這滿口的推脫，更是氣了個夠嗆，也顧不得那麼說了，撐著一口氣就道：「這賊豎子圖謀不軌，他對將軍府——」

話沒說完，旁邊有個打手突然掙脫桎梏，朝著他後腦勺就補了一拳。

「咚」地一聲悶響，羅惜額頭砸地，聲音頓消。

茶盞往桌上一放，花月沉了臉：「這是何意？」

「少夫人休要聽他胡言，這賭徒嘴裡哪有半句真啊？」德勝連忙道，「誰敢打將軍府的主意？這奴才是輸急了眼了，想找銀子救命，胡亂冤枉人。」

揮手讓旁邊的黎筠去查看羅惜的傷勢，花月看著他繼續問：「你是哪家的人，想讓我信你一遭，也該報上門楣，讓我看看佛面。」

德勝猶豫地瞥著旁邊給人把脈的黎筠，嘴裡含含糊糊地嘟囔著。

黎筠摸過脈搏，朝花月搖頭道：「斷氣了。」

眼裡一喜，德勝立馬直言：「小的是太子僕射霍大人手下的差使，霍大人為人端正，小的自然也做不出空口白舌冤枉人的事情來，今日這事實在是這刁奴咎由自取，原先小的也不知道他是將軍府上的人，這才傷著了。少夫人且將小人放了，小人回去便請霍大人與小人一塊來賠罪。」

竟是東宮的人，花月垂眼。

屋子裡安靜下來，德勝略有不安，正想著要不要再找補兩句，卻聽得上頭突然道：「既然如此，那你便走吧。」

「少夫人？」霜降指了指下頭羅惜的屍體，欲言又止。

花月擺手：「咎由自取，讓他們走。」

「是。」

德勝欣喜萬分，帶著人離開將軍府，只覺得神清氣爽。該滅的口滅了，將軍的人也沒有要追究的意思，他這差事辦得圓滿妥當，回去定能有賞。

羅惜的屍體被拖走了，花月看著地上那一攤血，乾嘔了兩口。

「是奴婢大意。」霜降站在她身側，聲音極輕地道，「先前就有東宮糾察魏人的消息傳出來，奴婢是沒料到他會連夫人也不放過，這才讓人鑽了空子。」

搖了搖頭，花月靠在椅背上淡笑：「誰能料到他會戒備至此呢。」

周和朔原本就忌諱前朝餘孽，他是打定了主意要重用李景允了，所以會想先除去莊氏這個隱患。活生生的一條人命，也不過是權勢爭鬥旋渦裡一個不起眼的氣泡。

抬手扶著額，花月低啞地笑出了聲。

「少夫人。」黎筠打量著她的氣色，小心地問，「可要診診脈？」

「不必。」她起身，拿了一個紅封過來遞給她，「這些日子多謝妳。」

黎筠嚇了一跳，連忙擺手：「叨擾多日，得少夫人包吃包住已經是極好，哪兒還用得著這東西。我回去收拾東西，晚些時候讓師父來接我。」

「好。」花月也沒硬塞，只讓霜降去幫著她收拾行李。

來的時候黎筠也沒帶多少東西，但就這幾日，少夫人給她添置了不少，其中還有一件石青色繡花長裙，霜降收拾的時候拿出來給她比了比，笑道：「姑娘還沒穿過呢。」

黎筠搖頭，粗聲粗氣地道：「在御藥房裡行走，哪裡穿得上這個。」

將裙子給她捲進包袱裡，霜降小聲道：「應該會挺好看。」

她已經很久沒有穿過正經的長裙了，黎筠想，也無所謂，早些受箱比什麼都有用。

沒一會兒，外頭有奴才來叫，霜降讓她先自己收一收，起身便出去了。

屋子裡已經基本收拾乾淨，黎筠盯著包袱裡那石青色的一團想了一會兒，跟做賊似的左右看了看，然後關上門，將折好的裙子抖開。

上好的綢緞料子，做工精緻，輕輕一晃便是一圈兒漣漪泛下去，溫柔極了。

舔了舔嘴角，黎筠忍不住偷摸換上。
剛在銅鏡面前轉了一圈，那闔上的門突然被人一推，黎筠嚇得原地跳了起來，急聲問：「誰？」
這心虛勁兒，透過嗓子清晰地傳了出去。
門外的人似乎僵了僵，然後沒動靜了。黎筠狐疑地望著門口，又捏了捏自個兒穿著的裙子，剛想要不要換一身再去開門看看，結果就聽得窗臺上「咿」地一聲響。
有人踩著窗沿跳進了屋子，怔愣片刻，然後扶著窗邊的長案笑出了聲。
「哈哈哈——」
聽見這熟悉的聲音，黎筠臉都綠了，扭頭就罵：「好歹是人師父，哪有翻窗戶進來的？」
溫故知笑得前俯後仰，淚花都直往外蹦：「我當妳鎖著門做賊呢，原來——」
黎筠急得跳腳，抓著裙擺就撲過去捂住他的眼睛，臉紅脖子粗地道：「不許看。」
「也不難看，妳氣什麼？」隨她捂著，溫故知倒也不掙扎，只往長案上一靠，身子低下來些好讓她不用踮腳，「想穿就穿，師父也沒笑話妳。」
這還沒笑話呢？就差把房頂給笑翻了。
黎筠氣得狠了，反手就將他往窗外推：「出去出去。」
猝不及防地當真被她推了出來，溫故知踉蹌兩步站好，臉上依舊笑意盈盈：「別換啊，就這麼跟我回御藥房，保管平日裡欺負妳的那幾個藥童看直了眼。」
「呸！」屋子裡的人一邊更衣一邊罵，「誰稀罕。」

一陣鬧騰，兩人坐上了回宮的馬車。

黎筠雙頰通紅地坐得離他老遠，溫故知眼角瞥著她，知道她是真臊著了，眉梢一動便道：「溫家陽盛陰衰，我娘生的三個都是兒子，幼時老太爺盼孫女，我娘便給我穿那羅裙抱去給老太爺逗樂。」

那頭正氣著呢，一聽這茬，眼裡冒出點好奇來，緩緩扭頭看向他。

溫故知坐得端正，十分正經地道：「穿的就是那小羅裙，一轉圈就能揚起來，我還記得有一件石榴色的，繡的是富貴鴛鴦，老太爺最喜歡看那身，逢年過節就讓我穿，一直穿到我八歲，知道臊了，才甘休。」

看看面前這長身玉立的師父，又想想那石榴色的小羅裙，黎筠一個沒忍住，失笑出聲。

這一笑，心裡瞬間舒暢了，不就是裙子麼，誰沒穿過呀，師父都穿，她偷摸試試有什麼好羞的。

黎筠不惱了，重新坐回溫故知身邊，眨巴著眼偷著樂。

心裡暗嘆一口氣，溫故知搖頭，這年頭徒弟也不好帶啊，帶著個小磨人的，還得自個兒來哄。

「少夫人那事查清楚了麼？」他問正事。

黎筠老實地答：「清楚了，藥方是東宮霍大人手下的一個胖奴才給的，不過少夫人似乎沒有要追究的意思，當堂就把人給放了。」

她說著更納悶：「少夫人在想什麼啊？分明為那主母的死肝腸寸斷，卻不願意替她追查凶手。」

溫故知聽得唏噓，要不怎麼說小嫂子聰明，這小丫頭笨呢，莊氏大門不出二門不邁，從來與人無仇怨，東宮的人怎麼會對她下手？都只不過是領錢替主子辦事的。

既然是主子想讓人做的，她查也沒用，不會留下直接的證據，更何況她區區一個將軍府少夫人，還能告得了當朝太子不成？

長公主那邊最近沒什麼動靜，太子爺自然就是風頭無兩，最近朝中大小事宜都是問過他的，儼然有了監國的意味。在這個節骨眼上，誰與太子硬碰硬誰就是上趕著投胎。

小嫂子會憋下這一口惡氣嗎？溫故知沉思著看向車外。

秋收的日子近了，大梁的皇帝終於從煉丹長生之事中醒過神來，開始盤查這第五個年頭自己的國力如何。周和朔等人也就趁著這個機會卯足了勁兒邀功。

沈知落被安排去了宮裡陪陛下說長生之事，周和朔的意思，是讓他想法子說服陛下，把開春巡遊各地的差事交給他，但不知為何，沈知落去了一趟回來，陛下沒鬆口。

誰都不知道沈知落在御前說了些什麼，周和朔自然也不能與他為難，只是沈知落到底也是魏人，周和朔厚禮謝過他，還是將他放回沈府，不再親近。

蘇妙聽見消息，以為沈知落會失落傷心，連忙準備了一桌子山珍海味，打算好生安慰安慰他，以彰顯自己為人妻子的賢慧。

然而，沈知落進門來，卻是一臉平靜，繞過她低聲吩咐星奴兩句，沒一會兒這屋子裡就坐滿了她不認識的人。

「妳先去歇著吧。」他同她道，「我還有些事要與人商量。」

扁扁嘴，蘇妙有點委屈：「我不能聽？」

沈知落篤定地搖頭。

行吧，蘇妙退了出去，一身秋香色的長裙，就在庭院裡跟遊魂似的來回晃蕩。

「小姐。」木魚被她晃得眼花，「您找地兒坐會兒？」

蘇妙停了下來，眨巴著眼問她：「木魚，我煩人嗎？」

木魚搖頭：「您是最懂事的，從來不礙著誰，哪裡會煩人。」

「那都這麼久了，他怎麼還是不待見我呢？」蘇妙蹲下身子，長長的裙擺掃起地上兩分灰，怎麼看怎麼沮喪，「說什麼都不讓我知道，我把他當內人，他還是把我當外人。」

「這——」木魚想了想，「許是事情實在要緊，姑爺不好說。」

蘇妙撇嘴：「表哥還不瞞著我事兒呢。」

雖然也瞞著小嫂子一些，但那不一樣，他瞞的都是為小嫂子好，時刻備著神替她兜底。屋子裡那位是完完全全把她當外人，像塊兒冰，捂來只化她滿手涼水。

蘇妙從來不在意沈知落從前喜歡誰，他喜歡小嫂子也好，喜歡別人也罷，但娶了她了，總得把她當個人啊，她又不是院子裡種的樹，每天只需要澆水。

俏麗的臉陰沉下去，瞧著可憐兮兮的。

木魚想了想，道：「那您乾脆也瞞著姑爺，別什麼事都跟他說了。」

「我也想啊。」蘇妙皺眉，「哪兒忍得住？我一看見他就想說話，想給他說今兒遇見什麼事，吃了什麼看見了什麼，院子裡的螞蟻怎麼搬的窩，枝頭上的鳥兒怎麼孵的蛋。我嘴上沒個把門的。」

喜歡一個人就是這樣，有說不完的事兒，再無聊的東西瞧著他說出來，也是甜絲絲的。

蘇妙很苦惱：「他怎麼就不能對我甜點兒？」

搓了搓胳膊，木魚猶豫地道：「奴婢早就想說了，姑爺身上一股子死氣沉沉，瞧著漂亮，魂兒卻不剩什麼，像是先前誰送來的那個孔雀占枝的擺件，只剩了好看的翎尾，它不活啊。您圖個什麼？」

搖搖頭，蘇妙覺得這小丫頭不會賞，沈知落身上就是這股子死氣最動人，好看又空洞，讓人想把他填滿看看是個什麼風華。

不過沈知落一直不讓她填，許是她差了點，怎麼都撬不開他這關得死緊的心眼兒。

摸了摸手腕上捆著的符文髮帶，蘇妙長嘆一口氣。

府裡的客人走了，沈知落半倚在貴妃榻上出神。

蘇妙湊過去，分外委屈地看著他。

「怎麼？」他闔眼，「誰又得罪妳了？」

「你。」她眨眨眼，「你最近忙起來，又不愛搭理我了。」

好笑地掀了掀眼皮，他道：「妳自己一個人也挺會尋樂子的，前些天不是還將我新買回來的花瓶給砸了？」

心虛地移開目光，蘇妙道：「那是不小心，誒，誰同你說這個了，你看看表哥和我表嫂，人家也就比咱們早成親一個月，怎麼就那麼黏糊恩愛呢？」

沈知落看向她：「因為你表嫂吃錯了藥，真心實意地喜歡妳表哥。」

微微一噎，蘇妙輕哼：「我也是真心實意地喜歡你啊。」

眼前這人眸子掃過來，深黑之中泛出些微紫光，似笑非笑：「我以為妳在我身邊久了，能分得清喜歡和欣賞。」

「什麼意思？」她不解。

「喜歡是天底下最狹隘的東西，會吃醋，會在意。欣賞就寬厚許多，不管那人心裡有誰，她都不會在意，只是喜歡他身上的某一樣東西。」他看進她的眼裡，平靜地道，「妳是後者。」

蘇妙愕然，有那麼一瞬間她覺得面前這人在生氣，可眨眼看看，他說得很正經，像學堂裡循循善誘的教書先生。

「在妳眼裡，我同花瓶差不多，只是因為好看，妳想要，便要了。」沈知落搖頭，「妳什麼都不懂，卻指望我傻乎乎地掉進妳這坑裡。」

「過不過分？」

這麼一聽真的好過分哦，蘇妙義憤填膺。

不過只活潑了那麼一瞬，她便安靜下來，一雙狐眸看著他，略微有些委屈：「以前沒人教我什麼是喜歡什麼是欣賞，我分不清，只是想跟你在一起，所以跟你在一起了。」

沈知落一頓，神色複雜起來。

面前這人活得熱烈又張揚，可一這麼老實坐著小聲說話，就沒由來地讓人心疼。

「打從定下婚約開始，我就知道你心裡有別人，不然也不會成天讓我帶你去見小嫂子，每回在小嫂子面前，你都不太一樣。」她想了想，「我是知道這些還愣是要嫁過來的，再倒回去吃醋，不顯得可笑麼？」

是因為知道這東西不該是她的，有幸到手，便不會挑這東西的毛病。

與其說她冷血無情，不如說她是小心翼翼。

沈知落臉色幾變，口氣裡還是沒忍住帶了兩分惱：「別擱我這兒裝可憐。」

蘇妙立馬笑了：「我才不可憐，怎麼看也是如願以償的，倒是你，天天對著我這張臉，又什麼都不肯說，別憋壞了才是。」

說完跟著起身，瀟灑地一拂裙擺：「不跟你鬧了，我帶木魚上街去。」

沈知落想拉住她，可這人躥得比猴子還快，一眨眼衣裙就消失在了門外。

手裡空落，他慢慢收回來，頗為頭疼地揉了揉額角。

秋收福壽宴是宮裡備來犒賞百官的，每年的這個時候，百官連同各地封王都會向帝王稟告這大半年的收成和各自當職的建樹，周和朔一早安排好了人，明為述職，實則邀功，讓父皇知道他這個太子也不是白當的，好在之後放心地將皇位交給他。

李景允帶著花月也去了這福壽宴，月露臺上敬酒，就聽得一溜串的大臣都報喜不報憂，順帶歌頌東宮有孝心，會做事。

要是就這麼任他們說完，那聖上必定更加器重太子。

李景允盯著杯子裡的酒，正猶豫要怎麼說話呢，就見內閣裡上去幾個人，大聲稟了各自建樹，又順帶將太子爺吹捧得天上有地上無。

那幾個人平日裡是不沾黨爭的，突然這麼說話，李景允很是意外。

更意外的是，後頭上去的戶部和刑部，也有人大肆褒獎太子。

龍椅上坐著的人先前還眼含笑意，可聽到後頭，臉上就沒什麼神色了，李景允眉梢一動，輪到他的時候，便也拱手道：「陛下，太子這大半年無一日休沐，朝政內外事皆處理得宜，禁軍調度雖還未完成，但御林軍數萬人已經悉數重新歸整妥當，定能保陛下高枕無憂。」

他接著稟了御林軍的幾件大事，都是先前陛下吩咐他做的，每一件都捎帶感謝太子指點。

這福壽宴皇子皇孫一個都是不能來的，周和朔自然也聽不見他們說了些什麼，稍後問起內侍，也只說無人說歹言，句句是誇讚。

滴水不漏。

花月看著他答完話坐回自己身側，笑著給他添了菜。

「那幾個人，妳認不認識？」李景允斜眼，指了指方才誇太子的幾個大臣。

花月從容地搖頭：「沒見過。」

她沒撒謊，原先見的人本來就少，那幾位大人就算是魏人，也認不出她來。

只是認得沈知落罷了。

平靜地抬袖進食，花月看著天上那甚好的月光，心情舒暢。

宴上坐著的人不少，有喝高了的，旁邊便是能歇息的小苑，宮人捏著宮燈來回引路，康貞仲醉醺醺地就坐在了小苑的椅子裡。

「好日子啊。」他拉著宮人的袖子笑，「今兒是個好日子。」

他給陛下回稟了不少大事，樁樁件件都是經太子爺的手，而未曾稟告過陛下的，太子多疑遺傳自誰啊？康貞仲想起陛下那眼神就覺得高興。

蚍蜉不能撼樹，但蟲把樹幹多鑽幾個孔，那樹總有倒下來的時候，等了這麼久，今兒算是邁出第一步了，值得多喝兩杯。

手裡抓著的宮人像是被他嚇著了，掙開他便慌忙往外跑。

先前還鬧鬧騰騰的別苑，不知什麼時候就安靜了下來，外頭一輪圓月當空，照得四下潔白如許。

康貞仲笑了一會兒就沉默了，望著屋子裡寂靜的桌椅，他長嘆了一口氣。

年歲不小，雙鬢都已經花白，可除了手裡稍縱即逝的權力，他這一輩子好像什麼也沒剩下。

他想起齋月，那個端莊的姑娘曾經問過他：「仲志向為何？」

彼時少年意氣，滿懷衝勁，他說：「我自當維護蒼生，做那頂旗的將軍。」

可是後來，他為了功名利祿，屠殺了半個大魏宮城，他沒有當成將軍，倒做了自己深惡痛絕的文臣，連刀都再也沒拿起來過。

齋月選李守天其實是對的，他再畜生也比自己厲害。

低啞地笑起來，康貞仲抹了把臉。

門外有人進來，慢慢地踱步到他身邊坐下了。

他側頭，迷迷糊糊間瞧見一個姑娘，不由地失笑：「還會有女眷在這福壽宴上喝多了要歇息？」

那人轉過頭來，竟是開了口：「大人還記得大魏有一個胖胖的老王爺麼？破城的時候，那老王爺就站在宮門口，唱了幾句戲。」

酒氣上湧，康貞仲也沒問這人是誰，笑著就答：「記得，他嗓子還不錯，不過那一摺子沒唱完，就被我砍下了腦袋。」

他有些可惜地道：「我現在夢裡還時常聽見那腔調，怎麼唱的來著？今宵——」

身邊的姑娘打著拍兒就與他和：「今宵又吹昨夜風，春花飄搖舊夢中。」

「就是這個。」康貞仲醉醺醺地問，「後頭呢？」

第63章 福壽宴

後頭是什麼，霜降記得最清楚了，她家的老王爺總愛唱這麼幾句，清晨在庭院裡打著拍子，和著露水清風，回回都將她吵醒。

「今宵又吹昨夜風，春花飄搖舊夢中，回首前塵無別事，故人笑倚舊堂東。」

老王爺的嗓門亮堂，唱起這幾句來通透又婉轉，穿過晨曦間的霧氣，招來老王妃的幾句責罵。

「好說是個王爺，怎的淨學些下九流的勾當，哪有在這高門大院裡唱戲的，叫今上知道，又要說你不務正業。」

老王爺脾氣好，被說上兩句也是樂呵呵的，只摸著肚皮笑：「國泰民安啊，國泰民安的時候，哪兒用得著我務正業。」

那時候的大魏的確是國泰民安，有老祖宗留下來的好底子，也有滿朝的忠良臣，霜降也還只是個不知事的小郡主，躲在父母蔭下玩玩鬧鬧，時常與人說一說那西宮小主的閒話。

然而沒幾年，朝裡出了內訌，從根上爛了起來，山河破碎，敵軍壓境。

霜降就趴在那花窗上，看著自己年邁的父王收起了唱戲的摺扇，戴上了已經生灰的盔甲。

上京破的時候，父王知道已經無力回天，但他還是帶著人去宮門口守了，他想為這大魏留個根，想讓那西宮小主有機會藏。

一身盔甲盡碎，滿臉魏人熱血，他就站在那紅牆黃瓦下頭，像每個清晨站在她窗外一樣，亮堂著嗓子唱：今宵又吹昨夜風，春花飄搖舊夢中。

可惜沒唱完，康貞仲就提著他的大刀策馬而過，光影照透了宮門，血濺出去也不過幾點暗色，那站得端正的老王爺頭顱被人砍下，胖胖的身子打了個趔趄，像是不想倒。

霜降被人捂著嘴帶走，眼裡能瞧見的，就是宮門口自家父王漸漸僵硬的身子，被康貞仲一馬鞭打碎在血膩的青石板上。

「回首前塵無別事。」

霜降捏著袖口，學來自家父王的兩分模樣唱，「故人笑倚舊堂東——」聲音稚嫩，甩腔卻和老王爺一樣婉轉，綿長悠揚得像一摺子舊夢。

「好！」康貞仲搖頭晃腦地給她拍手，醉眼朦朧間，就看面前這姑娘臉上帶著笑，眼裡卻是落下兩行清淚來。

為什麼唱這幾句都能唱哭呢？康貞仲茫然地湊上前去，想問。

可不等他問出口，心間卻是猛地一涼。

一股子冰寒穿心透肺，將他渾身酒意都嚇退了，康貞仲雙眼暴凸，怔愣地看著面前這有兩分眼熟的姑娘，目光緩緩下移，落在自己被錐子穿透的胸口上。

「奉家父之命，來送您一程。」霜降收回手，笑著擦了臉上淚，「來得晚些，還請大人莫怪。」驚恐地看著她，康貞仲不敢呼吸，跌下椅子抖著手往外爬。

他還不想死，他還有齋月的仇未報，哪兒能就這麼下去見她？可是，身後的人沒有要放過他的意思，沒爬兩步，背上倏地一重，胸前那本就進了三寸的錐子頓時全數沒入心間，疼得他撕心裂肺。

康貞仲慘叫了起來，他想喊救命，但這提不上氣來的叫喚，很快被霜降那婉轉的唱腔給壓了下去。

秋夜風涼，寂靜的小苑裡一聲又一聲地唱著《舊堂東》，聲音淒清惶然，被風捲著吹去了福壽宴的方向。

宴席上正是熱鬧，吹拉彈唱很是齊全，沒人會在意這細微的動靜。只殷花月倚在桌邊仔細地聽著，一拍一拍地給她敲著桌沿。

她給霜降準備了一個月，這齣戲今日總算是唱了，長嘆一口氣，花月端起杯盞就同身邊的李景允碰了碰。

李景允側頭瞥她一眼，盯著她那杯子，似乎想起些事兒來，伸手便給她換了一盞茶：「喝這個。」

花月不樂意：「難得今日高興，哪能不喝酒？」

「妳這酒量，一口下去妳受不了，爺也受不了。」他意有所指地點了點她的腦門，「老實些。」

呷了一口茶，花月扁著嘴將茶杯放到旁邊，嫌棄地掃了兩眼。

這姿態有些嬌俏，她做完自己都愣了愣，失笑搖頭。到底是被寵著長大的孩子，骨子裡這點兒蹬鼻子上臉的勁兒不管經歷了多少事，只要再被人一寵，都得重新泛上來。

花月是怎麼也沒想過，李景允能和她走到這一步，初在一起原本還是互相厭棄的，到現在，這位爺已經會寵著她讓著她了，日子過得太舒坦，以至於她想回去找沈知落的麻煩，問問他算的到底是什麼卦，怎麼就不會有好下場了？兩人不是都好好的麼？

等她將這些仇人清算乾淨，就安心陪他過日子，過兩年生個小孩兒養著玩，她怎麼著也不會是個孤苦一生的下場。

滿足地抿了抿嘴角，花月靠在了旁邊這人的肩上。

「怎麼？」李景允哼笑，「醉茶？」

掐他一把，她氣笑了：「誰連這個都醉？」

「那保不齊妳想碰瓷呢。」他嘴上擠兌，身子卻還是側過來些，叫她靠著更舒坦，「累了說一聲，爺帶妳從小路開溜。」

花月：「……」

這福壽宴還能開溜？脖子硬虎頭鍘砍不動是怎麼的？

唏噓搖頭，花月繼續喝茶。

沒一會兒，下頭上來個人，在李景允身邊小聲稟告：「大人，旁邊那小苑出事了。張大人沒個主意，想請您過去一趟。」

薛吉死後，張敬儀成了禁衛統領，但他那人愚鈍，閱歷也不多，一遇著事就只會讓人來找李景允。李景允也不知那頭怎麼了，站起身就想過去看看。

「噯。」花月突然捂了肚子，臉色蒼白地抓住他的衣袖。

「怎麼？」李景允回頭。

「肚子疼。」她眉眼皺成了一團，額頭上的冷汗說下來便下來了，唇上血色褪去，整個人瑟瑟發抖。

李景允嚇了一跳，將她扶起來吩咐宮人去找溫故知，然後朝那稟告的人道：「讓他自己看著辦，我管不到禁衛那頭去，實在不行先找殿下。」

本來他就是受命監管御林軍，只是看在太子的顏面上偶爾幫幫張敬儀，自家夫人有事，那自然是夫人在前，外人在後。

花月很欣慰，拉著他的手哼哼唧唧得更加厲害。

傳話的人為難地退下了，李景允一邊替她揉著肚子一邊有些狐疑：「真疼？」

「真的。」她齜牙咧嘴地靠在他懷裡，「唉喲，都疼得不行了。」

墨瞳瞇了瞇，他湊近她耳側低聲道：「溫故知馬上就來，妳要是真疼，爺便去告假，但要是裝得來嚇唬人，妳今晚可完蛋了。」

背脊一涼，花月輕吸一口氣，眼珠子亂轉。

溫故知來得很快，藥箱往旁邊一放就來給她把脈，花月張口欲言，李景允卻是伸手將她連嘴帶眼睛一起遮了，冷聲道：「他診完之前妳別吭聲。」

完了，花月兩眼一抹黑。

溫故知隔著手帕把了半晌的脈，看看她又看看自家三爺，猶豫地問：「席上喝酒了？」

「沒。」李景允哼笑，「爺攔著呢，東西也沒亂吃，你別給她找藉口，實話實說，這桌上還有什麼能讓她肚子疼成這樣？」

神色複雜地看著他，溫故知食指緩緩抬起，落在了他的心口。

李景允：「？」

「嫂夫人有兩個多月的身子了。」他道，「這只能是您讓她肚子疼的。」

管弦嘈雜的福壽宴，那些個正被敲打彈的樂器突然都發不出聲音了，四周的人聲都飄遠，李景允傻了眼地看著溫故知，腦子裡一片空白。

花月也怔住了，她拿開眼前的手，瞪著眼看向溫故知：「兩個多月身子？」

溫故知點頭，迎著她這懷疑的目光，實在沒忍住翻了個白眼：「您二位自個兒都沒個察覺的？」

這怎麼察覺？她最近一直很忙，李景允比她還忙，兩人雖然也常做那臭不要臉的勾當，但誰也沒料到這麼快就有了。

她剛剛還盤算著過兩年呢？

「嫂夫人是墜疼還是怎麼個感覺？」溫故知嚴肅地道，「若是墜疼就要小心了，身子還不穩，保不齊一個粗心就沒了。」

她就不是真疼，只是不想讓李景允去攪合渾水而已。花月張口想解釋，可還沒說話呢，手就被抓住了。

三爺這先前還滾燙的手掌，眼下再握過來，竟是有些發涼。

「那怎麼辦？」他問。

溫故知這叫一個唏噓啊，兄弟這麼多年了，哥幾個做夢都想聽見三爺問他們這句話，也讓他們來替他操回心，可誰也沒等到。不曾想，今日竟是在這個場面裡聽見了。

「扶夫人回去歇著，熬些保藥，早晚散散步，多餘的事兒就別做了，將養著吧。」他寫了個方子遞過去。

李景允二話不說就要去告假，可那上頭還有人在與今上說著話呢。花月一看，連忙將他拽住：「不妨事，我這會兒好些了，等席散了再走也來得及。」

現在走了，誰去接應霜降啊？

李景允沉著臉瞪著她，一瞪又怕嚇著人，神態稍緩，頗為彆扭地道：「爺自己想回去了成不成？」

「那你回去。」花月笑，「我就在這兒坐著。」

「……」許久不罵人的李大都護，終究是沒忍住低咒了一聲。

他轉身，掀開衣擺僵硬地坐回了她身側。

溫故知安慰他：「三爺也不用太緊張，嫂夫人自個兒是最清楚狀況的，她說沒事就是沒事。」

「爺沒緊張，不就懷個身子麼，誰沒懷過似——不是，誰沒見過似的。」他皮笑肉不笑，打著扇兒別開頭。

花月捂著肚子樂，側頭一看他，忍不住伸手勾了勾他放在身側的手掌。

他掌心收攏，將她死死握住。

前頭吹拉彈唱的熱鬧在繼續，花月也不看了，就盯著他的側臉笑，心裡前所未有地覺得飽脹滿足。

「殿下。」

周和朔正在姚貴妃宮裡陪著說話呢，突然就聽得人來稟告：「福祿宴上出了事，內閣的康大人死在了旁邊供人歇息的小苑裡，禁衛沒抓著凶手，正在挨個查。」

一聽這話，周和朔變了臉色。為了讓禁衛立功贖罪，今晚這福祿宴是讓張敬儀帶人巡邏的，突然死個人，張敬儀還有活路嗎？

「去，讓人先按下消息。」他沉聲道，「不能讓父皇知道這事。」

下人領命去了，可沒一會兒，又顫顫巍巍地回來道：「陛下傳康大人問話了。」

「怎麼會？」周和朔大驚，「不是才問過嗎？」

「有大人說起內閣修書之事，陛下說未曾聽稟，便讓康大人回來再說兩句。」

不對勁，周和朔搖頭：「不可能有這麼巧的事。」

擺明了是有人故意的，殺康貞仲……他一早就知道康貞仲是那些前魏餘孽的眼中釘肉中刺，一直讓人護著呢，也就最近忙了些，護的人手少了，竟就出了事。

別的地方都不出，愣是要橫到帝王眼皮子底下，這就是衝著他來的。

周和朔朝姚貴妃行了禮便往外走，親自帶兵盤查，想在這宴席散去之前先將消息壓住，把凶手抓到，也好將功折過。

姚貴妃看著他這來去匆匆的模樣，微微皺眉，妖嬈的身段倚在貴妃榻上，嬌慢地哼了一聲。

周皇室裡的男人，哪怕是她肚子裡掉出來的，也都是薄情寡義。

伸手添了香，她打了個呵欠，繼續睡。

霜降是動了手就走的，按照花月給她安排好的，在小門與人接應上，便一起回宮門左邊的奴才廂，誰知已經在人群裡站著了，還是有人帶了人來，將方才不在廂裡的奴才都帶了出去。

手心發汗，霜降站在幾個人當中，大氣也不敢出。

她鞋底是有血的，被人抓住，便是證據確鑿，還會連累花月和將軍府。可眼下實在也沒處跑了，四下都是人，怎麼辦？

檢查衣裙的宮人已經走到了她跟前，霜降低著頭，眼前一片花白。

「將軍府的丫鬟在哪兒？」遠處，突然有人問了一句。

霜降一凜，連忙抬頭，就見溫故知挎著藥箱過來，皺著眉道：「跟我走一趟。」

「大人？」幾個小官面面相覷，「這兒在查東西。」

「查什麼？」溫故知問。

周和朔吩咐了要壓消息，底下這些小官誰敢透露？支支吾吾地就說是太子吩咐。溫故知一翻手就拿出太子的信物來在他們眼前晃了晃：「這也是太子吩咐，將軍府上的夫人身子不妥當，叫丫鬟快去幫個忙接應著，不然出了事誰也擔待不起。」

說著，一把將霜降往外拉。

如獲大赦，霜降跟著他走出去便朝他行禮：「多謝大人。」

「謝什麼？這真是妳家夫人的吩咐。」溫故知一邊走一邊道，「也不知出了什麼事，禁衛突然圍著人不讓走，嫂夫人說肚子難受，三爺去找了太子，這才讓妳和嫂夫人先回府。」

花月反應倒是挺快，霜降擦了擦額上冷汗，長出一口氣。

周和朔壓消息的動作是挺快的，但架不住皇帝一直要找康貞仲，到宴席散去，幾個重臣在御書房裡站著，帝王一盞茶就摔在了太子跟前。

臉色蒼白，周和朔就著茶渣碎片便跪了下去：「父皇息怒！」

原本聽那麼多人上趕著誇太子、說太子功績，他這皇帝就有些臥榻被他人酣睡的不悅，眼下出這麼大的事，他竟然要到最後散席龍顏大怒一通才知道。

皇帝深深地覺得，是自己太寵慣這個太子爺了，讓他驕橫起來，目中無人。

「禁衛失職不是一日兩日，朕想給你機會，奈何你不是這塊材料，將禁衛軍的牌子交了吧。」皇帝沉聲道。

周和朔驚得面無人色，可帝王盛怒之下，他也不敢再做忤逆之事，連忙讓人去將兵符拿上來。

皇帝順手就扔給了李景允。

「陛下，這——」李景允跪下來，滿臉忐忑。

旁邊站著的大臣都明白，給李景允就是還給太子留著顏面，畢竟是交情深厚的兩個人，總比扭頭給其他皇子來得好。

周和朔心如刀絞，但也知曉這意思，低著頭不再吭聲。李景允左右看看，為難地謝了恩。

出了御書房，周和朔也沒責怪他什麼，但心情著實不好，扶著宮人的手便走了。

朝堂上再怎麼爭權逐利，兵權還是比什麼肥差都重要的，長公主先前痛失管事院，眼下太子又痛失禁衛軍，朝中原本最倡狂的兩股勢力，終於是有了衰敗的苗頭。

與此同時，李景允青出於藍而勝於藍，手握京華兵權，狠狠地給李守天長了臉，周圍的人跟著沾光，連蘇妙這兒都有人遞禮，想讓她幫忙說說媒，看李大都護可要什麼妾室？

蘇妙捏著一堆畫像小樣一張張地看，一邊看一邊樂：「都是些什麼人啊，還想進我表哥的院子。」

沈知落斜她一眼：「妳家表哥是什麼天人，凡人還配不上了？」

「不是這個意思。」蘇妙笑著湊過去，「你看啊，這姑娘比你跟我加起來都胖，是想進院子壓死我表哥不成？」

小樣瞧著著實有些豐腴，沈知落揮手讓她拿開：「妳小嫂子有了身孕，你表哥未必不想納妾。」

一般的正室有孕，家裡男人都會納個小妾暫陪身側，可蘇妙覺得這行徑簡直是臭不要臉，一張嘴撅起來，都快撅上了房梁：「舅母孝期還沒過，他想也不成。」

想了想，她又問：「要是我懷了身子，你也會納妾？」

睨她一眼，沈知落沒答。

都這麼覺著人家了，自個兒當然也是這麼想的，蘇妙沮喪起來，摸了摸自己的肚子。

她好像擔心不到這茬去，都這麼久了，她的肚子一直沒有動靜。

沈知落最近也不愛與她親近了，白日裡與人密談，晚上便在書房裡歇息。她有幾回厚著臉抱著被子過來找他睡，他也沒怎麼搭理，有一回她忍不住撒潑，問他是不是外頭有人了，這人倒是灑脫地道：

「妳去抓，抓到了妳便給我寫休書。」

蘇妙都要惱死了，卻也沒什麼辦法。

實在無趣，她拋下沈知落出門去了棲鳳樓。

朝裡最近頗為動盪，李景允在棲鳳樓裡同柳成和他們商量事，一見著她便挑眉：「妳這是什麼怨婦相？」

沮喪地往他面前一坐，蘇妙問：「沈知落最近有什麼事兒嗎？總也不搭理我。」

「來得正好，剛要同妳說呢。」李景允道，「趁著還早，妳要不給他寫封休書？」

蘇妙當即就跳了起來，踩在凳子上做了個猛虎下山式：「他當真在外頭有人了？」

什麼亂七八糟的？李景允用看傻子的眼神看著她，旁邊的柳成和小聲與她解釋：「妳那好夫君聯絡了不少魏朝舊部，正替五皇子與那太子爭奪明年開春巡遊的機會呢，火燒得旺，妳表哥怕燒著妳，讓妳先脫身。」

冷靜了下來，蘇妙不解：「這裡頭有五皇子什麼事？沈知落與他都沒怎麼見過面？」

「碰巧抓著五皇子有親王封號在身，算朝中除了太子之外最有出息的罷了。」李景允道，「他們就是想要個傀儡，偏巧五皇子年紀小，還沒學會這些勾心鬥角。」

想起那日席上看見的周和珺，蘇妙想說那看起來也不像個傻子啊，可還沒說出來，李景允就道：「總之，妳那夫君想拉我將軍府一起蹚渾水是不成的，給他一封休書吧。」

「有道理。」蘇妙點頭，「說什麼都不能連累將軍府。」

柳成和欣慰地指著她朝李景允道：「三爺您瞧，您還擔心呢？看看表小姐多麼以大局為重。」

「我還沒說完。」蘇妙拍手，「既然不能連累，不如我就鬧點動靜，表哥你再鬧大些，讓整個京華都知道我是個白眼狼，忘恩負義，背叛將軍府，從此與將軍府一刀兩斷，不再有任何關係。」

一個沒站穩，柳成和打了個趔趄。

李景允算是提前料到了，只哼笑一聲：「命不要了？妳這婚事是太子指的，就指著妳來維繫東宮和將軍府的關係。」

「也不至於丟命。」蘇妙瞇著眼睛笑，「他會護著我的。」

沈知落？李景允神色複雜地看著自己這傻表妹，半個京華都知道沈知落待自己的新婚妻子不好，也就她還這麼一根筋。

第64章　她眼裡的他和他眼裡的自己

「此事也不是妳這麼輕飄飄一句話就能定得下來。」李景允接著道，「妳是將軍府養出來的半個女兒，哪兒那麼容易逐出家門？再者說，妳要是為個男人連親人都不要了，還不得被人戳斷脊梁骨？」

「讓他們戳。」蘇妙哼笑，「舅母一走，整個將軍府裡我也就與你還算親近，表哥只要還念著我，那我也不算沒了親人。至於別人，愛怎麼說怎麼說，我一向不往耳朵裡進。」

李景允真不知道該誇她灑脫還是罵她沒心沒肺。他搖頭嘆氣，拂袖道：「真到那一步再說吧。」

一聽這話，蘇妙就知道表哥是捨不得自己去遭這個罪，她也不吭聲，笑嘻嘻地行禮告退，回了一趟將軍府。

「三爺。」溫故知略微擔憂地道，「表小姐發起瘋來，咱們可攔不住。」

李景允扶額，很是納悶地問：「那沈知落除了皮相有幾分動人，到底還有什麼好的？她怎麼就對人這麼死心塌地了。」

「感情這事誰說得清楚呢。」溫故知抿唇，「好比三爺你，身邊有了嫂夫人之後，也像換了一個人。」

瞎說，他跟以前也並無什麼差別，哪像蘇妙似的著魔？李景允腹誹。

再說了，他養的小狗子可比沈知落好多了，又乖巧又懂事，雖然偶爾有些小手段，但在他能收拾好爛攤子的範圍內，壓根不算什麼事。

花月自打知道自己肚子裡多了塊肉，就變得老實了許多，沒有再四處亂走動，只在散步的時候同霜降說說話。

「康貞仲的案子周和朔依舊在查。」院子裡只她們兩個，霜降扶著花月的手，一臉凝重地道，「或許會查到奴婢身上。」

看著院子裡黃了的銀杏，花月輕笑：「查到妳身上又如何？人證物證一樣也沒有，妳抵死不認，便如同那德勝，牽連不出身後的人，自然也就能全身而退。」

誰也不會想到一個丫鬟會同內閣大人有這麼深的仇怨，哪怕推敲出來當時只有霜降有作案的機會，證據不足，礙著將軍府的庇佑，也動不了她。

只是，會引起周和朔的疑心。

不過周和朔那個人，疑心重也不是一日兩日，先前還畏懼幾分，眼下失了兵權虎落平陽，應該不會那麼咄咄逼人了。

想起李景允同太子那複雜的關係，花月底氣其實不是很足，她也怕李景允會為了保全與太子的關係，而將霜降宰了給人平怒。

應該不至於吧？她沉思。

晚上李景允回來，兩人依偎在軟榻上，他突然問：「聽說霜降心情不好，把先前一些舊衣舊鞋都燒了？」

微微一頓，花月略微不安地垂眸。這位爺如今這麼忙，哪裡會在意一個丫鬟燒什麼東西，能問出這話來，多半是聽見了什麼風聲。

也不怪霜降，那鞋上有血，不燒不行。

「唉———」眼珠子一轉，花月長嘆一聲，捏了帕子擦了擦眼角，「可不是麼，那丫鬟重情義，先前總穿那一身伺候夫人，如今睹物傷情，一天比一天消瘦，不如燒了來得好，妾身已經應允了給她重做一身衣裳。」

身後這人沉默片刻，意味深長地「哦？」了一聲。

心裡不安，花月坐直了身子回頭看他：「爺想問什麼？」

似笑非笑地撐著額角，李景允悠哉地道：「沒什麼，隨便問問。」

袖口捏緊，花月神情嚴肅起來：「霜降與妾身也算是打小一塊長大的，您要是覺得她哪裡不好，也先跟妾身說說，別突然為難她。」

「爺又不是不講理的人。」他輕笑，「妳急什麼？隨口一問罷了，又不是要納妾。」

「真要是納妾那還好呢……」她小聲嘀咕，眼下這情況，誰也不敢動李大都護的人吶。

李景允瞇眼打量她，墨黑的眼底閃過一絲不悅：「妳是盼著爺納妾呢？」

花月搖頭：「盼不至於，但您如今身分不一樣了，妾身又還懷著身子，給這院子裡添個人也是尋常事，妾身也只是隨口一說。」

心裡一沉，李景允陰了半張臉，側頭去看窗外蕭蕭的秋風捲葉，嘴角抿了起來。

的確是有不少人想往他身邊塞人，他初掌權，用這後院裡的法子來與人維繫關係鞏固地位是最方便不過的了，但他沒選這路子，怕人擾她清淨，愣是讓蘇妙把這些人都擋了。

結果怎麼著，人家覺得是尋常事，倒是他白操一回心。

屋子裡的氣氛有些不對勁，花月納悶地看著面前這人，想了想，給他拿了一塊蜜餞來。

「真當這是萬靈丹？」李景允冷笑，「拿開，爺不想吃。」

眉梢一耷拉，花月抿唇拉了拉他的袖口。

她不是個會撒嬌的，性子原本就清冷，加上壓根不知道自己錯在何處，整張臉上都是茫然。

李景允斜眼睨了她半晌，還是心軟了，沒好氣地摸了摸她的小腹：「今日可有什麼不適？」

「沒。」花月乖巧地答，「午膳也用得很好。」

「嗯。」

伸手將她抱回懷裡，他算是消了氣了，又開始撫弄她的髮絲。

李景允自以為這樣已經算是極盡溫柔了，但凡她有點心，都能察覺到自己對她的好吧？

可是，花月靠在他懷裡，感受著他這粗暴的薅頭髮動作，心裡只覺得這位爺是變著法兒撒氣呢，於是僵硬著身子一動也不敢動，生怕又惹他哪裡不對，然後霜降遭殃。

軟榻上一人淺笑一人惶恐，心思各異，卻難得地很和諧。

「那邊的新宅子要完工了，爺想著派霜降過去督工收尾，妳覺得如何？」李景允低聲詢問。

周和朔在康貞仲的死上栽了大跟頭，自然不會輕易放過這個案子，他派了霍庚並著幾個文官全力追查凶手，已經將霜降列入了懷疑的名冊，查過來只是早晚的問題。

雖說人不一定是霜降殺的，但若因為一個丫鬟，讓周和朔查到花月的身上，那便是得不償失，所以讓霜降出去避避是最好，等事情平息些，再回來不遲。

李景允是這麼想的，可話聽在花月耳裡，就是他知道了真相，要與霜降撇清關係的意思。

花月很能理解他這不想讓將軍府受牽連的想法，可霜降若是離開這府邸，便只有死路一條，到底是一起捱著苦難過來的，她沒道理白白看著她去死。

「公子。」她皺眉道，「妾身身邊如今只霜降這麼一個貼心的，您支走她，妾身怎麼辦？」

「府裡有的是丫鬟婆子，非她不可嗎？」

「非她不可。」花月篤定地道，「您要是覺得新宅那邊無人看顧，那妾身與她一起過去。」

這不胡鬧麼，她現在這身子，他擱府裡都擔心她磕著碰著，還要送去那灰泥堆裡？李景允連連搖頭：「妳這是翅膀硬了，還學會了威脅人。」

「妾身不敢。」她側頭看他，「但夫人走了，這院子裡就霜降與妾身親近，妾身想留她在身邊。」

話都說成這樣了，李景允也沒辦法，無奈地靠在軟枕上道：「妳也就仗著爺寵妳。」

緊繃著的身子一鬆，花月朝他行了個禮：「多謝。」

懷著身子到底是不一樣，說話都有分量，要是以前她這麼逆著他，他還不得把她和霜降打包一起扔去新宅？

花月這叫一個唏噓啊，先前本來還有些擔憂的，她這身分懷將軍府的孩子，怎麼看怎麼不妥當，可眼下她想明白了，走一步看一步吧，也不一定就是壞事。

只是，孫耀祖和尹茹著實有些煩人，聽聞她有了身孕，便覺得整個將軍府也可以拿來利用，甚至想讓她給李景允吹枕邊風，讓他幫五皇子一把。

開什麼玩笑，她敢提五皇子一個字，李景允就敢把她活吃了。

瞥一眼旁邊這人分外冷峻的臉色，花月輕輕打了個寒顫。

「怎麼，冷？」李景允扯了毯子過來給她，又看了看窗外，「是有些涼了，妳也該多穿點。」

放在以前，這些話李景允是嫌噁心說不出來的，可溫故知說了，懷著身子的人受不起驚嚇，要保持心情平和，於是他難得拿出了自己珍藏二十年的耐心，對著她低聲細語。

但是不知道為什麼，面前這人聽著，眼裡竟是有兩分驚恐一閃而過。

「好。」她應下，然後連忙從他懷裡站起來，去內室更衣。

溜得比兔子還快。

納悶地看著她這急慌慌的背影，李景允搖頭，心想這人還真是半點不識好，整個京華已經找不出第二個像他這麼好的夫君了，她竟然半點不感動。

不可理喻。

「公子。」八斗在外頭喊了一聲，「管家過來了。」

聞言起身，李景允替她落下了隔斷處的簾子，然後慢悠悠地迎出門去問：「怎麼？」

「公子，不好了，您快去書房看看。」老管家急得滿頭是汗，「表小姐今日不知為何回了府，與將軍在書房裡吵起來了，將軍是動了真怒，已經讓人去宗廟遷故人牌位去了。」

微微一怔，李景允反應過來，臉色跟著就綠了。

臭丫頭，還真是不聽勸。

第65章　巧了麼這不是

蘇妙這人，三歲父母雙亡，四歲就住進了將軍府，常跟著他們那一群男孩兒玩耍，故而性子直爽，沒有閨閣裡女兒的嬌氣，但她撒起潑來，那可真是——整個京華沒哪個潑婦能潑得過她。

李景允原想著將她的事緩一緩，另尋個路子來，也不至於非走這獨木橋。可沒想到蘇妙竟是鐵了心了，跺著腳就站在書房門口與李守天對罵。

「說什麼白眼狼不白眼狼的，當年舅舅你一窮二白，不也是靠著尤氏的家裡才當的官？後來呢，尤氏怎麼死的你心裡不清楚？喲，上梁都不正還指著下梁不歪呢。」

「妳混帳！」

「也就是您年歲大些，這一聲混帳我不敢還嘴。」繡鞋尖兒踢了踢旁邊的小木箱，蘇妙撇著嘴道，「在府裡這麼多年，也只舅母照顧我一二，平日裡連舅舅面兒都是見不著的，今日我還您這五百兩黃金，算是謝謝您這將軍府替我老蘇家養了個好閨女。」

「出手還挺闊氣。」李景允站在院子一側看著，頗為唏噓地搖頭：「下血本了。」

花月站在他身側，看著地上那眼熟的紅木箱子，猶豫片刻，還是道：「這好像是在您帳上劃去的。」

昨兒她去棲鳳樓，蘇妙正好過來，說有急事要借上五百兩黃金，第二日就還到將軍府。花月本是想先知會李景允一聲，但蘇妙看起來十分焦急，便也顧不得那麼多了，先領著棲鳳樓的帳房鑰匙去了錢莊。

後來因著霜降的事兒一打岔，花月也就忘記說了，眼下看著才想起來。

表小姐還真是說話算話，這第二日果然就還來將軍府了。

只是，好像哪裡不太對勁。

李景允方才還頗有些袖手旁觀看好戲的意思，聽到這裡，他臉色一變，當即進門就斥：「蘇妙！」

哪有拿別人銀子來逞威風的，要不要臉了？

蘇妙回眸，朝他一笑，手一抬便道：「表哥莫勸，這一箱子撂下，我與將軍府便是兩不相欠。」

呸！大白天的說夢話，不聽他的意思便罷了，還想白貪他五百兩黃金？李景允冷笑：「妳就不怕我抱著這一箱子東西去衙門告妳家沈大人一個中飽私囊？」

微微一噎，蘇妙眨了眨眼，略為委屈地扁了扁嘴角：「與我家沈大人有什麼關係？就不許是我在外頭有什麼營生，自個兒攢下的？」

話裡有話地威脅人，李景允氣得直翻白眼。真是嫁出去的表妹潑出去的開水，想往回收都燙手。

「景允莫勸。」李守天扶著桌角惱恨地道，「她今日能做出如此不孝之事，已經算不得我將軍府的人，就讓她把她爹娘的牌位都從祠堂裡移走，我李家供不起他們！」

「爹。」李景允欲言又止。

李守天卻像是被氣得狠了，雙眼通紅，不管不顧地揮手：「讓她滾。」

蘇妙腳下一個小跳步，麻溜兒地就「滾」出了主屋。

「小嫂子怎麼也過來了？」瞧見花月站在外頭，她迎上來輕聲道，「我捅了馬蜂窩啦，妳也快躲躲，當心被殃及。」

花月很是不解：「表小姐想做什麼？好端端的，為什麼非得把將軍氣成這樣？」

「也挺好。」蘇妙不甚在意地擺手笑道，「我這人從三歲起命裡就帶風，註定沒個安穩地兒的，能在將軍府待這麼多年已是不易，往後小嫂子想我了，去沈府找我便是。」

這姑娘瀟灑得很，裙擺一揚就是一道烈火，燒不盡的嬌媚燦爛。

可花月看著，卻是笑不出來。她平靜地望著蘇妙的笑臉，直把她瞧得眼裡有些泛紅了，才道：「過些日子我便去找妳。」

「好。」蘇妙飛快地扭頭，背對著她揮了揮手，「回見您吶。」

火紅的裙擺消失在院門外頭，像枝上最豔的海棠，被風吹去了另一處河岸。

背後的屋子裡傳來李守天的咳嗽聲，嘶啞空響，夾雜著兩聲抱怨：「她憑什麼那麼說，憑什麼？」

李景允沒有回答他。

蘇妙在將軍府雖然不曾被苛待，但到底只是「表小姐」，說白了這是她住的地方，並不是她的家，她的家三歲就沒了，將軍府事多人忙，從來不曾給予她足夠的關愛和呵護，以前一起在練兵場耍槍，他傷著了回來還有尤氏問上兩句，可蘇妙傷著了，都是自己找丫鬟幫忙上藥的。

如今這麼果決地選擇沈知落，其實也並非是有多喜歡沈知落，也可能是想要一個屬於她自己的家了。

再說——看看腳邊這紅木箱子，就她這性子，去哪兒都吃不了虧。

李景允嘆了口氣，看向外頭秋雨將近的天。

一場秋雨落盡的時候，周和瑨順利地拿到了明年開春巡遊各地的差事，這對皇家來說是個十分肥美的活兒，所到之處官員都會行「明貢」，太子當年就是一趟巡遊攢下了足夠的銀子，後來勢力才漸豐。能得上這差事的，都是受皇帝厚愛之人，只是這回特殊了些，太子被皇帝故意冷落，周和瑨硬是被人推了上來，坐在慶賀宴上都是愁眉苦臉的。

「有什麼意思？」他跟近侍嘟囔，「又要坐車又要乘船，不如在京華待著舒坦。」

近侍嚇得臉色慘白，連忙捂住他的嘴：「小祖宗，這是皇恩，可不能這麼說話。」

周和瑨直皺眉。

「要不奴才給您講些趣事逗逗樂子。」近侍眼珠子一轉，湊在他身側小聲道，「將軍府那位少夫人您知道吧？先前京華不少人笑話她的出身，說她做那大都護的正妻，不但幫不了李大人，反而還是個累贅。結果您猜怎麼著？」

「嗯？」拿開他的手，周和瑨來了興致，「怎麼著了？」

「就是最近，那少夫人懷著身子要人陪，各家各院的夫人都趕著去了，也不知怎麼一回事，那些個夫人愁眉苦臉地去，高高興興地回，連帶著那幾家大人最近也與大都護多有往來。」

後院裡的正室夫人，起的就是個安內交外的作用，這少夫人出身不怎麼樣，事兒做得挺漂亮，尤其是那太子僕射霍大人，最近查案查到將軍府，本是與李景允有些衝突的，府上老夫人去了一趟將軍府，回去之後霍庚與李景允也能坐一起喝茶了。

周和珺聽得直挑眉：「這麼賢慧？」

「是呀，還有挺多趣事，奴才也是聽國舅夫人說的，您要是樂意聽，奴才就多打聽些，到時候出去巡遊，奴才挨件兒跟您講。」

身為近侍，自然要對主子的喜好多加了解，長喜兒伺候過不少主子，有的喜歡金銀珠寶，有的喜歡書畫寶琴，但就這五皇子最奇怪，不愛美人不愛財，偏對那大都護家的夫人分外感興趣。

也不是想著要輕薄人家，就是聽人說她，他便覺得有意思。

長喜兒不明白這算個什麼，但能有個事兒哄著這位爺好生去巡遊，那他便能鬆口氣。

大都護那夫人也爭氣，雖說在養胎，但總有消息從將軍府裡傳出來，編一編湊一湊，夠說上一段時日了。

「阿嚏——」

沒由來地脊背發涼，花月打了個噴嚏哆嗦了一下，正與她說著話的老夫人連忙讓人拿了披風來給她裹上，皺眉道：「妳這身子骨就是太過單薄，扛不住兩陣風。」

這老夫人是霍庚的母親，十分喜好與人嘮嗑，她府裡的人都頂不住她成天到晚地叨咕，只有花月十分有耐心地聽著，並且不管她說什麼，她都能接上兩句茬。

是以這老夫人對花月格外青睞，第一回還只是來走個過場，第二回過來一坐就是一下午，說著說著就跟她掏心窩子。

「我府裡那孩兒忙啊，也沒空給我娶個媳婦回來，妳要是我府上的，我定給妳包得嚴嚴實實，養得白白胖胖。」

花月失笑：「老夫人不用擔心，我倒是見過令郎一面，模樣周正，好娶媳婦得很。」

說起霍庚老夫人就氣：「倒是好娶呢，也有媒人往我府上送畫像，可那孩子誰都看不上，好不容易拉著跟一家的夫人姑娘見了面，他開口就問人家一池塘的水怎麼不費力地全搗騰出來。妳說說，這不是成心氣我麼？」

微微一愣，花月想起了祭壇裡蘇妙折下的荷葉梗。

眼簾半垂，她輕笑了一聲，如今頗受器重的霍大人，原來也是個痴情人。

「對了，我兒子最近可還有什麼不妥當的？」老夫人又道，「先前聽聞他查案查到將軍府頭上了，我回去便說了他，他是個聽話的，當下就應了我，說不會再跟大都護過不去，只是不知那事後來如何了？」

「後來挺好。」花月笑道，「多謝老夫人。」

霜降逃過一劫，並未被抓去盤查，霍庚也不再來將軍府，只帶人往另幾個人身上查，這事幾經周旋，終於算是過去了。

本來她懷著身子沒法到處走動，幾乎是只能坐以待斃，但那日花月整理衣裳的時候突然想起自個兒的身分，想著試試跟霍家的人套套近乎。一開始不抱希望，可聊著聊著，這路子竟是通了。

「哪兒用得著謝，我那孩子以後還要大都護多照顧呢。」霍老夫人笑道，「自從被東宮那位提拔了一把，他最近沒少得罪人，萬一以後犯了事，也請夫人幫著說兩句好話。」

「自然。」花月應下。

看了一眼天色，老夫人起身道：「瞧著外頭還有人候著，今兒我也就不多耽誤了，改日有空再來。」

「我送老夫人一程。」花月起身。

魏人的規矩禮儀是最齊全的，放在梁人的身上，顯得周到又妥貼，霍老夫人十分受用，笑瞇瞇地出門上車，還朝她揮了揮手。

「主子。」霜降在她身側道，「旁廳裡候著的是馮家來的夫人。」

花月扶著她的肩，低眉問：「咱能說身子乏了，先不見了麼？」

霜降搖頭：「人家來兩回了，再不見那位大人怕是要直接攔您的車轎了。」

先前就答應了馮子襲，只要康貞仲沒了，他便能朝韓家報仇，如今雖然康貞仲不是死在他手裡的，但馮子虛的仇他還是要報，並且要找她拿路子來報。

花月覺得尷尬，韓霜上回才拿了折肺膏來挑撥，想讓李景允怪她看護不嚴，害死了莊氏，雖說是沒成功，但梁子也算是結下了，眼下她去給人指路子殺韓霜，總覺得頗有些因妒殺人的意思。

天地良心，她可半點不嫉妒韓霜，並且這人與李景允關係複雜，說兩情相悅是不可能了，但要說李景允有多盼著人家死，那也沒有，三爺嘴硬心軟，萬一知道了真相，反過來怪她，那她怎麼辦？

愁眉苦臉地回去東院，花月整了整儀容，盡量以一副高興的模樣迎接這馮陳氏。

結果馮陳氏一進門就問她：「夫人牙疼？」

捂了捂腮幫子，花月輕吸一口涼氣：「算是有點。」

「那得喝點涼茶。」馮陳氏道，「蔽府今年恰好收了茶，給您帶了點，您讓下人去煮了嘗嘗。」

「多謝。」花月讓人接了禮，抱著僥倖的心問，「馮大人近來可好？」

「好著呢。」馮陳氏笑道，「天天吃飽睡足。」

那就好，她鬆了口氣，想著心情這麼好，那對韓府動手的事不如緩上兩日，等李景允去巡營的時候動手，對誰都好。

結果馮陳氏接著就道：「他天天養精蓄銳，說要出去活動筋骨，就是不知明日出不出得了門，特讓妾身來問夫人一句。」

花月：「……」

還真是一天都不能多等。

韓霜已經逐漸從被李景允拋棄的氣憤裡走出來，開始在京華裡四處活動了，但她身邊護衛多，去的也都是守衛森嚴的地方，馮子襲得不了手，就盼著她能給找個機會。

做賊心虛地往四周看了看，花月讓霜降取來紙筆。

庭院裡秋花盛開，隨風搖曳。

李景允下朝回來，掠過滿院秋花，一跨進門就見殷花月坐得端端正正，乖巧地朝他頷首：「夫君今兒早。」

「嗯。」狐疑地掃她兩眼，他覺得不太對勁，扭頭往四下看了看，「妳又闖什麼禍了？」

「哪兒能啊。」花月低眉順眼地替他端來茶，「就是念著夫君辛苦。」

伸手接過茶盞在她旁邊坐下，李景允心裡感慨她總算是知道心疼人了，但為了不讓她驕傲，他還是板著臉一動不動地喝茶。

花月瞧著，覺得這李三公子自打上任以來，當真是愈發地高深莫測，怪不得手下新來那幾個人都怕他，她都覺得膽顫。

「明日妳可有什麼事？」這位爺開口了。

花月連忙道：「沒有，還是在府裡歇著，也沒約什麼人。」

「那正好。」他道，「溫故知說韓霜前些日子摔斷了腿，長公主發了話，讓我好歹過去看上一眼，也算個人情往來。我一個人去是不妥當的，妳隨我一起吧。」

花月一愣，睫毛微顫：「什麼時候去？」

「就明日。」李景允道，「已經跟那邊說好了，明日用過午膳便去，不用待多久。」

巧了麼這不是，她給馮子襲遞的安保員，安排的時候也就是明日午膳之後。

花月笑了好一陣，臉突然就垮了，強自鎮定地問他：「不能改時候了？」

李景允好奇：「妳不是說明日沒事麼，怎麼又要改時候？」

這時候改，到時候出事，好像更說不通。花月沉默片刻，還是點頭：「好。」

大不了再傳話去馮府，讓馮子襲忍忍。

可這千算萬算，花月獨沒有算到馮府和將軍府的路途，以及馮子襲的作息。馮子襲每日寅時便去兵器庫，一直到酉時才會歸府。要讓消息在寅時之前從將軍府傳到馮府，那下人得丑時之前出發。

然而，李景允從回府開始就與她黏在一起，半晌空也不讓她得，未免他起疑，花月不敢輕舉妄動，等她終於找到機會讓霜降去傳話，已經是第二日的清晨。

馮子襲沒有收到消息，依照她所安排的，午時便到了韓府外頭。

第66章 酸

李景允一出門就覺得殷花月不太對勁，臉上雖然跟往常一樣端著笑，但似乎心神不寧。

他側過眼去打量，就見她今兒穿了一身湖藍百花穿蝶裙，頭戴雀銜珠點翠步搖，雙手交疊放在身前，姿態依舊端莊，但那一雙清凌凌的眼，一直左顧右盼，像落在小銀盒裡的黑珍珠似的滴溜溜亂轉。

略微一思量，李景允嘆了口氣，拉了她的手道：「爺知道妳心裡不舒坦，不想去韓府，但上回府裡設靈，韓府也是來了人的，禮節上來說，也得去回一趟。」

花月正想著事兒呢，被他這一說，頗為茫然：「嗯？嗯，是該去這一趟的。」

瞧瞧，難過得都魂不守舍了。李景允握著她的小手，難得地有些自責，怪他這人太過英俊瀟灑人見人愛，讓這些個姑娘個個爭風吃醋的，白白傷懷。

罪過啊罪過。

放柔了聲調，他湊在她鬢邊道：「爺去這一趟也是找韓霜有事，不過妳既然不舒坦，那到時候爺便給妳搬張椅子讓妳在旁邊聽，可好？」

找韓霜還能有什麼事？花月不解，可看他一臉高深莫測胸有成竹的模樣，她茫然地眨了眨眼，乾脆也不問了，就等著聽。

兩人一進韓府就被引去了韓霜的繡樓，李景允一邊走還在一邊寬慰她：「妳如今是將軍府的少夫人，自然是妳為先外人為後。別說她摔斷了一條腿，摔斷了八條爺也不會心疼——」

話沒落音，繡樓上就傳來一聲慘叫。

李景允一怔，表情頓斂，眼神凌厲地回頭往那繡樓上一望。

花月下意識地就抓住了他的衣袖。

「妳在這兒等我片刻。」他看著那繡樓微微瞇眼，捏了她的手道，「這怕是出事了。」

看看時辰，花月輕吸一口涼氣，立馬反手抓住他，嗓子眼擠出一聲嬌喚來：「妾身害怕。」

聲音聽著是像那麼回事，但殷掌事是什麼人啊，府裡奴僕背地裡都喚一聲「鐵娘子」，她連李守天的罵都頂得，還有什麼能怕的？

李景允只當她是小女兒心思作祟，揮手便將她輕推開。

慘叫聲剛起，下頭的奴僕已經往上在跑了，他若是也上去，那馮子襲就再也沒了逃生的路。花月咬唇，負氣走上兩步攔住他：「你方才還說我為先外人為後。」

這能一樣嗎？韓霜嘴裡還有事兒是他想知道的，聽這動靜，保不齊有人殺人滅口，哪兒還顧得上什麼兒女情長？李景允沉了臉色，看著她冷聲道：「爺以為妳是識大體的人。」

「……」他這語氣太凶，哪怕知道自己理虧，花月心口還是不爭氣地一疼。

身子被他推了一個趔趄，她側頭，便見他身形極快地躥上繡樓，下一瞬，打二樓窗戶就跳下來一個蒙面人，面對面地與她撞上，愕然怔愣。

花月看著他這熟悉的雙眼，眼皮一闔，抿了抿嘴角。

馮子襲反應也快，上前一步便將她喉嚨扼住，身子一轉，看向後頭那一群追兵。

上頭不知是什麼狀況，李景允沒有下來，只一群韓府的護衛捏著刀劍站在他們三步開外。

「別動。」馮子襲緊了緊她的喉。

花月嗆咳一聲，跟著他往後退，前頭那些個奴僕沒有要甘休的意思，畢竟她也不是這韓府的主子，於是步步緊逼，蠢蠢欲動。

馮子襲手不敢鬆，愣就這麼將她掐著挪到了院門口，旁邊那丫鬟別枝大概是故意的，沒有要喊李景允一聲的意思，只紅著眼瞪她，然後扭頭去找老爺夫人。

「這怎麼辦？」馮子襲聲音極輕地問。

「跑啊。」花月唇不動，小聲答，「出了院門，把我往旁邊的池塘裡一推，就能跑。」

「不能推個別的地兒？」馮子襲左右看看，「這天可有些涼。」

要不是場景不合適，花月真想謝謝他，都這個節骨眼了還擔心天涼不涼呢？

「不往那裡頭推，等那位爺出來你便走不了了。」她含糊地說完，略微有些猶豫，「推快點，我也不知道落那池子裡能不能留得住他。」

這跟先前安排的全然不同，馮子襲也顧不得多想了，掐著她拖出院門。

花月抬頭看向那繡樓之上，身子將落下水之前，她看見李景允往窗外瞧過來了。

正好，她啞著嗓子喊了一聲「救命」，然後「咚」地撲騰進了魚池。

眼前突然被水花和氣泡擠滿，外頭的聲音都變得空洞而不真實，花月是會水的，她怎麼著也不會讓自己淹死，就是冷還是有些冷，池水浸透衣裳，又刺骨又沉。

恍然間她想起自己當年藏在水缸裡躲過那場殺戮的時候，耳邊聽的都是絕望的聲音，沒有人找到她，包括來救她的人，她一泡就是一整天。那水聲可真不好聽啊，她看著眼前那根出氣用的荷花梗，有那麼一瞬間想吐掉，覺得就那麼睡過去也不錯。

這回不一樣了，她身邊沒一會兒就響起了同樣的落水聲，有人朝她游過來，厚實的手抓住了她的手臂。

暗鬆一口氣，花月任由他將自個兒撈出了水面。

四濺的水花緩緩落下，李景允臉色是前所未有的難看，一身燙金玄衫也溼透，水珠從額前的碎髮尖兒上落下來，掃著那墨色的瞳孔過，不知為何沾上了兩分陰鷙。

秋風吹過，花月打了個噴嚏。

他轉身，拉著她去了客房。

韓府不知為何亂了起來，家奴只來給他們送了兩件衣裳就走了。李景允捏著長帕，一聲不吭地將她衣裙解開，將她身上的水一點點擦乾，然後捏著乾淨衣裳的繫扣，一顆一顆給她扣上。

他少見地給她更衣，花月有些受寵若驚，然而她樂不起來，掃一眼面前這人的臉色，心裡愈加地發虛。

「繡樓上出什麼事了？」猶豫半晌，她決定先開口。

最後一顆盤扣扣上，李景允鬆開手退後兩步，身上的袍子還順著衣角往下滴水：「韓霜遇刺，腹上一刀直穿。」

花月伸手，想將他這溼衣裳也脫下來，結果她剛近一步，他就躲開了。

指尖顫了顫，花月垂眸，心想這多半是氣她不顧自個兒身子，落水著涼。這可怎麼哄啊？她本來就不占理，還被他逮個正著。

正琢磨呢，面前這人終於開口了，語氣不太友善地問：「妳躲不開人？」

有兩分輕功底子的人，別的不說，逃跑是最快的，可她偏生就站在那兒讓人抓去當人質。

花月心虛地垂眼：「一時，一時沒回過神。」

騙誰呢？

深吸一口氣，李景允覺得荒謬，先前他一直以為她是個識大體的人，所以哪怕頂著奴籍讓她做少夫人也無妨，他一點點扶持，她就能一步步跟上他，結果呢，今日這個當口，她不但不幫他，反而玩起爭風吃醋那一套。

韓霜傷重，多半是要救不回來，方才本來趁著最後的機會，他能套出兩句話，結果她在外頭一攪合，他不管不顧地出來了，眼下再想聽韓霜說長公主那事，難如登天。

李景允氣她，也惱自己。

花月連聲給他道歉認錯，可說著說著就察覺到不對勁了。

這位爺好像不知道她今日的安排，沒問她為什麼要殺韓霜，也沒問她和那刺客是什麼關係，只責問她為什麼不躲。

心裡一頓，花月垂眼道：「妾身是不是誤了事了？」

李景允皺眉，沒否認，頗為失望地看她一眼，別開了頭。

得，她轉過身背對著他看了看房梁。白擔心了，他生氣不是心疼她，是怪她累贅，導致他沒能追上凶手。

花月無聲自嘲，嗆了水的喉嚨悶得生疼：「妾身知錯。」

只是氣這個就好辦得多了，落水的是她，脖子上被掐出了青印的也是她，誰也沒法斷定她和那刺客有勾結，馮子襲逃了，她也沒事，皆大歡喜。

至於韓霜，夫人尚在時看重她，她便跟著多看重兩眼，但夫人一去，韓霜於她也只是個有些討厭的陌生人，生死都與她無關。

「妳先回府。」李景允沒有再看她，「爺在這兒多留兩日。」

「是。」花月應下。

獨自返回將軍府，馬車行到一半突然停下，花月心裡一跳，抬眼看向前頭的車簾，以為是誰終於想通了，追了上來。

結果簾子掀開，蘇妙那張臉衝她笑得媚氣橫生：「小嫂子怎麼在這兒？」

眼裡的光一點點暗下去，花月垂眼將她拉上車，低笑道：「做錯了事，正被妳表哥趕回府呢。」

「小嫂子別瞎說，我表哥那麼疼妳，哪兒捨得趕妳。」蘇妙擺手，仔細一瞧她，倒是有些驚訝，「妳這是哪兒落了水來？頭髮都沒乾呢，哎？脖子怎麼了，青了這麼大一兩塊？」

沒人問還好，一問倒是真有些難受，花月摸了摸脖頸，抿唇道：「被人抓了當人質，傷著了點。」

蘇妙的雙眼霎時瞪得極大：「怎麼會出了這等事？那表哥怎麼沒陪著妳？妳還懷著身子呢。」

花月撇嘴，低頭看了看自己的肚子：「就是因為懷著身子，我才得意忘形，惹了妳表哥不高興。」

恃寵而驕是天生的毛病，她這輩子都改不了，但是只要不寵她了，她便還是冷靜自持的殷掌事，做事有分寸，也不會總得罪人。

花月想，她要是以前那模樣，今日就該把李景允扣在府裡，找一百個藉口不讓他出去，或者抬將軍來壓，也好過借著兩分寵愛，強行要將這一場計畫圓上。

也是他寵出來的，讓她這個恪守奴婢本分的人敢大聲與將軍府的主人家說話；敢將他的偏愛一起算計，往那池子裡跳，知道他一定會心疼；敢忘記自己一開始只是被他當隻狗養著逗弄的玩意兒，開始樂呵呵地養胎。

不管他今日是為著韓霜還是為著別的什麼目的，這世上是有東西比她對他更重要的，以前只是沒遇見。

想通了這一點，花月反而輕鬆了，她先前還猶豫過，萬一哪天沈知落那幫人和李景允衝突上，她夾在中間該如何自處。眼下明白了，兒女情長是一回事，家國天下又是另一回事，不撞上便不分先後，撞上了便各自為營。

「哎，我不問了，妳別哭啊。」蘇妙看著她，手忙腳亂地拿出手帕來捂在她眼睛上。

花月回神，這才發現自己落了點淚，聲音極為正常地道：「無妨，懷著身孕淚窩子淺，我不難過。」

眉心微皺，蘇妙忍不住道：「妳們魏人怎麼都愛口是心非啊。」

妳們梁人還都說一套做一套呢。

花月搖頭，抹了眼問她：「妳打哪兒去？」

蘇妙這才想起來：「哎，我說遇見妳的馬車來打個招呼呢，怎麼都坐了一路了，快停下，我還要去給林家姐姐送綢緞。」

這人還真是，成了親之後更不消停了，今日與這家姐姐玩，明日同那家妹妹送禮，各家夫人來與她聊話都時常說起這表小姐好人緣。

「不回去陪著沈大人？」花月問。

蘇妙一頓，頗有些狼狽地別開頭：「嗨，他呀，他忙著呢，不需要我陪，我給自己找好樂子就成。」

說罷跳下車轅朝她揮手：「回見啊嫂子。」

花月掀開簾子目送她一段路，覺得這表小姐活得真是好，紅塵裡少見的灑脫。

不過，馬車繼續往前走了許久，花月才察覺到不對勁。

她身邊怎麼連木魚也沒帶？

蘇妙樂呵呵地穿梭在大街上的人群裡，與她擦肩的少年都忍不住回頭多看她兩眼。前頭就是綢緞莊，蘇妙走到門口站住腳，卻也沒進去。

她今兒同沈知落吵架了，成親以來的頭一回，起因是她去給他送燒雞，嘰嘰喳喳地同他分享京華的見聞。

誰家的夫人懷了身子呀，誰家小姐未婚先孕呀，誰家小孩兒會背詩文呀，誰家母狗生了二胎呀。

吵是吵了點，但她好歹也說得算是聲情並茂，結果被他凶巴巴地趕出了門。

蘇妙不喜歡沈知落凶她，像之前她摔壞了他的乾坤盤一樣，能讓她生很久的氣，可這回她仔細琢磨了，覺得沈知落說不定是聽著母狗都有二胎了，他的夫人肚子還沒動靜，心裡著急，所以那麼凶。

抱著情有可原的想法，她去找溫故知了。

結果一診脈，溫故知說她長期用著避子湯，懷不了身子了。

好笑不好笑？新婚的夫妻，打從洞房第一日沈知落就給她補身子，她成親之前也沒個人仔細教規矩，誰知道孩子要怎麼懷？真以為要喝藥補身子，傻乎乎地一碗不落，結果人家壓根沒打算要她的孩子。

這是欺負她沒親娘，還是欺負她太喜歡他？

不管哪一樣，蘇妙都覺得心裡酸，她為他能與將軍府斷絕關係，他倒是好，從來沒把她當人看。

實在忍不住撒潑將他那一屋子花瓶玉器都砸了，蘇妙一扭頭就跑了出來。

她有的是地方去，將軍府回不了，還能去林府，去宋府，去李府都可以，非要等他好聲好氣地來求她回去不可。

然而，現在冷靜了些站在這裡，蘇妙突然發現，她就算哪兒也不去，他也未必會來尋。

第67章　置之死地

這種感覺很糟糕，不過幸運的是，從小到大經歷得多，蘇妙也不太當回事，站在原地難過了一會兒，便扯下腰間明珠進了不遠處的當鋪，換了幾十兩銀子。

留下晚上住店的錢，她揣著剩下的就去了酒肆，要上一壺好酒，倚在窗邊小口小口地喝。

她生來一雙狐眸，眼尾勾人，哪怕是不笑也不動地杵著，也總有登徒子湊過來笑問：「姑娘一個人？」

「不是，兩位呢。」她笑嘻嘻地指了指自己對面，「這是我爹，埋了有些年頭了，今兒好不容易出來嘗嘗人間煙火，您可要坐下跟他聊聊？」

來人順著她指的方向看過去，只瞧見一張空凳子，頓時臉色一變：「驚，驚擾了，告辭！」

滿眼色心地來，連滾帶爬地走，看得蘇妙咯咯直樂。

沒一會兒，又有人來了，這位膽子大，直接在她面前坐下了。桌上半壺酒下肚，蘇妙雙頰微紅地抬眼：「誒，壓著我爹了。」

霍庚定定地看著她，想扶一扶她這歪歪扭扭的身子，又顧忌著禮節，只能空伸著手道：「令尊好客，方才就在窗邊招在下上來，這會兒已經先走了，只讓在下看著點您。」

微微一愣，蘇妙接著就笑：「還是霍大人厲害。」

受她一句誇也笑不出來，霍庚皺眉問：「您怎麼在這種地方喝酒？」

嘈雜擁擠，四處都是男人，她這身分，怎麼看都不太合適。

拎出自己的荷包來，蘇妙搖搖晃晃地打開給他看：「這是住店的，這是吃飯的，喏，就剩這點喝酒的，只能在這地方喝呀。」

霍庚望向她，只覺得眼前一片山水瀲灩，日光照處，春色滿園。

四周喝酒的人都在往這邊瞧，他狼狽地垂眼，低聲問：「在下做東，請您去個場子亮堂的地方喝可好？」

這敢情好，蘇妙拍手：「要不您替我把這兒的帳也結了？」

「好。」霍庚起身，想扶她又收回手，皺眉看著她自己踉踉蹌蹌地站直身子跟他走。

大司命是不可能缺錢的，瞧她這架勢，似乎是要用這荷包裡的銀子過一輩子似的，霍庚忍不住問：「您打算什麼時候回家？」

腳下繡鞋一滯，蘇妙抬眼，半醉的狐眸裡一片茫然。

霍庚明白了，這多半是跟大司命吵了架自己跑出來的。於是他也不問了，帶著她去了一處清幽的雅閣，給她叫了幾壺好酒，讓她喝個痛快。

蘇妙是個敞亮人，喝高了就會一個字一個字地跟人交代：「頭一回遇見沈知落的時候，謔，那可真是驚為天人，他那眉眼像是蘊藏了山月清風、漫天星辰，那時候他也懂禮，我摔了一跤，他扶我起來，還問了我一句疼不疼。」

這話打小就沒人問過她，表哥帶她出去玩，倆一起掉溝裡，她腿上被劃了好大一條口子，可府裡人都照顧表哥，她一瘸一拐自己回的院子找木魚拿酒潑上去洗傷口。

遇見沈知落那回，她就是看人長得好看，看傻了，沒留意磕著了門檻，摔得不是很重，可他偏就問了那麼一句。

就三個字，她把他記進了心裡。

「要不怎麼說閨女得疼著養呢，打小沒見過世面的蛾子，一點燭光就能當了月亮。」蘇妙語重心長地告誡霍庚，「你以後生個閨女，要好生寵著，長大才不會輕易被人勾走。」

霍庚臉上有些紅，垂眼道：「在下還未婚配。」

蘇妙一愣，頗為不好意思地拱手：「戳您傷心事了，抱歉啊。」

都這個年歲了還未婚配，是有夠傷心的，但她戳的不是這件事。霍庚抿唇，低聲道：「這世上會說這三個字的人多了去了，您嫁給大司命，應該也有別的原因。」

蘇妙哼笑：「他是第一個說的，就因為這個，沒別的了。」

霍庚：「……」

「你這是什麼意思。」看著他這神態，蘇妙挑眉，「不相信？」

「不是。」霍庚閉眼，頗為苦澀地道，「在下只是覺得，天時地利人和，這世間一切可能真的有定數。」

神神叨叨的，跟沈知落一樣，不討喜。蘇妙搖頭，下巴抵在桌面上，狐眸掃向外頭。

沈知落是知天命的人，他說了他們倆的姻緣不會有好結果，那可能就真的不會有，她不是不信，只是不願意聽。嫁過來之前就有所準備，但是不曾想他會狠到連當母親的機會也不給她。

怎麼就這麼絕呢，就算他不想要孩子，那萬一以後她改嫁了呢，就不知道給她多留條路？

一口酒悶下，半數灑在桌上，濺起些晶亮的水滴。

日落西山了，蘇妙打了個大大的呵欠，眼皮半闔。霍庚就坐在離她半丈遠的地方，牢牢地守著禮節。

晚霞透花窗，似一層薄錦落在她的背上，蘇妙昏昏沉沉地睡了過去，濃密的睫毛落下來，被光照成暈染的淺棕色。她眼尾有微微往上翹的弧度，哪怕是閉著，也有幾分嬌俏。

霍庚安靜地看著，連呼吸都放得極輕。

他有些慶幸今日遇見了她，不然就這位姑奶奶的做派，不知會出什麼事。不過，也難過是遇見了她，日思夜想的人就在跟前，他也只能看著，看著她笑，看著她哭，她的悲歡都與他沒什麼關係。

心口滾燙，霍庚猶豫地站了起來，朝她走了兩步。

這人在他夢裡是會跑的，不管他怎麼追都追不上，可眼下她不跑，只安靜地趴在桌邊，像是在等著他。

他其實也沒有想輕薄的意思，只是想站得離她近些，解了自己的披風給她攏上，怕她醉酒著涼。

然而，手剛捏著披風落在她肩上，背後廂房的門突然「嘩啦」一聲被推開。

霍庚一驚，放在她肩上的手都沒來得及收，後領就是一緊。

沈知落似是剛從哪裡跑過來，氣息很是不穩，他陰沉著臉將他拉開，掃了一眼桌上趴著的人，淺紫的眼眸裡一片怒意。

「……大司命。」霍庚回神，慌忙先行禮。

他進得門來，伸手拍了拍蘇妙的臉，見她沒有要醒的意思，又掃了一眼旁邊的酒壺。

「夫人喝多了犯睏。」霍庚低聲解釋，「小的也是看夫人一個人在外頭走著不妥當，才將她請來這裡。」

說著說著，他也覺得心疼，忍不住多嘴一句：「夫人似乎很是愁悶，大人既然已經與她成親，不妨就待她好些。」

沈知落望向他，眼眸微瞇：「我與她夫妻之間的事，什麼時候輪得到你一個外人來指手畫腳？」

「小的逾越了。」霍庚低頭。

她身上還披著別人的披風，沈知落氣不打一處來，伸手就要去扯，結果蘇妙迷迷糊糊竟是將披風給按住，惱怒地嘟囔：「冷。」

「知道冷還往外跑？」他咬牙，「已為人妻還不知道安於室內，冷死妳活該。」

他聲音有些大，蘇妙醒了過來，抬眼皺眉：「我有爹生沒娘教，從哪兒去學那麼多安這個安那個的規矩？」

被她堵得一噎，沈知落別開頭：「鬆手。」

「我不。」她雙頰通紅，眼睛也通紅，醉醺醺地衝他喊，「你別想讓我再聽你的！」

霍庚還在旁邊站著，沈知落懶得與她廢話，直接將人打橫抱起來，塞懷裡就往外走。

「大人？」霍庚在後頭跟了兩步，他沒有搭理，直接將人抱出去塞上馬車。

「妳今日這行徑，換做別人來撞見，便是七出之條。」坐在她身邊，沈知落黑著臉道，「是不是就仗著太子定下的姻親，我不敢輕易休妳，所以這麼肆無忌憚？」

蘇妙裹著披風，跟個小傻子似的坐在角落裡，聞言呆愣愣地看了看他，然後笑：「你可以休我，反正我與將軍府也沒關係了，你寫休書太子也不會怪你。」

沈知落還不知道這事，乍一聽以為她在玩笑，冷聲道：「成親才幾個月，就想著拿休書。倒也是，蘇大小姐走哪兒都有人買帳，多的是人想娶妳，哪怕是二嫁也不愁。」

想起霍庚看她那眼神，他垂眼，心口沒由來地像是被什麼東西劃拉了一下。

是人就有貪嗔痴，他的東西不願意讓別人碰，惦記也不行。

沈知落原以為自己能比凡人超脫幾分，可沒想到還是一樣，今日這點小事，竟還動了殺念。

蘇妙歪著腦袋慢悠悠地聽著他這句話，嘴角一勾就笑得燦爛萬分：「是啊，不愁二嫁，所以你還來找我做什麼，等著收請帖好了。」

還說得出來這種話，沈知落咬牙：「妳這人，心是什麼做的？」

「石頭，街邊搭桌角的那種，又硬又不圓潤。」蘇妙笑彎了眼，「氣不氣？氣死你好了，我反正不生氣。」

她拉了拉那礙眼的披風，將自己裹成一團。

沈知落扶額，有那麼一瞬間當真覺得，不如給她一封休書，放過她也放過他自己。

可是，他聽見那團東西裡傳來一絲響動，被人壓在裝腔作勢的咳嗽之下，極輕極淺。

指尖微縮，沈知落擰眉，將人整個抱過來，低頭打量。

這人將披風拉過了頭頂，像隻烏龜似的不露臉，可抱在懷裡就聽得清楚多了。

在哭。

意識到這個，沈知落有些無措，他鮮少見她哭，這人從來都是笑得沒心沒肺的，彷彿這世上沒有難事，也沒有會讓她上心的東西，哪怕他發再大的火，她也能站在他面前笑。

就這麼一個人，現在竟然在躲著哭。

心裡有種說不出來的感覺，沈知落眉頭擰成了一團。

「我。」他抿唇，有些惱，「又不是我跟外人去喝酒了。」

分明是她一言不合就砸東西，跟他吵架，吵完就往外跑，連丫鬟也不帶，他找了許久才從茶肆裡打聽到消息，連晚膳都沒來得及吃就趕過去接人，她倒是好，裹著別人的披風死活不脫，還要哭。

女人都是這麼不講道理的？

懷裡這人沒有理他，自顧自地悶哭了一會兒，也只一會兒，她就擦乾了臉，揭開披風仰頭對他道：「不是要寫休書麼？回去就寫，我給你磨墨，你寫好給我。」

沈知落：「……」

兩人是圓過房的夫妻，鴛鴦枕芙蓉帳，肌膚之親有過，抵死纏綿有過，就算有些虛與委蛇的意思，到底也是許了終身的，怎麼從她嘴裡聽來，像是什麼露水情緣一夜消。

「妳喝醉了。」他悶聲道，「等妳酒醒了再說。」

「沒，我沒醉。」蘇妙伸手，輕輕抵住他的下巴，「酒是不會醉人的，真正醉人的酒喝下去就睡，只有自醉的人才會一直說話。」

眼波流轉，她笑：「就像上回，你推我摔磕了腦門，我也是裝醉的，其實心裡記著仇呢。」

捏著她肩的手緊了緊，沈知落將頭別開，沒應聲。

懷裡這人拍手道：「就這麼定了，我還有些睏，等回了府裡你叫我起來，我拿了休書就走。」

說罷，推開他，裹回車廂的小角落裡，闔上了眼。

手心空落，懷裡也是一涼，沈知落緩緩收攏衣袖，撫了撫袍子上的星辰碎灑。他臉上看不出什麼情緒，撐著膝蓋坐著，像祭壇邊上放著的雕像。

馬車在沈府停下，沈知落沉默了許久，終於還是輕手輕腳地將她抱下車。

門房遠遠瞧著，有些意外，這麼久了，大人還是頭一回抱著夫人回來，而且那動作十分穩當仔細，連腳步聲都聽不見。

一時好奇，他走上前問：「大人，可要吩咐下頭準備晚膳？」

看門的人嗓門都大，嚇得蘇妙夢裡一個激靈，猛地睜開了眼。

門房笑著想引路，可一轉臉就看見自家大人臉色如暴雨前的烏雲遮頂，陰沉地盯著他。

這是怎麼了？門房覺得無辜，被他這一看，膽尖都發顫，站也站不住，連忙退開了去。

沈知落閉了閉眼。

迷茫地看了看抱著自己的人，蘇妙抓著他的手臂跳下地，理了理自己的裙擺鬆開手：「到了。」

「妳用晚膳了？」沈知落問。

蘇妙大方地擺手：「沒用，但也不必了，我嫁妝那幾箱子東西不少，拿了休書出去吃好吃的去。」

「……」

他不言，大步跨進門，吩咐人準備晚膳。

蘇妙徑直去了書房，給他鋪展好筆墨紙硯，一攏袖口撚了蘭花指，嬌聲道：「大人這邊請。」

人家都迫不及待了，沈知落也不可能說得出什麼軟話，板著臉過去提筆，又頓住。

「怎麼，不會寫休書？」蘇妙揶揄，「大司命也有不會的東西？」

「畢竟是頭一回。」沈知落面無表情地抬眼，「妳知道怎麼寫？」

廢話，誰不是頭一回啊？蘇妙撇嘴，左右想想：「隨便寫兩句吧，按個手印就成。」

「妳知不知道這休書一旦寫了，妳便是棄婦，要被人戳脊梁骨的？」他問。

「我也沒少被人戳脊梁骨，不差這一回。」她滿不在乎地擺手，「寫吧。」

無話可說，沈知落隨便寫了兩句，與她一起按了手印，然後冷著臉便起身走了。

「小姐！」

木魚聽得消息過來，兩眼淚汪汪地抓住她的衣袖：「您這是做什麼，好端端地過日子呢，您都為他從將軍府出來了，怎麼能拿這休書呢！」

蘇妙身上酒氣未消，搭著她的肩帶她回去收拾東西，似笑非笑地道：「就是因為連將軍府都出來了，所以我才不甘心。」

這話聽不太明白，木魚連連搖頭：「姑爺未必捨得您，您給個臺階他說不定就下了，何苦要休書？」

「妳不懂。」蘇妙點了點她的鼻尖，「小丫頭，喜歡的東西能追一時，但不能追一世，那太苦了，中途歇歇腳，要是那人不等，便就不追了，自己省著力氣過日子，也挺好。」

這的確是懂不了，木魚連連搖頭。

府裡已經做好了晚膳，似乎有她喜歡的菜色，香氣從四面八方飄過來，聞得蘇妙有些饞，剛打算定神拒絕這誘惑呢，沈知落便去而復返。

「廚房不知道妳今日要走，多做了菜，吃了再出門吧。」他冷著臉在她屋子裡的桌邊坐下，看著下人把菜端上來，語氣不善，「吃完了就走，別耽誤。」

他都這麼說了，蘇妙也懶得多客氣，坐下來喝口湯壓壓酒，然後一頓狼吞虎嚥。

她今日酒喝得太多，肚子都開始疼了，吃點東西壓著，路上也不至於難受。

酒足飯飽，人就犯睏，蘇妙起身，腳都發軟，扶著木魚才勉強朝他行了禮：「多謝。」

沈知落冷漠地看著她：「睏了就睡一覺再走，你這房間亂七八糟，反正也不會有人要住。」

這是能從他嘴裡說出來的、最軟的話了，也算一個臺階遞給她。

要是以前，蘇妙肯定就說：「你這是捨不得我呀，那我不走了。」

可是眼下，她卻是正正經經地搖頭：「不了，已經不是夫妻，還住這兒，惹人閒話。」

額角上起了青筋，沈知落沉怒地捏著羅盤，心想她這話說出來也不覺得虧心，蘇家大小姐來去如風，什麼時候怕過閒話？

只是一刻也不想與他多待罷了。

挺好，沈知落很清楚，他做了違背天命之事，這輩子不會有什麼好下場，硬將她留在身邊也是連累人家，不如放人自由。

但，真看著她一步步往外走，他還是覺得煩，比她嫁過來的時候還要煩上許多。

天色已經晚了，門口備了馬車和拉嫁妝的牛車，他其實只要不給她安排護衛，她這大箱小箱的在夜裡定會出事，到時候還是只能回來。

可他覺得難堪，當初不想娶人家，被逼的是他，眼下若捨不得的也是他，那他就太低賤了些，真被她玩弄於鼓掌。

於是車輪滾動，蘇妙還是走了，一列的人慢慢消失在路口。

收回目光，沈知落親手拉過門弦來，將沈府的大門緩緩闔上。

時至深夜，四周漆黑。

花月睡不著，披著斗篷正趴在窗臺上看月亮。

韓霜估計是要沒了，所以李景允一直在韓府沒回來，她也樂得清靜，就盯著那月盤子瞧。

「主子。」霜降忍不住勸她，「您本來就受了涼，剛沐浴熱乎些，就別出來吹風了，明兒若是生病，這院子裡誰也沒法給三公子交代。」

花月搖頭，指著天邊小聲道：「妳看那月亮跟咱們大魏的有什麼不同嗎？」

微微一愣，霜降左右看看，顧忌地道：「沒什麼不同，您少說這個。」

「也不是我要說，是尹嬤嬤他們總覺得大魏的月亮更圓。」花月輕笑，「我這人沒出息，甭管是哪兒的月亮，好看就行。」

霜降明白，她只是想找那幾個人報仇，並不像尹茹他們那樣有野心。

「什麼月亮都是一樣地看，您沒錯。」

雙眼迷離地看著那掛在牆頭的月亮，花月唏噓：「以前沒怎麼仔細看過，眼下瞧來倒是，還別說，這大梁的月亮也真圓，像是能看見上頭吳剛伐樹，妳瞧那一團黑影，像不像？」

霜降敷衍地瞥了瞥：「嗯，像。」

餘光瞥著，好像有哪裡不對勁，霜降納悶，又抬頭看過去：「主子，妳覺不覺得那團黑影好像太黑了些？」

「是。」花月點頭，「不像是月亮上的黑影，倒像是有人趴在咱們牆頭。」

仔細打量片刻，霜降臉色變了：「主子，不是像，好像真的有人趴在咱們牆頭。」

花月：「……」

這三更半夜的，院子裡又只她們兩個，花月幾乎是下意識地就拿起了旁邊的花瓶。

「嫂子，是我。」趁著她還沒出手，蘇妙連忙跳下了牆。

走到近處，她那眉眼在燭火裡清晰起來，花月才捂著心口道：「嚇死我了。」

「誰料妳們還沒睡啊。」蘇妙聳肩，「我來放點東西，出門在外，帶太多箱子不方便，又沒別處可去，只能來打擾嫂子妳。」

她上回與將軍鬧翻了，最近京華裡都在議論這事，花月也能明白她翻牆的良苦用心，便只問：「妳要去哪兒？」

蘇妙搓手就笑：「頭一回被人休棄，該遊玩整個京華慶祝慶祝。」

「京華就這麼點大，妳要遊玩——等會。」

花月皺眉，不敢置信地問：「妳說頭一回什麼？」

第68章　把柄

「被休棄呀。」蘇妙坦蕩地回答，雙手叉腰，衝她嬌嗔地扭了扭身子，「整個京華還沒有成親不到一年就領休書的，我是頭一個。」

這滿臉的得意勁兒，讓人覺得她不是被休棄了，而是剛過門不到一年就生了十個兒子。

花月納悶地望著她問：「出什麼事了？」

蘇妙笑嘻嘻地撐著窗臺跳進屋，拉著她去軟榻上坐下，雲淡風輕地道：「也沒什麼，就是想換條路子走，嫂子不用擔心，我好著呢。方才就同木魚說好了，嫁妝放在妳這兒，我們拿些銀子去四處玩耍，等花光了就又回來拿便是。」

李景允給她添的嫁妝可不少，就算是胡玩，也能玩上好幾年。

蘇妙很喜歡沈知落，她若是心甘情願想被休棄，那花月自然是沒什麼好勸的，畢竟在她的印象裡沈知落就不是個能過日子的，她料到會有這麼一天，只是沒想到來得這麼早。

讓霜降帶人出去趁著夜色抬箱子，花月給蘇妙打了水來洗手，將她在牆頭上抹的灰一點點擦乾淨。

蘇妙就喜歡花月身上這股子包容勁兒，不管旁人聽來多驚世駭俗的事，只要她說來與她求庇護，小嫂子都不會多問，只像長輩似的給她做麵、給她洗手。

在她跟前，蘇妙覺得自己還能是個小孩兒。

「對了嫂子，表哥呢？」她左右看了看，「這個時候了他怎麼還沒回來？」

捏著帕子的手一頓，又若無其事地繼續將水珠兒抹乾，花月勾唇輕笑：「妳又不是不知道，他如今是什麼身分，自然是該忙的，沒那麼容易回來。」

蘇妙點頭，也不疑有他，洗完手又喝了兩盞茶吃了些點心，看她終於有些睏意了，才起身告辭。

托蘇妙的福，花月睡了個好覺，夢裡沒有水也沒有火，只有皎潔的月亮掛在牆頭。

第二日醒來，屋子裡依舊只有她一個人，花月平靜地起身收拾妥當，一出東院就碰見李守天要去上朝。

自打先前鬧過一回，李守天是橫豎看她不順眼的，哪怕知道她懷著身子，也不再把她視為府中少夫人。李景允在時還好，可這不在的當口，李守天冷笑便道：「來得正好，府裡短些用度，這是清單，妳去採買，莫要出什麼岔子。」

霜降在旁邊皺眉，上前就想說哪有讓人懷著身子出去採買的，結果她剛抬步，花月就攔在她前頭朝李守天屈膝：「是。」

李守天走了，霜降黑著臉拉了拉花月的衣袖。

花月知道她擔心，收了清單便道：「正好想出去一趟，沒這東西，還有些名不正言不順，少不得被人盤問。」

微微一怔，霜降想起來了，先前孫耀祖就讓人傳話，叫她有空去一趟別苑，估摸著是為著康貞仲死的事情，主子一直沒應，她還以為她不打算與那邊聯繫了。

「那這採買？」

「讓小采去便是了。」花月擺手，「去棲鳳樓叫她。」

小采先前是為孫耀祖他們做事傳消息的，結果先前三公子遣散廚房舊人，小采也就沒了去處，孫耀祖他們管用不管養，小采差點被個屠夫搶去做小妾，還是花月救了她，將她送去了棲鳳樓幫廚。

霜降以為這位小主是突然善心大發，結果上回收到小采從棲鳳樓傳回來的消息，她才明白，這是奪人之刀劍為己用，一點也不吃虧。

套馬行車，兩人很快到了別苑。

這是沈知落名下的宅子，不知什麼時候起就給了尹茹和孫耀祖守著，兩人也不客氣，當自己家住，見她進門，倒是一改先前的怠慢，禮節十足地上來行禮。

「給小主請安。」

花月垂眼：「大梁沒有小主，您二位也不必再行這禮。」

「小主這是什麼話。」孫耀祖笑道，「別看最近不曾請安，可在奴才們心裡，您一直是小主，將來大魏復辟，您肚子裡這位，就是大魏皇室唯一的血脈。」

惦記她這點骨血還不算，還要惦記她肚子裡的？花月腹誹，扶著霜降的手進屋坐下，看向主位上坐著的那個人。

沈知落氣色看起來不太好，像是一宿沒睡，紫瞳半闔，墨髮披散，沒有繫他那根常見的符文髮帶，星辰外袍也是半垮在臂彎裡。

這副模樣以前在宮裡見得多了，花月每次都說：「先生看起來像是隨時要駕鶴西去，不戀人間。」

「小孩子懂什麼。」他次次都回，「這叫六根清淨，不在意皮相。」

後來再相遇，這人儀態端正了不少，尤其是在蘇妙跟前，衣裳都穿得規規矩矩。

結果蘇妙走了，沈大人又六根清淨了。

甚是有趣地挑眉，花月難得朝他笑了笑：「您既是心情不佳，又何必急著商量事？」

沈知落回神，攏了袖袍道：「他們說大魏復辟之事，少了妳不行。」

「有我也未必行。」兩人坐得近，花月壓低了聲音，下頭的人沒聽見，只沈知落聽得見。

她以為他會瞪他一眼，可是沒有，他甚至輕輕勾了勾嘴角，然後當沒聽見似的繼續道：「馮子襲只聽妳的話，他是兵器庫的管事，手裡握著鑄兵冶鐵之權，若能讓他與我等共進退，便是好事一件。」

花月聽得笑了：「馮大人高官厚祿手握實權，並非是我的僕從，就算我開口，他也不一定會來冒這個險。」

「總得試試。」孫耀祖上來道，「這大梁皇帝老矣，內鬥激烈，氣數也不會太長，中宮已經漸漸失權，咱們只要想法子鬥倒那太子爺，大梁就再無可國之君，到時候趁他病要他命，大魏可歸也。」

安靜地聽他說完，花月覺得好奇：「就算這大梁無可國之君，也總會有人坐上皇位的，那麼多皇子公主，你怎麼就篤定趁他病可以要他命？」

孫耀祖和尹茹相視一笑，兩人齊唰唰地看向了她。

花月：「……？」

「李家是大梁的功臣，可惜功高震主，一直被打壓，女兒送去宮裡，一輩子也不會有皇子，兒子送去邊關，還要為這大梁拋頭顱灑熱血，要不是李三公子抓住機會捏了權，將軍府現在怕是已經成了一塊平地。小主您猜，李家會不會有怨氣？」

想起李景允和周和朔之間那種似近非近的關係，花月垂眼。

李景允一直是防備著太子的，也用長公主與他做過拉扯算計，可要說怨氣，她覺得李景允沒有，他那個人，看著氣勢逼人，仕途頗有扶搖直上之感，實則也不過就是想護好身邊那幾個人和將軍府，別無遠志。

孫耀祖繼續道：「眼下他兵權初握，不見得有什麼念頭，可時日一長，神仙也會生異心。只要他能坐上這大梁的皇位，那您這肚子裡的孩子，便是我們名正言順的少主，一旦成年，便可擁之為帝，重奪大魏江山。」

想法可真不錯，花月都忍不住給他鼓掌。

「您這是同意了？」孫耀祖一喜。

「同意啊，有什麼不同意的，按照你這說法，我不但能做皇后，還能做太后，那可終於是死後能藏皇陵了。」花月樂得眉眼彎彎，「只是有一點，李家三公子那樣的人，要如何才能坐上大梁的皇位？」

「您還瞧不起三公子不成？」尹茹拍著腿道，「他那手段可了不得，這才上任多久，御林軍和禁軍裡沒有不服的，這便是天生的武將。」

廢話，李景允打小就是羅華街一霸，又是武將世家出身，功底有，招式也雜，整個京華就沒人能一對一打贏他的。

御林軍和禁軍裡一開始都有不服的，然後都被拎去練兵場比劃了幾次，再不服也不敢說了。

那人穿著皂羅袍和銀甲，持長槍立馬的時候，便是她見過全天下最好看的人。

只可惜，這人好像與她越走越遠了。

花月低頭，笑著理了理袖口。

「他們將想法與我說過了。」沈知落道，「妳只需養胎生子，順便勸勸馮子襲，事兒倒也不麻煩，只是那周和朔要對付起來有些麻煩，需要再從長計議。」

「那太子爺自然是沈大人最為了解，咱們也說不上話。」孫耀祖攏袖道，「你們商量好知會小的們一聲便是。」

沈知落點頭，起身帶著花月去了後院。

後院有六角亭，常歸已經坐那兒許久了，見著她，眼神依舊像毒蛇一般，只是凝著沈知落，蛇關在簍裡，時不時朝她吐吐信子。

「前頭那幾位志在天下。」沈知落道，「像他們那樣的人很多，都盼著將這天地翻過來，要花很大的力氣。而這裡坐著的三位不同，咱們小家子氣，只知道報私仇。」

常歸看著殷花月便笑：「前朝仇怨，與這位將軍夫人有什麼干係？」

沈知落瞥了他一眼。

微微一頓，常歸聲音低了些：「也沒說錯，將軍夫人如今錦衣玉食有夫君撐腰，日子不是過得挺好的，又何必來蹚渾水？」

花月也不惱，笑著回答：「過得挺好的日子我向來不會珍惜，就想找些渾水來蹚，大人若是不樂意，還可以往這兒掐。」

她指了指自己的脖頸，眨了眨眼。

沈知落沉了臉朝他看過來，常歸閉嘴不吭聲了，這小主看著溫軟，心裡可勁兒記著仇呢。

「剛收到的消息，太子約了五皇子下月去東宮賞花，常大人的意思是機會難得，想潛入東宮行刺。」沈知落問，「小主怎麼看？」

「聽起來很簡單，可宮裡規矩甚多，光是從宮門過就要受幾道檢，哪兒那麼容易潛入？」花月搖頭，「先前觀山那一次，常大人就以為勝券在握，不曾想周和朔早有察覺，這回貿然行事，下場也差不離。」

提起觀山那一次，沈知落便笑：「太子戒心極重，一早知道常歸等人有行刺之心，是將計就計殺了常大人一個措手不及，為了保全一些人，在下不得已只能捨棄大人那些部下了。」

呸，什麼保全一些人，他想保全的也就是他的人和殷花月。

提起這事常歸臉色就難看，他麾下那麼多人要是還在，如今哪裡用得著看沈知落的臉色。

「那您二位覺得該如何？」他問。

花月道：「另尋時候吧，宮裡不是下手的好地方。」

冷笑出聲，常歸嗆道：「就因為如今宮裡守衛是您那夫君在看著，您這是怕出事了連累他？左不是時候，右不是時候，我已經為這個好時候等了足足五年，不想再等了。小主但凡還念您皇兄一分，便幫著將人送進宮去，其餘的事，用不著您操心。」

提起殷寧懷他就會開始暴躁，花月也算是習以為常，在常歸的眼裡，這世上除了他自己，所有人都是要害殷寧懷，對不起殷寧懷的。

執意如此，她也懶得再勸，直接點頭應下。

常歸不願與她多待，商量好一些細節，起身便走。

庭院裡樹葉蕭蕭而下，被風吹過圍牆，不知捲去了何處。花月摸了摸有些涼的茶盞，突然輕聲問：「人還會有下輩子嗎？」

沈知落點頭：「有。」

「那大皇兄會在什麼時候重新回到這個世上？」她歪了腦袋看著他，「我活著的時候還能再遇見他嗎？」

白她一眼，沈知落低聲道：「遇見了妳也認不出來，又何必去想。」

花月沉默，眺目看向遠處有些灰蒙的天。

沈知落拿了一塊東西放在她面前：「這是妳的，總留在我這兒也不像話。」

瑩白的銘佩，上頭刻著她的生辰。花月一看就愣住了：「哪裡來的？」

「常歸去找回來的，妳收著便是。」沈知落哼笑，「也算個念想。」

昔日殷寧懷將這東西收走的時候，讓她為自己而活，不必再擔著殷皇室的絲毫重擔，畢竟殷皇室從來沒有給過她該有的名分。

而如今，她要攬合著跟他們一起復仇，這塊銘佩竟然就回到了她手裡。

也真是奇妙啊，她點頭，將東西揣進袖子裡收好。

來這一趟其實也沒別的，如沈知落所說，她無大志，只有私仇，若能搭著他們這架勢將周和朔送下地府，那便是大功告成，再無所求，所以常歸說的主意她也願意去試，只是，要怎麼把人弄去東宮，還不被李景允察覺呢？

常歸給的名單上的幾個人都是宮門口的護衛，論資歷和本事都離去禁軍還差得遠，花月先是與他們都見過面，然後便趁著李景允不在，帶他們去四處走動。

李大都護正是得勢的時候，上趕著巴結他的人太多，連帶著對花月也是十分客氣，一聽她說這幾個人是遠房親戚，有的人是幫著提拔。李景允事忙，暫時也不會注意，這幾個人便開始漸漸往東宮靠攏。

聽霜降傳消息的時候，花月很是有一種禍水的自愧，她這是捏著火把往李景允的後院燒啊。不過他似乎也不在意，一心只撲在韓霜身上，這麼久了，連府邸也沒回來一次。

韓霜傷重，眾多大夫想盡辦法也只是讓她多活了幾天，八月廿，韓府掛喪，李景允終於回來了。

花月以為他會很憔悴，比如鬍茬忘記刮什麼的，畢竟兩人成親之後，每天刮面都是她來做的，結果那人一進屋，依舊是神采奕奕相貌堂堂，墨黑的眸子往她身上一掃，微微有些軟。

「公子。」她上前行禮。

別人家都是久別勝新婚，落他們兩人身上，這一別回來就成了陌生人。李景允也沒說什麼，往軟榻上一坐，身邊這人便體貼地問：「要讓人送午膳上來麼？有您愛喝的鴿子湯。」

李景允點頭，看她的肚子好像更圓些了，便笑：「養得不錯。」

花月頷首，擺好桌椅請他上座用膳。

掃了一眼桌上菜色，他提起筷子問了她一句：「韓府弔唁妳可要去一趟？」

想也不想地搖頭，花月道：「您去了便好。」

「哦？」他給她夾了一塊肉，眼皮微抬，「是不想去嗎？」

他這神色不太對勁，花月看了一會兒就了然了，先前事出突然這人也許是沒反應過來，眼下在韓府待了那麼久，消息又靈通，可能終於是查到她頭上了。

她沒有想像中那麼慌張，只給他盛了一碗湯，大方地道：「不是不想，只是心虛罷了。」

李景允：「……」

迎上他的雙眼，花月坦蕩地道：「總憋著也不利於養胎，您以前既然說過讓妾身有話直說，那這回妾身就直說了，凶手是妾身放走的，但妾身不知道凶手是誰，也無法出堂作證。」

言下之意，韓霜會死這件事我知道，但我不說，我幫著凶手動手，但這事與我無關。

李景允被她氣笑了：「爺讓妳有話直說，與爺敞開心扉，妳便是這般趁機殺人，胡攪蠻纏？」

花月搖頭：「妾身沒有殺人。」

「幫凶也是凶，妳若是被押去公堂，也與凶手同罪。」胸口起伏，李景允放了筷子，「妳就這麼容不下她，非得取人性命？」

「公子明鑑。」花月平靜地道，「妾身沒有殺人的理由，只是欠了人情，所以幫人一個忙。韓家小姐與公子青梅竹馬，曾也算妾身半個主子，妾身不會因妒對她動手，沒那個資格，只是她欠了債，有人要找她還。」

李景允查這案子好幾日了，知道有可能是馮家尋仇，但從她嘴裡說出來，他還是覺得生氣。

「這麼大的事，妳不會同爺先商量？」

商量？花月疑惑地抬眼：「妾身若是先與爺商量，爺會放任韓霜被刺？」

自然不會，李景允抿唇，於情到底是一塊兒長起來的人，不喜歡也不會看著人去死，於理他還有很多事沒弄明白，要靠著韓霜來解。

他沒出聲，花月也算是知道答案了。放下湯勺，她笑：「先前公子與妾身坦誠相待，妾身很是感激，也曾一度將公子視為最親近的人。可是，道不同不相為謀，哪怕是夫妻，立場不同，您的刀子也早晚會橫在妾身的脖子上。與其到時候撕心裂肺，不如早些清楚明白。」

清楚什麼，明白什麼？李景允氣了個半死：「這世上多的是雙全法，妳做什麼非要去走獨木橋？是不是非得爺將妳按去公堂上，妳心裡才舒坦？」

狡黠一笑，花月搖頭：「爺現在按不了妾身了。」

「妾身是您將軍府的少夫人，懷著您的親骨血，您眼下就算去太子面前說妾身是前朝餘孽，也只能是個玉石俱焚的下場。您手裡有妾身的秘密，妾身也捏著您棲鳳樓的帳本。」

棲鳳樓背地裡做的勾當實在太多，無法擺上檯面，哪怕粉飾得乾淨，她這種精通帳目的人，也能看出許多門道。

指節捏得發白，李景允滿臉陰霾，站起身看著她：「爺拿心窩子寵妳，妳往爺心窩子捅？」

「公子恕罪。」花月低頭，「妾身說的只是您先捨棄妾身的情況，您若不賣了妾身，妾身自然會把那些東西一直藏著直到帶進墳裡。」

好個殷掌事，好個西宮小主，真是半點不肯被人拿捏，始終要為自己留足後路。李景允怒不可遏，只覺得自己滿腔心思都餵了狗。

「您喝口湯吧。」她低聲道，「妾身只是同您坦白落水之事，並不是要與您決裂。」

這同決裂有什麼區別？他挖空心思想了解她，想替她兜著收拾攤子，想與她走一條道，結果這人倒是好，三言兩語就與他劃清界限，再不願意沾染。

李景允覺得殷花月像隻蝸牛，看著慢慢吞吞的，也溫柔，可你只要一不小心碰著她點兒，她就立馬縮殼裡去，擺出一副風月與我無關的姿態。

什麼毛病啊這是。

深吸一口氣，他道：「爺養不住妳這樣的人，妳若實在覺得與爺不是一條道上的人，便搬去先前那個小苑住吧。」

沒有人會願意被人抓著把柄，花月說出這一番話，就做好了要離開將軍府的準備，反正莊氏不在了，她搬出去住，還不用天天面對李守天，順帶也能有自己行動的自由。

只是，起身朝他行禮道謝，她還是有那麼一丁點，就一丁點的難受。

第69章　懷孕傻三年

京華的天漸漸轉涼，風拂鬢邊，觸碰生寒，人在庭院裡坐，得裹上厚厚的毯子，再捧上一盞熱茶。花月將自己裹得很是牢實，半倚在長椅裡，安靜地聽著小采說話。

「三公子最近似乎心情不好，常去棲鳳樓，他身邊還是那些人，沒聽著議論什麼宮裡的事，只有一回聽見溫御醫說這個月東宮有宴，要去一趟。」

「嗯。」花月應聲，捧著熱茶吹了一口氣，看著眼前氤氳的白霧，微微有些走神。

來這小苑裡住了有一段日子了，倒是比想像中更加清淨自在，李景允沒有來找過她，只給她包了三百兩銀子供開銷。

這是大梁人養小房的做法，把霜降氣得夠嗆，直說要回去找他說理。花月勸了她半晌，她還是哭道：「您這懷著身子，在這冷門冷院裡怎麼過？」

神色複雜地看著她的眼淚，花月實在沒好意思說，就是要在這冷門冷院裡她才能過得舒坦，不用受著李景允忽冷忽熱的恩寵，也不用再想些有的沒的兒女情長。

按照常歸的意思，花月安排好了人。只是時間倉促，他那幾個人也只能在東宮附近巡邏，算不得東宮禁衛，也只能自己想法子找機會行刺。

安排是安排了，她也沒把這事放在心上，畢竟宮裡守衛森嚴，就算常歸手下那幾個人神功蓋世，也不會取得了周和朔的首級，頂多會給李景允惹出些麻煩。

先前常歸說她是因為李景允才不願意在宮裡動手，其實非也，餿主意就是餿主意，她只是不認可常歸那顆被仇恨沖昏了的腦子。但惹出麻煩來，似乎也能幫她一把。

「還真就是倒楣，手下的人亂調度，引狼入室，傷了太子的姬妾。」溫故知長嘆一口氣，「誰知道那些人怎麼想的，三爺管那麼嚴，還敢亂塞人。」

幾個人坐在棲鳳樓的露臺上聚會，一邊喝酒一邊吹風。蘇妙坐在柳成和旁邊，聞言眨了眨眼，問：「太子怪罪了？」

「這還能不怪罪？皇城裡出的事，連陛下也會聽見消息，就算那日三爺不在宮裡，最後罪名也得分他一份。」溫故知皺眉，看她一眼，問，「表小姐最近可見過嫂夫人？」

蘇妙點頭：「表哥將她養在小苑裡，我去看過一回。」

「那——」他試探著問，「嫂夫人最近可好？」

「挺好的。」蘇妙道，「雖然不知道怎麼突然去小苑了，但臉色養得不錯，比先前瞧著水潤。」

溫故知沉默，一雙眼微有暗光。

「你又琢磨什麼呢？」蘇妙不悅，「桌上這麼多人，就數你心思最多，跟表哥似的，想到什麼也不肯說。」

「沒有。」垂下眼，溫故知道，「我就是看嫂夫人和三爺像是吵架了，三爺一連幾日都寢食不安的，瞧著真讓人心疼。」

若只是單純小倆口吵架，那還好說，就怕這裡頭還有別的貓膩。

「誒，說起來，表哥人呢？」蘇妙左右看了看，「不是說好今日來嘗棲鳳樓的新菜，他怎麼還沒到？」

柳成和唏噓：「都說宮裡出事了，三爺哪裡還出得來？少不得要給太子殿下交代一番。」

「只是交代？」蘇妙皺了皺鼻尖，「不會受罰吧？」

「這誰說得清？」溫故知搖頭，「東宮最近本就事多，太子心情不佳也不是一天兩天了。不過話說回來，就三爺那性子，即便受罰也是不會同咱們說的，咱們還是喝酒吧。」

要是她還在沈知落身邊，這時候定能聽他透露幾句東宮的情況，可惜她已經是個棄婦，表哥就自求多福吧。

搖頭飲下一盞酒，蘇妙看向遠處皇城的方向。

李景允站在周和朔面前，已經做好了被問罪的準備，畢竟太子爺最近屢遇糟心事，有個由頭送上門，他借機發洩也是情理之中。

然而，他朝上頭行禮半跪，周和朔竟是笑著扶起他，不責不怪：「是底下人疏忽，還讓你受累跑一趟。」

「臣請殿下寬限幾日，臣必定將那幾個刺客的來歷查清上稟。」

「哎，不用麻煩，鬧大了給父皇知道，又要睡不好覺。」周和朔寬宏地擺袖，「本宮沒傷著，刺客也都已經畏罪自盡，這事就交給下頭，你且將歇。」

突然這麼大度，李景允還真是有些不習慣，但轉念一想，太子最近正當收勢之時，少不得要拉攏人心，輕饒他一回，也算說得過去。

既然他不追究，那李景允也樂得輕鬆，寒暄一番便繼續出宮休沐。

大殿裡安靜了片刻，等人走得遠了，旁邊的簾子便被掀開。

姚貴妃扶著宮女的手走到周和朔的身邊，望著李景允離去的方向，哼笑：「到底是你看走了眼，白讓老虎長這麼大，結果咬到了自個兒。」

她說的是禁軍兵權之事，周和朔略為尷尬，扶她在主位上坐下，躬身道：「是兒子愚鈍。」

「李守天的兒子，能是什麼省油的燈？」輕撫鳳頭釵，姚貴妃曼聲道，「查吧，看是他瞧不起你這東宮，想把刀架在你脖子上，還是有別的小鬼作祟。」

「兒子明白。」

禁宮遇刺，好比被人一刀從夢裡驚醒，就算刀扎在枕頭上沒砍著脖子，那人也是無法再安寢了。周和朔本就多疑，此事一出，更是懷疑李景允生了二心，不讓他查，卻讓霍庚將宮裡調度查了個仔細。

那幾個刺客是哪個巡邏班子的、怎麼進來的、誰舉薦的，都有據可查，只是費些功夫。霍庚倒也不辜負他的期望，沒兩日就理清了來龍去脈，呈到他面前。

殷花月。

又一次瞧見這個名字，周和朔再傻也該知道不對勁了，被他盤問的丫鬟、後來將軍府的少夫人，竟是將刺客舉薦進巡邏班子的人。

「下頭有說法，說這幾個人曾在羅華街上救過殷氏，殷氏想報答，故而說成遠房親戚，請過兩回飯。」霍庚道，「進巡邏班子，也是下頭那些人為了巴結而給的顏面。沒有證據能證明殷氏與刺客行刺有關，小的也只查到這些。」

周和朔不解地扭頭看向另一側的德勝：「本宮先前是不是吩咐過人去查這個殷氏的身世？」

「是。」德勝拱手，「但沒查出什麼名堂來，只知道她先前是在宮裡做事的，至於名碟名冊，那歸宮裡的管事院拿著，咱們也看不到。」

宮裡的管事院聽的是中宮的令，他麾下的人想去走動，自然是困難的。周和朔沉吟片刻，突然起身往外走。

麾下的人困難，他親自去，掌事院的人也不敢怠慢。雖說區區一個女兒家，不值得他親自去查，但他總覺得要是不弄清楚，便如鯁在喉，不知什麼時候就又會在哪裡看見這個名字。

結果這一趟也不算白來，殷花月留在掌事院裡的名碟，雖然籍貫和生平天衣無縫，看著就是個尋常的宮女，但入宮的年份極早，比大梁定都還早。

也就是說，這也是個前朝餘孽。

霍庚驚白了臉，慌忙道：「殿下，可要派人前去捉拿？」

就這一重身分，再與東宮遇刺有關，那用不著別的證據就可以把人抓回來。

然而，周和朔闔上冊子，竟是原封不動地放了回去。

「捉不了。」他沉聲道，「她有身孕，又是將軍府的少夫人，這個節骨眼上捉她，便是要與景允為難，告去父皇面前，父皇也只會當本宮是在奪權。」

還真是，東宮與中宮勾心鬥角已久，陛下心知肚明，已經寧願恩寵五皇子都不願再助長這兩宮的氣焰，殷氏有李景允護著，那只要李景允還在朝中，太子就沒法明面上動手。

至於暗地裡。周和朔瞇眼，能送走一個莊氏，自然也能送走一個殷氏，不就是女眷麼，像手裡的螞蟻似的，一捏就能死。

花月每日都讓廚房熬安胎藥，熬來也不喝，就一碗一碗地倒了，留下藥渣給黎筠玩。

黎筠已經受箱，可以正式行醫了，溫故知也不知道為什麼，就讓她先來小苑照顧。花月也不介意，每天聽黎筠的話用藥，廚房裡送來的藥，就都給她放著看。

一連看了好幾日，黎筠終於笑著拿筷子敲了敲碗：「來了。」

「來了？」花月興奮地湊過去。

霜降不明所以，好奇地看了看那碗藥：「什麼東西來了？」

「折肺膏啊。」花月笑吟吟地朝那藥碗揮了揮手，「好久不見。」

霜降：「……」

果然是懷孕傻三年。

黎筠端著藥碗放去一邊，好奇地問花月：「您怎麼知道一定會有貓膩？」

廢話，周和朔是什麼人啊，能耍陰的肯定先耍陰，要熬過他這幾招，才能等到面兒上的路數。

不過，黎筠這孩子單純，別看裝腔作勢的像個大人，內心也就是個純良的小孩兒，花月也不忍心說那些個雜事，只笑道：「防人之心不可無，妳多替我看著點。」

似懂非懂地點頭，黎筠出去收這一爐藥的藥渣了。

霜降擔憂地問：「這吃喝她能看著點，若是有刺客，咱們這一院子的老弱病殘能如何？還是早些回將軍府吧。」

「不必擔心。」花月胸有成竹地道，「我把旺福牽過來了。」

第70章　被刺

「那奴婢就放——等等，旺福？」霜降有點茫然，「旺福能咬得過刺客？」

「不能。」

「……」

「但牠警覺，有賊闖宅便能把人叫醒。」花月道，「只要我們醒了，那就誰來都不怕。」

黎筠聽得很驚訝，左右打量一番，心想這清冷的小苑裡竟還藏著護衛，不過這少夫人怎麼就這麼自信，萬一來刺殺的人功夫比院子裡藏著的人更高，那她們該怎麼辦？

這個問題在半個月之後有了答案。

半個月連續不斷的折胏膏沒有起到絲毫的作用，有人按捺不住了，趁著月黑風高便帶了幾名武功絕頂的刺客翻牆而入。

他們來之前就打聽好了，府裡養了狗，但這幾位有信心，功夫到家，保管不會將狗驚醒。

結果幾人嗖嗖落地，沉睡中的旺福還是「嗷」地一嗓子叫了出來。

「怎麼回事？」有人憤憤不平，「誰發出了聲音？」

旁邊的刺客沉默地看著他腳下踩著的狗尾巴，長嘆了一口氣。

狗吠叫醒了主屋裡睡著的三個人，黎筠一個鯉魚打挺起身：「少夫人莫怕，小的——」

話沒說完，手上就是一緊，花月拉過她和霜降，二話不說就跳進了拔牙床裡頭的暗道。幾人跌跌撞撞地從暗道逃到京兆尹府的時候，黎筠才明白了什麼叫「誰來都不怕」。

這誰追得上她們啊？

京兆衙門半夜是沒人的，只幾個衙差守著堂子，朝鳳收到消息趕過來一趟，將她們安置在了衙門的廂房裡，讓人守著她們睡了個好覺。

這一通折騰，雖然是有驚無險，但花月這身子還是不太舒坦，黎筠忍不住勸：「要不還是回將軍府去，至少護衛多，不用總逃。」

花月輕笑：「哪兒是想回去就回得去的？」

欲言又止，黎筠沉默。

她曾經問過師父，為什麼少夫人懷了身子反而失了寵，師父同她說，少夫人不是失寵，是壓根不想被寵，但凡她肯給三爺一個臺階，兩人也不至於鬧到今日這一步。

也就是說，只要她去求求三爺，這將軍府就回得去。

可是，看看她眼裡那幾抹寡涼淡漠，黎筠搖頭。

少夫人不會去求的，哪怕今兒沒那條暗道，她也還會待在那小苑裡。

朝鳳陪花月說了會兒話就走了，她倒不是急著回府，而是柳成和還在棲鳳樓跟人喝酒，她要回去接一趟。

棲鳳樓裡燈火通明，李景允坐在主位上，餘下之人七歪八扭，都已經喝了不少。她是中途離席的，蘇妙見她回來，仰頭便問：「出了什麼事，讓妳這麼急急慌慌的？」

「沒事，去了一趟京兆尹衙門。」在她身邊坐下，朝鳳瞥了主位上一眼，沒敢大聲說。

他們這一群人都明白，三爺最近與那殷氏分外不對盤，提都不許人提。以前有人要給三爺送些佳人美眷，他還給人甩臉子，如今歌伶坐他懷裡他也絲毫不拒，若不是還守著莊氏的孝期，那將軍府裡怕是又要添喜了。

提防著三爺生氣，朝鳳想，她還是噤聲為妙。

可是蘇妙向來好奇心重，最不喜歡人話只說一半，當即就嘟了嘴拉著她的衣袖晃悠：「那京兆尹衙門有什麼好去的，柳公子在這兒坐著都沒動，怎的偏生要妳過去。朝鳳姐姐是不是看我喝醉了，蒙我呢？」

「沒。」朝鳳低頭跟她使眼色，「表小姐喝醉了就歇會兒。」

蘇妙醉眼朦朧的，哪兒看得見這示意，不依不饒地道：「快說給我聽聽，他們說的那些個詩詞歌賦都無聊死了，我就指著妳出去一趟帶點兒趣回來。」

擰不過她，朝鳳瞥了李景允一眼，小心翼翼地側過身子低聲道：「花月那邊出了點事，去了京兆尹衙門，我過去幫著安置了一番。」

「小嫂子？」蘇妙挑眉，絲毫沒壓低聲音地就喊了出來。

原本熱鬧的席上突然一靜。

李景允捏著酒杯的手僵了僵，冰冷的墨瞳朝這邊掃過來，帶著點秋夜沁人的涼風。

打了個寒顫，朝鳳捂著蘇妙的嘴賠笑：「表小姐喝醉了，三爺莫怪。」

「表小姐也真是，每天喝得比我們這幾個大老爺們還多。」柳成和開了口，「妳這心裡有事，便會越喝越難受，趕緊放下那酒，尋個廂房先歇著。」

「是啊，老這麼喝對身子也不好。」

眾人七嘴八舌地幫忙打圓場，朝鳳順勢就扶著蘇妙起身，逃也似地離開了酒席。

李景允沒有再看她們，像什麼都沒發生一般，接過柳成和遞來的話，有一搭沒一搭地聊著。

柳成和有些忐忑，生怕這位爺會怪罪朝鳳，可聊了半晌，李景允再也沒提方才那小插曲。柳成和放了心，掃一眼他懷裡抱著的歌伶，也難免有些唏噓。

果然情愛都是雲煙過眼，三爺只是想有個人陪著，至於那個人是誰，也不是那麼要緊。

「成和。」座上的人突然喊了他一聲。

柳成和回神，笑問：「三爺有何吩咐？」

「練兵場裡最近有幾個好苗子，尚無去處，你去安排安排，先讓他們找地方看家護院，等性子磨平，便能送進宮。」李景允淡聲道，「別找太平院子，找些風口浪尖的，也好讓他們有力可使。」

突然給他這麼個活兒，柳成和有些不明所以，但還是應下了。

李景允垂眸繼續飲酒，懷裡歌伶討巧地遞上杯盞來，他盯著看了片刻，眼裡沒什麼波瀾，卻還是低頭接了飲下。

第二日天明，朝鳳親自將花月送回了小苑，打量那院子裡的兩個乾瘦守衛，實在不放心，便央了柳成和，問他調幾個人過去幫忙。柳成和正愁三爺給的活兒不好安排，一聽她說小苑遇刺，心裡一喜，連忙將三爺給的人都送了過去。

他沒敢跟三爺說人送去了哪兒，三爺也沒問，這邊對殷氏就說是朝鳳給的人情，兩廂瞞了個妥當，他也就省事了。

柳成和忍不住感嘆，自己真是太聰明了。

小苑裡多了人，花月也不用睡覺還惦記著旺福的叫喚了，她臉色好了不少，腰身也開始圓潤，半倚在軟榻上看信，從旁邊瞧著，像隻慵懶的貓。

她看的是沈知落給的卦象，說太子紫微星旁生異象，恐有別物奪其華。

這東西周和朔自然也看了，鑑於他最近與沈知落不算太親近，沈知落也拿不準他還信不信這一說。

花月笑了笑，提筆寫了兩封信，其中一封給的是周和瑉。

周和瑉在王府裡都快悶死了，閒散王爺無別事，整日就聽門客臣下說些政務，然後看文書、遛鳥，好端端的少年郎，日子過得跟老大爺似的，令他十分苦悶。

收到花月的信，他難得展顏，想也不想就赴了約。

兩人約在棲鳳樓，今日是八月底，樓裡有江湖雜耍，也有西域美人兒，堂子裡熱鬧非凡。為了避嫌，花月沒與他同坐，兩人一個東一個西，各自坐在花草珠簾著掩映的八仙桌邊，同賞一台歌舞。

周和瑉也只是想跟她出來看看熱鬧的，身分有別，兩人沒法像之前那樣說話，他也能理解。只是，沒坐下多久，他竟就看見了李景允。

李大都護最近忙得很，誰求見都難得見他一面，周和瑨正好也有事想找他，便出去與他寒暄，兩人一起坐回雅座，低聲交談。

這只是一件碰巧的事，雖然也有人撞見了，但也只好奇那兩人約在這兒說什麼，並未聲張。

但不巧的是，這一回密談之後，太子跪在御書房裡求陛下授其巡防宮城之權，陛下沒應，留下李景允等人商議一番之後，扭頭就將這美差給了五皇子。

這其實是馮子襲和內閣幾位舊臣的主張，與李景允沒什麼關係，但太子不知道御書房裡發生了什麼，差事不是自己的，李景允又在場，加上有人密信告發他與五皇子私交過密，也有人證說撞見過兩人在棲鳳樓。

周和朔不樂意了，之後李景允求見，他推說身體抱恙將人攔了。

這回也不怪他疑心病重，實在是巧合重重，無法解釋，畢竟他也不可能猜到有人會知道李景允月底要去棲鳳樓結帳，專踩著這個時候帶人來碰。

熟知棲鳳樓結帳日子的殷花月沉默地看著鏡子裡的自己，覺得自個兒額頭上就刻著「禍水」兩個大字。

她倒也不是要害五皇子和李景允，這兩人要是湊了堆，太子也沒辦法拿他們如何，只是李景允若是一直向著太子，那沈知落就算有通天的本事，也沒法找到周和朔的破綻。

只要李景允同周和朔漸漸離心，那他們的機會就來了。

坐在前院裡，沈知落與她小聲說著話，時不時咳嗽兩聲。一張臉蒼白無色，瞧得花月很是難受：

「生病了不知道找大夫瞧？」

「我沒病。」捂了手帕咳嗽一番，沈知落垂眼，「外頭風大。」

這還沒病？就差燈盡油枯了，花月很納悶：「好像自重逢開始，你這身子看起來就不太好。」

眼裡劃過一抹古怪的神色，沈知落側身避開她，轉了話頭問：「蘇妙最近有沒有來找妳？」

第71章　而後生

說起蘇妙，花月便笑：「她總來，瞧著心情挺好，只是常與溫故知那一群人飲酒對詩，酒沒少喝。」

她先前就愛喝酒，也就是在與他成親之後突然收斂了些。如今沒人礙著，想必又是醉生夢死。

他也就是隨口問問，反正已經休妻，她的生死都與他沒什麼干係了。沈知落垂眼攏袖，雲淡風輕地點了點頭。

正說著呢，霜降就從外面進來，看了他一眼，低頭朝花月小聲道：「有客人來。」

這小苑裡能來的客人只有一個蘇妙，花月挑眉，看看霜降又看看旁邊有些走神的沈知落，眼珠子一轉便道：「沈大人稍坐，我去去便來。」

沈知落點頭，安靜地坐在石桌邊，目送她出去。

這庭院雖然不如將軍府的華貴，但綠葉交映，山石錯落，也算有兩分雅致，只是在秋日裡難免淒清，風吹過處，沒什麼人氣兒。沈知落盯著那假山石上的葉子，目光微有些渙散。

風裡沒由來地夾了一絲酒香，有人跌跌撞撞地往這邊來了，腕上兩個白玉鐲一碰，叮噹作響。

這動靜沈知落不可能聽不見，但他只脊背一僵，坐在原處沒動。

蘇妙扶著月門跨進來，左右看了看，笑嘻嘻地問：「勞駕，可曾看見一位美婦人了？今兒穿的是秋香色的長裙，頭上戴著桃紅錦額。」

桌邊那人抬眼看過來，神色有些複雜，目光掃過她這嬌憨的臉，不著痕跡地便別到了旁邊：「她方才出去了。」

蘇妙挑眉，睇著眼打量他一番，坐下來困惑地撓了撓頭：「怎麼看你有些眼熟啊。」

臉色發青，沈知落捏著羅盤，抿緊了嘴角沒吭聲。

他厭極了她大醉時誰也不認得的模樣，像個登徒浪蕩子，嘴裡說盡好話，實則誰也沒記掛，沒心沒肺，看著就讓人來氣。

可偏生每回她醉了都愛湊到他跟前醉眼朦朧地問：「你是誰家俏郎君呀？」

沈知落冷笑，拂袖起身便要走。

蘇妙下意識地伸手拉了他的衣袖，分外嬌媚的臉蛋朝他仰上來，不依不饒地晃著肩膀：「怎麼不理人的？」

「休書已經討到手了，蘇小姐還想讓在下理個什麼？」他沉聲道，「在下不會飲酒，陪不了小姐尋樂。」

眼神恍惚地怔了半晌，蘇妙反應過來了，小嘴一扁眼眶就紅了：「對哦，我拿了休書了，你給的。」

話說的是對的，可這語氣實在委屈，活像是他做錯了一般。沈知落這叫一個氣不打一處來：「不是妳非要讓我寫的？」

乖巧地應了一聲，蘇妙站得筆直，愣呆呆地點頭：「嗯，我讓你寫的。」

「……」深吸一口氣，沈知落只覺得胸口發悶，額角也直跳。要走的是她，要哭的也是她，說喜歡他想陪她天長地久的是她，說要休書一走不回頭的也是她，哪有這樣的？

鼓了一口氣想好生與這人理論一番，結果還沒開口，蘇妙就先鬆了手。

她好像終於回過神來了，眼裡有片刻的清醒，退後一步扶著額朝他低頭：「抱歉，喝多了不認人，胡言亂語的，您別往心裡去。」

說罷，轉身就要往花月那主屋裡走。

是可忍孰不可忍，沈知落一把將人抓回來，捏著她的腕子冷聲道：「妳真當旁人都沒有脾氣，隨得妳來來去去？」

蘇妙沉默地回視他，想了想，道：「那我不走，沈大人留我下來，要做什麼？」

一句話堵了他個半死，沈知落氣急，闔著眸子冷聲道：「我也是瞎了眼了才會信妳有真心，祝蘇小姐重掃娥眉，再覓佳婿。」

「承您吉言。」蘇妙回他一禮，轉身就進了屋子。

沈知落怒不可遏，轉頭大步朝門外邁，卻正好撞見急忙過來的花月。

「沈大人這便要走了？」花月很是意外地看他一眼，「不是還要說一說那東宮裡的事？」

差點被氣得忘了正事，沈知落閉眼，揉了揉眉心：「換個地方說吧，蘇小姐醉酒，剛去了妳的屋子，待會兒少不得要鬧騰。」

「我說她跑去哪兒了，原來直接來了這院子，叫我好找。」花月鬆了口氣，示意他去花園小亭裡坐，一邊走一邊吩咐霜降，「快去看著表小姐些，給她收拾好床鋪，讓她睡個好覺。」

「是。」霜降應下。

沈知落冷眼瞧著，漠然道：「妳何必費這力氣，讓人送她回將軍府，還少些麻煩。」

愕然地看他一眼，花月覺得好笑：「回將軍府，怎麼回？你又不是不知道，她與李將軍鬧成那樣，哪兒還回得去。」

腳步一頓，沈知落不解：「她與李將軍鬧什麼？」

面前這人眼睛陡然瞪大，像是在看什麼怪物似的上下掃他一圈，然後眼神緩和下來，唏噓地道：「原來你不知道，我還當你真是個鐵石心腸的人，都那樣了還捨得休她。」

沈知落很是茫然，花月卻像是解開了謎題，不慌不忙地在小亭裡坐下，抬眼問他：「沈大人想知道怎麼回事麼？」

休書反正都給了，蘇妙有什麼事都跟他沒關係，他是供奉天地之人，哪能像這些凡人似的貪嗔痴？沈知落不屑地別開頭。

半晌之後，有個聲音低低地從旁邊響起：「怎麼回事？」

樂不可支，花月扶著石桌便笑：「國師大人也能有今日，我總算信你說的天道有輪迴了，這世上還真是因果有報。」

她笑了好一會兒，直到瞧見這人面上有些掛不住了，才輕咳兩聲，把事情原委說給他聽。

庭院裡風聲細細，沈知落安靜地聽著，面上沒什麼變化。

「……將軍府如今是炙手可熱，八百里外的親戚都上趕著過來打秋風，她倒是好，直接將自個兒逐出門去，惹得李家上下一頓痛罵。我以為她這是奔著同你一輩子去的，可不曾想沒多久，竟領了休書。」

花月很感慨：「她上輩子是得有多大的罪過，才換來今生與您相遇。」

身邊這人沉默著，半個字也沒有回她，花月也不著急，自顧自地嘀咕：「其實表小姐也是傻，早知道會拿休書，就別與李將軍鬧了，你是沒看見那天將軍把她罵得有多慘，府裡的丫鬟婆子都出來看笑話，就連她父母的牌位，也一併從祠堂請走，送去了永清寺。」

「瞧著也挺機靈的姑娘，遇上你就死心眼，嘴皮子上說得瀟灑，實則虧都是自己悶吃，不值當啊。」

長嘆一口氣，花月捏著手帕若無其事地道：「我也不是要勸你什麼，你是知天命的人，行事自然有你的道理。給了休書也挺好，等過幾年風頭下去了，表小姐還能尋人另嫁，躲著過日子也不錯。」

話說得差不多了，她也沒看沈知落，不著痕跡地轉了話頭，讓他繼續說先前的正事。

按照原先的安排，說完事他是該立馬離開這小苑，以免被人發現，引出什麼閒話來，但事情交代完之後，沈知落坐在原處沒動彈。

花月扶著霜降的手站起身道：「大人稍坐，這到了時辰，我便該帶著肚子去散步了，您要是累了就多坐一會兒，車馬總歸是在後門等著的。」

「好。」沈知落應下。

這兩人走了，身影很快消失在花園外頭，沈知落在原處坐了片刻，還是起身去了主屋。

蘇妙已經睡下了，手裡抱著枕頭，腳不老實地踹開被褥，睡得毫無儀態，他站在床邊看了片刻，面無表情地低下身子將人抱了起來。

「這來人家府上，還有帶東西走的道理？」霜降躲在暗處，看著沈知落把人抱上門外的馬車，瞠目結舌地小聲問。

花月從牆邊伸出腦袋往外瞥了一眼，擺手道：「帶就帶吧，他來的時候帶了一箱子禮，這正好算咱們的回禮。」

「可是。」霜降有些擔憂，「這樣當真合適？萬一表小姐不想跟他回去——」

「那她就不會挑這個時辰過來了。」花月彈了彈她的腦門，「妳呀，還是腦子不夠靈光。」往常這個時候，蘇妙都還在棲鳳樓和那幾位爺喝著酒呢，這麼突然地趕過來，又非往沈知落跟前湊，小女兒心思昭然若揭，她這做人嫂子的，總不能不成全。

「這帶回去，就能好嗎？」霜降很困惑，「都鬧到寫休書了。」

「也許不會馬上好，但一定有用。」花月想起李景允曾經在榻上看的那本書上的一句話，微微一笑。置之死地而後生，死地已置，再壞也不會如何了，只要表小姐還喜歡沈知落，那後生是必然的。

到底是將軍府出來的姑娘，沈大人算得盡天下，也未必算得盡人心，栽人家手裡也不算虧。更何況，這次是他自己心疼了。

沈知落是不會說心疼不心疼這種話的，他覺得膩味，況且眾生皆苦，憑什麼就她要得他心疼？想是這麼想，但回去的馬車裡，他還是將人仔細抱著，手護著她的額角，免得搖晃間撞上車壁。

他不明白這世上怎麼會有蘇妙這麼奇特的人，分明一點也不正經，一點也不真誠，可偏生拋下一切也要跟著他，說她是逢場作戲，可也沒有人能把戲做成這樣，好端端的大小姐不當，何苦來哉？

第72章 別走

馬車行了一路，突然遇著個土坑，車身顛簸，駿馬長嘶，睡得好好的蘇妙驟然驚醒，一雙狐眸霧氣騰騰地睜開往上瞧。

心裡咯噔一聲，沈知落強自鎮定地穩住神色，雙目平視前方的車簾。

「我怎麼在這兒？」她輕輕掙開他的手，爬到旁邊的位置坐下，困惑不已。

懷裡空落，沒由來地有些涼意，沈知落伸手撫了撫衣擺上的褶子，低聲道：「蘇小姐喝醉了，方才非要與在下一起回府，便上了車。」

蘇妙錯愕，皺著眉努力回想，腦海裡怎麼也找不到這個片段了。

看來酒還是不能喝太多。

「停車吧。」她掀開簾子看了看外頭，「醉酒的人話哪裡能當真，沈大人到底是心太軟，如今這名不正言不順的，哪兒還能任人胡鬧。」

「蘇小姐打算去哪裡？」沈知落面無表情地道，「外頭已經是城西宅子堆，在這裡下車，走回去少說也要半個時辰。」

「無妨。」蘇妙擺手，打著呵欠睏倦地道，「我身上揣著銀子，隨便去找個客棧住下便是。」

「……」馬車沒停，沈知落扯了她手裡的簾子甩開，一聲不吭地收回手，繼續摩挲羅盤。

蘇妙挑眉，好笑地問：「這是怎麼個意思？沈大人不是向來不待見我，難不成還非要請我回府上去做客？」

「妳的房間沒動。」他垂眸道，「床單被褥都還在，比外頭乾淨，也不用花銀子。」

「是這麼個理，但您也得看合適不合適啊。」蘇妙舔唇，笑得三分媚氣七分疏離，「您不會喝酒，也陪不了我尋樂，再加上我又是個來去隨意的，領了休書還去府上叨擾，少不得要有人說我死皮賴臉。」

「妳還怕人說？」他斜睨過來，眼尾頗有怒意。

心裡莫名有點發怵，蘇妙看他兩眼，不說話了。沈知落這個人天生的好皮相，平時瞧著覺得漂亮俊俏，可一旦生氣，眼神也當真是嚇人，她揉著有些昏沉的腦袋，背過身去靠在車壁上，心想總歸也走到這兒了，去睡一晚就睡一晚好了，明兒再回去也不遲。

結果第二天醒來，她剛睜開眼，就看見了守在床邊的木魚。

「小姐。」木魚很是茫然地問，「您怎麼回來這裡了？」

蘇妙也很茫然：「妳怎麼過來了？」

「姑爺……不，是沈大人讓奴婢過來伺候。」木魚還有點沒回過神，語調都飄飄忽忽的。

她跟著小姐一起過門，鮮少與沈大人說話，畢竟這位大人原本話就不多，連小姐他都愛答不理。可是昨兒晚上，她還在棲鳳樓候著呢，這位大人突然就過來了。

木魚以為出了什麼天大的事，結果沈知落親自站在她面前，只說了一句：「隨我回去伺候妳家小姐。」

要不是掐著自個兒大腿，能清晰感覺到疼痛，木魚真要以為自己在做夢。

眼下看著小姐，木魚發現了，覺得自己在做夢的不止她一個，面前這位也沒明白是怎麼回事。

「出去看看吧？」匆忙洗漱一番，蘇妙拉著她出門。

她這房間跟沈知落的書房是在同一個小院裡，兩人一出門，就看見沈知落在庭院裡坐著，曳地的袍子星辰熠熠，背影蕭如秋木。

聽見動靜，他回眸看過來，淡聲問：「早膳想吃什麼？」

一口氣沒緩上來，蘇妙嗆咳不已。

認識這麼久了，她從來沒從沈知落嘴裡聽見過這種話，這好比神仙當著她的面跳下九霄，又好比一塊冰冷的鐵突然化成了火熱的鐵水，怎麼聽怎麼驚悚。

左右看看，確定他問的是自己，蘇妙遲疑地答：「珍珠翡翠包？」

沈知落點頭，招來奴僕吩咐兩聲。

「其實不必麻煩。」她尷尬地笑了笑，「我們這便要走的，打擾一宿，多謝了。」

捏手行禮，轉身就想跑。

面前影子一閃，沈知落攔住了她的去路。蘇妙抬頭，想看他要說什麼，結果這人只板著一張臉充當一塊攔路石，一個字也不吐，就這麼回視著她。

她往左，他也往左，她往右，他也往右，來回兩趟，蘇妙沉了臉：「沈大人這是何意？」

「廚房已經在做了。」他道，「去屋子裡換身衣裳，待會兒就能吃。」

蘇妙穿的還是昨日的衣裙，衣襟上還有些酒氣。她低頭嗅了嗅，沒好氣地道：「不勞大人費心，還請讓路。」

沈知落又不說話了，渾身上下都透著拒絕。

蘇妙：「……」

她昨兒去小嫂子那兒其實也是被人慫恿，幾個人正喝酒呢，溫故知說沈大人去小苑了，問三爺要不要去看看。她那表哥心情差也不是一天兩天了，聞言就讓她過去一趟，他沒興趣。

蘇妙其實想說她也沒興趣，但李景允飛快地拿了一張房契拍在她面前，懶洋洋地道：「去就送妳。」

對於現在四處浪蕩漂泊的蘇妙來說，房契無疑是最有吸引力的，畢竟她那點嫁妝要是置辦宅院，可就過不了日子了，難得表哥大方，她便多喝了幾杯，乘醉去攪合。

誰知道竟會被這人給扣回來，原先留也不留的，現在竟會攔著她不讓走了。

心口莫名有點疼，蘇妙紅了眼低笑，捏著袖口擦了把臉。

沈知落看著她那眼圈，眉尖一蹙。

「妳先前不是說想要煉青坊的寶劍？」他低聲道，「回房去看。」

微微一頓，蘇妙撇嘴：「你先前還說女兒家舞刀弄劍很難看，不如琴棋書畫文雅。」

廢話，她耍刀槍就跟秦生那幾個武夫切磋，雖說是切磋，可在練兵場那邊一打就倆時辰，擱誰會覺得好看？沈知落抿唇，懶得同她多說，將她肩膀扭轉，往房裡一推。

方才匆忙沒注意，眼下抬頭，蘇妙當真看見了掛在她床邊的鑲寶勾玉長劍，這把是花劍，適合女兒家用，不重，也漂亮，她向來最喜歡漂亮東西，當即就拿下來抱在懷裡看。

沈知落站在門外，朝旁邊低著頭的木魚輕聲問：「妳家裡可還有親人？」

木魚驚了驚，看一眼屋子裡的小姐，猶豫地答：「還有個弟弟。」

點了點頭，他道：「若有什麼需要幫襯的，給星奴說一聲便是。」

木魚：「……？」

京華皆知，大司命不喜與人親近，更是不講人情，可現在是怎麼的，不但主動與她說話，還要主動送她個人情？

目瞪口呆地望著這位主子，木魚跪下行了個禮，然後慢慢地反應過來了。

他這是不想讓小姐再走。

可是，為什麼呢？難不成如今的小姐，對他而言還有別的利用價值？木魚很納悶，也不敢往好處想，畢竟她是一直在蘇妙身邊的，大司命有多薄情，她都看在眼裡，哪會有人突然心上生血肉，懂得心疼人了呢？

蘇妙看完了劍，總算不吵著要走了，坐下來心平氣和地用過了早膳，才問了沈知落一句：「能讓木魚去給我表哥回個話麼，也免得他擔心。」

她房契還沒收呢。

「好。」沈知落點頭，讓人把木魚送了出去，然後便將門一鎖，與她一起坐在書房裡。

「您這是禁足？」蘇妙挑眉，「不嫌我煩了？」

抬步坐去書案之後，沈知落「嗯」了一聲。

「那可不巧，我不想坐在您跟前可怎麼辦？」她歪著腦袋衝他笑，「一看見您，我就想起每晚喝的黑乎乎的藥汁，又苦又悶的，有些反胃。」

身子微僵，沈知落抽了書來擋住臉，沉聲道：「不管是誰嫁進來，都會喝那東西。」

他這一門到他是終結，命定無子，有子也夭，與其到時候痛苦，不如直接不要。

蘇妙不信這個，他同她解釋也只不過是徒增氣惱。

面前這人聽著他的話，嗤笑一聲並未當真，只將身子轉過去背對著他坐。

沈知落也不急，將書拿下來些，安靜地看著。屋子裡突然多個人，放以前他會看不進去，可現在反倒是覺得心安了，一連半月都沒處置好的事務，一個時辰裡也都清了個乾淨。

蘇妙望著花窗，神色複雜地想，表哥聽見她又回沈府了的消息，會不會氣得不給房契了？

窗外的秋風刮得生寒，梧桐落地，再熱鬧的院子也有兩分淒意。

李景允望著那落葉，安靜地把木魚的話聽完。

然後重重地「呸」了一口。

「什麼走不了，被攔著，她若是真想魚死網破，沈知落還能與她同歸於盡了去？」翻了個白眼，他冷笑，「房契別拿了，我給她改成一塊地契，就選那墳山上頭的，等她哪天被害死了才用得上。」

木魚硬著頭皮小聲嘀咕：「小姐也不能為這點事尋死啊，況且奴婢瞧著，沈大人態度挺好。」

大魏能有幾個懂事人？就沈知落那樣的，還態度好呢，壓根不知道心疼人的。李景允瞇眼，分外不平。

木魚站在下頭，有些不知所措，旁邊的溫故知笑著將房契抽來給她，低聲安撫：「別害怕，這位爺鬧脾氣呢，表妹有的東西表哥沒有，想想都可憐，妳別在意，回去覆命吧。」

第73章　親自釣魚

木魚接過東西，惶恐地退下了，主位上坐著的人不樂意，把酒盞往桌上一放，「咚」地一聲響。

「你說什麼？」

溫故知一個哆嗦，笑著轉頭行禮：「沒，三爺聽茬了。」

冷笑一聲，李景允撫著杯沿漫不經心地道：「你有這碎嘴的閒工夫，不如多去中宮轉轉，聽聞中宮最近多病多災。」

提起這事，溫故知在他身邊坐下，低聲道：「中宮有自己信任的老御醫，哪裡用得著我去插手，再者說，那七皇子想來是要活不成了，傻子才在這個時候往上湊。」

七皇子是皇后所出，剛滿五歲，從年初就開始生病，拖到秋天，已經是要留不住。中宮只這麼一個嫡子，眼下正一日往御書房跑三回地告狀，說那後宮有人要害嫡。

抿了一口酒，李景允不以為意：「陛下不會聽的。」

宮裡這些個嫡庶之爭，今上都該看膩了，在他面前，對錯是沒用的，全看他喜歡誰。比起那病怏怏年紀又小的七皇子，擺明是功勞甚多又長伴君側的太子更得寵。

「說是這麼說。」溫故知道，「可咱們這太子爺也真是流年不利，壞事都打著堆兒來了，禁軍的兵符交出去了也罷，昨兒麾下的右衛策馬在羅華街上疾行，被巡衛營的人當場抓住，太子想護短，竟被內閣幾個老臣往聖上面前遞了兩句話，雖無責備之意，但聖上也罵他管束無方，話說得重，太子爺不高興極了。」

打小被誇著長大的，哪兒挨得住罵？更何況東宮下頭的人狐假虎威慣了，錯漏向來不少，以前是沒人敢揪，眼下五皇子出來了，少不得有想報復的。

但這點小事都能直達天聽，李景允撇嘴，還真是不能小看那一群人。

只是，太子再受責備，也是這大梁的儲君，一點小事就想撼動他，還是有些異想天開。

要是以前，李景允可能會幫襯著些，但眼下，周和朔擺明了連他也一起排斥，他也就不上趕著找活兒做了，聽個熱鬧便是。

轉頭看向窗外，他面沉如水，不知想起了誰，鼻尖裡輕輕地哼出一聲來。

入了秋的京華只在九月初最熱鬧，這時按照慣例有一日休沐，宮側門會開，一些得了恩賜的宮人奴婢會出來走動。

羅華街上人來人往，那些人融進人群裡，很快就四散開，與常人無異。

蕭立是中宮的太監，與旁人不同，他是帶人出來做事的，不挑雅靜的地方休息，反倒是往羅華街最大的茶樓裡頭走。

茶樓這地方人多嘴雜，三教九流什麼樣的人都有，若是運氣好，能聽見點有用的消息。

他是抱著僥倖的心跨進大門的，沒想到今日運氣當真是不錯，一進門就聽見有人說：「要說狠，誰狠得過那一位呢？下藥害人，半夜橫刀，什麼事做不出來？」

耳朵一動，蕭立不動聲色地朝旁邊看過去。

角落裡的小桌，坐著兩個婦人，說話的那個眉苦眼紅，一身半舊衣裳，頭無半支珠釵，肚腹微微攏起。聽著的那個一臉愕然，謹慎地看了看左右，壓低聲音道：「話可不能亂說。」

叫了一壺茶，蕭立十分自然地坐去了她們旁邊的空桌，拿出幾根藤條，過去紮鳥籠。

那倆姑娘戒備地看了他一眼，見他只是個紮鳥籠的，便回頭繼續道：「這有什麼亂說不亂說的，要不是那東宮裡的奴才，我能落到今日這個下場？」

花月滿臉惆悵，捏了帕子按住眼角，哽咽地道：「若是莊氏還活著，我何至於被趕出將軍府。」

霜降唏噓：「妳也別總惦記了，本也就是個麻雀變鳳凰的買賣，再變回麻雀也沒虧，妳至少還撈著銀子了不是？」

「可妳看看，我身上就剩二十兩了，那風光無限的大都護也沒說管上一管，這肚子裡還懷著他的孩子呢。」花月嗚嗚嚶嚶地低泣，「莊氏是護著我的，她若沒被東宮那個奴才給害死，我現在還在將軍府裡喝著燕窩粥呢。」

「東宮的奴才怎麼會跟夫人過不去？」霜降皺眉，「這說出去誰信？」

「便就是沒人信，不然還容得他們逍遙法外？」花月微惱，小手絹往她身上一打，委屈極了，「我可是知道的，東宮那個叫德勝的奴才用折肺膏生生催死了莊氏，幫著害人的奴才被他打死了，誰也告不了他。」

說著，低頭就哭起來。

蕭立安靜地聽著，大概猜到了這兩個人的身分，先前也曾耳聞大都護娶了一個奴籍之人，但沒想到背後還有這麼多事，怪不得大都護現在與東宮不親近了。

這夫人看起來是失了寵，哭得傷心至極，引得旁邊的茶客都頻頻回頭，旁邊的小丫頭許是有些尷尬了，連忙扶她起身往外走。

略一沉吟，蕭立跟了上去。

馬車一路駛回小苑，花月下車在門口站著等一會兒，才抬步進去。

蕭立打量四周，記住了位置，便回去覆命。

七皇子病危，中宮恨透了姚貴妃，想方設法地想給她安罪名，宮裡的罪名抓不住，那就抓外頭的，本想打聽些別的，不曾想抓住了東宮的把柄。

沒有證據的罪名，在別人手裡是沒用的，但在皇后的手裡，那用處可就多了。

花月安心地在小苑裡等著，霜降看了看她的肚子，頗為擔憂地問：「這是不是有些冒險了？」

「想借刀殺人，就得先心甘情願給人家使力。」花月笑著摸了摸肚腹，「況且，它最近乖著呢，不會有大問題。」

欲言又止，霜降皺眉。

黎筠從外頭收著藥渣回來，路過門口朝裡頭行了一禮：「夫人，外頭好像來客人了。」

這個時候的客人？花月起身出去看，結果就見蘇妙站在一輛馬車邊，雙手叉腰橫眉怒目，看起來像隻炸了毛的鳥兒。

「嫂子。」看見她出來，蘇妙立馬往她身後跑，抓著她的肩膀看向馬車的方向道，「嫂子救我。」

整個京華，還有蘇妙會怕的東西？花月很納悶，抬眼一瞧，正好瞧見沈知落掀開半幅車簾，微惱地朝她身後瞪。

……還真是她會怕的東西。

拍拍蘇妙的手，花月問：「怎麼了？」

「這人囚禁我。」蘇妙委屈地道，「街不讓逛，門也不讓出，好不容易有機會路過這小苑，他還不讓我進來給嫂子請個安。」

「是有點過分了。」花月點頭，看向沈知落。

「妳也真好意思說。」邁步下車，沈知落冷笑，「也不知是誰昨夜翻牆踩碎了我房頂上的瓦，瓦片落下來砸碎了半間屋子的器具。」

「房頂都踩塌了？」花月唏噓，看向蘇妙。

蘇妙嘟嘴：「那也是他先關的我，不然我能踩房頂上走嗎？」

「關人是不太對。」花月看向沈知落。

沈知落不悅：「欠錢不還就想走，還怪別人關？」

恍然大悟，花月問：「妳為什麼欠錢？」

蘇妙跺腳：「他自己說要送我寶劍，結果等我將劍出鞘了便問我要銀子，哪有這樣的道理！」

花月了然，扭頭想再指責沈知落兩句，就見他垂眼道：「您肚子裡懷草了？怎麼風往哪邊吹您就往哪邊倒。」

花月：「……」

手捏著嘴閉上，她退後半步。

這兩人站在她跟前你一句我一句地罵起來，花月聽了半晌，總算是明白了。

蘇妙想走，沈知落不讓，找了一萬個藉口來留人，趕上蘇妙氣性在，不肯下臺階，就這麼僵住了。

她懷疑這兩個人是來刺激她這個冷院棄婦的。

「這麼著吧。」她道，「表小姐不想回沈府，沈大人不想表小姐走，那您二位就在這小苑裡住下，兩全其美。」

蘇妙一愣，愕然地扭頭：「嫂子妳這是什麼餿主意。」

「總歸也是妳表哥的別苑。」花月笑道，「妳倆住也是名正言順。」

「我倆住這裡。」蘇妙不敢置信，「那妳住哪兒？」

這小苑也不大，主屋就一間，別的都是偏房。

花月笑瞇瞇地道：「正好我住不了了，別苑空著還不好應付來送月錢的奴僕，妳們住著倒是能幫個忙。」

沈知落一聽就明白了她會去哪兒，當即點頭：「可以。」

「可以什麼呀，誰跟你可以。」蘇妙瞪他一眼，急忙過來拉著花月的手，「為什麼呀？嫂子妳想去哪兒？妳不要我表哥了？」

「妳表哥哪兒輪得著我來不要啊？」花月輕笑，「他在那棲鳳樓裡朝秦暮楚，身邊美人兒可多了，要說也該是他不要我。不過我也不是要走，就是有事離開兩日，過段時間就回來。」

聽著前半句，蘇妙心裡就是咯噔一聲，表哥最近在棲鳳樓著實有些浪蕩，不過她以為嫂子不會知道的，沒想到她這麼清楚，甚至還能笑著說出來。

她有些不安地捏著花月的指尖，低聲辯解：「其實表哥他也就是一時興起，沒哪個人能進門。」

是啊，守著孝期呢，自然不進門，只是，懷裡抱嘴裡嚼，恩愛起來也都那個模樣。

花月搖頭不去細想，只道：「你倆要是願意幫我這個忙，便就明日過來，我給你們準備好鑰匙。」

第74章　綁架

這哪兒成啊，蘇妙頭一個反應就是想讓木魚去知會表哥一聲，可旁邊這沈知落竟是一把將她拉回車上，半掀著簾子與花月告辭：「明日午時便來。」

花月頷首，笑著站在門口目送，蘇妙氣急，抓著沈知落的衣袖就道：「哪有你這樣做事的，就算不盼著小嫂子和我表哥好，但那也算你的舊人，哪能由著她懷著身子到處走的？」

放下車簾，沈知落睨她一眼：「我為什麼要不盼著他們好？」

「廢話。」蘇妙叉腰，抬著下巴怒道：「你打一開始就不想小嫂子嫁給我表哥。」

「那是因為他們不合適。」沈知落平靜地道，「不管是妳表哥還是別的誰家表哥，不合適就是不合適，沒什麼好下場，我為何要想她嫁？若是真有天作之合，我便不會多說半個字。」

微微一噎，蘇妙皺眉：「你強詞奪理，這京華還有比我表哥更好的夫家？」

「妳表哥是個好夫家，妳小嫂子為何就落在這冷院裡頭了？」他瞥她一眼，輕輕搖頭，「再住下去，她肚子裡的孩子也會在這兒出生，一輩子不與父親親近，夫妻離間，骨肉相仇，是妳想看見的？」

氣焰稍微弱了些，蘇妙狐疑地看著他：「你是這麼想的？」

「不然怎麼想？」沈知落氣不打一處來，「還能跟已經出嫁的人想到兒女情長上頭去？」

老實說，蘇妙還真是這麼想的，不過看他這一臉看傻子的表情，她撇嘴，打消了這個念頭。

他不是這麼想的，又覺得小嫂子出門無妨，那小嫂子可能只是想去哪裡散散心。蘇妙想，既然都答應了，明日便過去看看，讓人跟著她點，也算對表哥有個交代。

然而，第二天午時，他們到小苑的時候，花月已經不見了。

頭一天晚上花月就做好了準備，蕭立既然跟過來了，那必定會有人找她去說話，只是她沒想到這群人來得這麼快，她連交代霜降兩句都來不及，就被人蒙著眼綁上了車。

她沒掙扎，乖巧地跪坐在車裡，若不是手被綁著頭被蒙著，蕭立還真當她是乘車出遊的。

擔心有詐，他掀開蒙頭的黑布看了一眼，正好對上花月那雙迷茫的眼。

「大人這是要帶我去何處？」她低聲道，「妾身身懷有孕，自是不會掙扎，也請大人生死給個痛快。」

按照規矩，蕭立是不會在這兒與她說話的，但這姑娘生得楚楚可憐，話說得清楚，眼眶卻已經紅了，肩膀顫抖地看著他，模樣要多可憐有多可憐。

思忖一二，蕭立還是道：「我家主子有事想問問姑娘，便請姑娘去府上做客，原是怕姑娘慌張，驚擾這夜間宵禁，姑娘既然不喊叫掙扎，那這繩子解開也無妨。」

說罷，旁邊兩個丫鬟上來替她鬆綁，又扶她坐上了軟墊。

花月與他道謝，然後好奇地問：「你家主子是哪個府上的？」

蕭立笑而不答，只道：「府上難得請客，還望姑娘守些規矩，若給我家主子惹出麻煩來，便是妳我都不好受了。」

話說得還算客氣，但字句裡總有一股子涼意順著脊背往上爬。花月縮了縮身子，滿臉驚慌，不敢再問。

蕭立對她這反應很是滿意，引她去了中宮裡的外間偏房，將她安置妥當，又指了丫鬟看顧，便回去覆命。

要是旁人被這麼帶到門口才看得見四周，定要不知道這是哪裡，畢竟偏房簡陋，與外頭宅子裡的廂房也沒什麼兩樣。但花月認得這地方，在這兒坐著，倒是比別處更自在。

馮子襲先前就說中宮病急亂投醫，她以為是誇張了，沒想到反而是含蓄之言。她可沒領李景允的休書，中宮竟也敢直接將她綁回來，想必真是別無他法了。

不過失寵如她，綁了也無妨，李景允哪怕是知道了，也未必會與中宮如何。

花月安心地在偏房住了下來，時不時坐在窗邊哭一會兒，與身邊兩個丫鬟說一說自己在莊氏走後的慘澹生活，等丫鬟問起，便將那德勝如何買通羅惜害了莊氏的事細說給她們聽。

姚貴妃與中宮勢如水火，姚貴妃不喜的莊氏便成了長公主的手帕交，先前因著韓霜的事，長公主與將軍府斷了往來，可如今莊氏死了，死因還對東宮不利，長公主頓時就為自己的手帕交打抱不平了，到底也是誥命夫人，哪能死得不明不白的？

沒有證據，但有證人，長公主將此事說與了帝王，甚至暗示東宮以此手段害人久矣。皇帝沒什麼反應，畢竟死的只是一個誥命夫人，讓人把東宮那個奴才腦袋砍了便是，他也不願多生枝節。

結果七皇子就在這時候薨了。

花月好端端坐在偏房裡，就聽見外頭突然哭號一片，她打開窗戶往外看，就見奴僕宮人跪了一地，淒苦的哭聲穿透了半個宮廷。

七皇子是早晚要死的，但這時候沒了，實在有些突然。

溫故知一收到消息就去將軍府找人，進門卻見三爺坐在主屋裡望著牆上的掛畫發呆。

他順著他的目光看過去，就見那畫上女子嬌俏地撲在男子身上，兩人斜倚軟榻，恩愛非常。

眉梢一動，他道：「這畫師不錯，畫得惟妙惟肖。」

連殷花月臉側的淺痣都點出來了。

收回目光，李景允不甚自在地道：「做什麼突然過來。」

「七皇子沒了，按例您該進宮去請安。」溫故知道，「但陛下在御書房發了怒，群臣莫敢接近。」

「哦？」李景允起身去屏風後頭更衣，一邊解繫扣一邊問，「誰又撞刀尖了？」

溫故知答：「太子爺。」

捏著繫帶的手一頓，李景允神色複雜：「福不雙至，禍不單行。」

「這是人禍。」溫故知聳肩，「有人給陛下進言，說七皇子死於折肺膏。」

這三個字聽著耳熟，李景允納悶地回想一二，突然攏著衣袍出門去抓了八斗來問：「別苑那邊近日可有動靜？」

八斗心虛地道：「沒什麼動靜，只是表小姐搬過去了。」

「少夫人呢？」

看他一眼，八斗低頭。

心裡不爭氣地沉了沉，李景允捏了他的手骨，冷聲道：「快說。」

「少夫人……有些日子沒瞧見了，別苑也沒聽見人說。」八斗小聲道，「許是在屋子裡養著，小的也沒過去看。」

溫故知跟著他出來，看他臉上那神情，不由地笑道：「三爺急什麼？人在別苑都這麼久了，也沒見您去看過一回，眼下怎麼突然想起來了？」

「折肺膏。」李景允冷著臉道，「以你之見，宮裡御醫如雲，會讓病中皇子長期吃折肺膏而未曾察覺？」

「不會。」溫故知搖頭，「七皇子有皇后看顧，他用的藥都是有人先試的。」

今日一聽這消息他就明白是有人想拉太子下水。

「所以，折肺膏是個幌子，中宮想定東宮的罪，只要有機會，哪怕要把折肺膏給七皇子灌下去，皇后也會做。到時候再查，只會查到東宮頭上。」李景允道，「況且，韓霜一早就知道這東西。」

神色慢慢嚴肅起來，溫故知將這事前後一想，微微瞇眼：「中宮還缺一些幫著告狀的人。」

如同折掉掌事院，單一件事分量是不夠的，必須要幾個人一起告狀，這些人的身分還不能低。而如今朝中最當寵的——

他看向面前的這個人。

李景允不知道在想什麼，神情分外嚴肅，他起身往外走，大步流星，出門便上馬，甩鞭疾馳。

蘇妙正和沈知落在院子裡僵持，她想出去找花月，沈知落不讓。

「你真想關我一輩子不成？」她瞪他，「強扭的瓜不甜，這句話一早是你教我的。」

沈知落眼皮也懶得抬，攔在她身前道：「解渴也不錯，管它甜不甜。」

聽聽，這是一個修道之人該說的話嗎？蘇妙氣得跳腳，伸手就朝他胸口打了一拳。

雖然是個女兒家，但畢竟是從小在練兵場混著長大的，這一拳力道說輕是輕不了的，落在他心口「咚」地一聲響，沈知落退後半步，臉色驟然蒼白。

有些尷尬地收回手，蘇妙心虛地皺眉：「誰讓你不讓開，打疼也活該。」

沈知落搖頭，似乎是嘆了口氣，將身子半側過去，張口就吐出一抹嫣紅。

血濺在地上，小小的一灘，染上了蘇妙的衣角。

驚慌不已地扶住他，蘇妙咬牙跺腳：「你身子原就不好，挨這一下不躲是想訛上我？」

「嗯。」他半垂著眼，淡淡地應了一聲。

心口沒由來地一跳，蘇妙慌亂地別開眼，拉著他道：「先進去找黎筠來看看。」

餘光瞥著她，沈知落平靜地道：「妳不是說誰再心疼我誰是傻子？」

「我要不傻能看上你？」蘇妙反唇就嗆，凶巴巴地把人按在椅子裡，提著裙子就去找黎筠。

李景允跨門進來的時候，就看見沈知落坐在主位上，懷裡抱著萬年不變的乾坤盤，拇指按著唇邊一絲血跡，低聲淺笑。

第75章　攬合

這模樣若給旁人看去，定要寫個十篇八篇的美人賦來誇他姿容，可李景允瞧著只覺得煩人。

「你怎麼在這兒？」

抬眼看見他，沈知落不笑了，一張臉恢復了從容，閒散地道：「受這別苑主人相邀，來住幾日。」

他把殷花月安置在這裡，是想讓她老實點，別總往他身上動主意，她倒是好，請外男過來住？李景允陰沉著臉，張口剛想問罪，就聽得沈知落接著道：「主人出門好幾天了，三公子若是想找她，倒是要費些功夫。」

她不在？李景允抬眼打量屋子裡一圈，眉頭皺得更緊：「去哪兒了？」

「在下一個外人，哪裡會知道貴府少夫人行蹤。」沈知落慢條斯理地道，「五日前隨蘇大小姐來此地之時，就沒見著少夫人的影子了。」

心裡一跳，李景允站在原地想了一會兒，扭身就往外走。

溫故知跟在他身側，打量一眼他的表情，低聲道：「少夫人不在府裡沈大人才跟著表小姐過來，也算不得壞了規矩。」

都這個時候了，他還在意什麼規矩不規矩？李景允冷著臉跨進後院，將先前柳成和送來那幾個護衛都叫了出來。

這幾個人也算他的心腹，先前別苑裡有什麼動靜都會讓八斗幫忙傳話，可眼下殷花月不見了五日，他竟是半點風聲也沒收到。

不等他問罪，幾個護衛就都跪了下去，為首那個抹著冷汗出來道：「還請大人往宮裡找，京華外頭小的們都找遍了，毫無音信。」

李景允氣笑了：「就不知道早些來稟？」

為首的人抬頭疑惑地望他一眼，低了聲音道：「稟過的，少夫人被綁走那日就稟上去了。」

被綁走？李景允一把將他衣襟拎起來，皺眉道：「你重稟一回。」

「是。」那人有些慌張，但還是一字一句地同他道，「五日前夜間別苑有人闖入，狗未驚，少夫人也未曾發出任何聲響，所以小的們沒有察覺，等發現的時候已經是第二日早晨，小的們傳了話去將軍府，便開始尋人，但無果，便等著大人的吩咐。」

結果等了好幾天，都沒等來什麼吩咐。

李景允聽得沉默，漆黑的瞳孔裡滿是戾氣。

溫故知在旁邊站著，也明白是怎麼回事。這世上多的是拜高踩低的人，見他把少夫人冷落在這地方，又新寵著棲鳳樓裡幾個小姑娘，他院子裡那些奴才便會見風使舵，收些誰的銀子，便不會再在他面前提少夫人。

要不怎麼說那奴才在東院這麼多年都沒能成為三爺的心腹呢，眼力勁太差，就三爺這口是心非的性子，他敢真這麼欺負少夫人，往後就有他吃不了兜著走的。

眼下還是找人要緊，李景允扭頭朝他道：「你回宮去打聽打聽，看有沒有她的消息。」

溫故知應下，但還是忍不住問他一句：「若當真在那風口浪尖上，您當如何？」

眼下這各宮相爭，三爺求的就是一個明哲保身，打死不去蹚渾水，若殷花月當真這麼不識時務，捲入了東宮中宮的爭鬥裡，那爺是保是棄？

「還能如何？」李景允冷笑，「她愛摻和這些事，就該想過自己的下場，爺找她也不過是為著有所防備，不被她連累，指望著爺搭上身家性命去救她，那是不可能的。」

溫故知了然，放慢步伐道：「那就不著急了，慢慢找都來得及。」

李景允看了他一眼，眼尾冰涼。

不敢再玩笑，溫故知朝他一拱手就上馬回宮。

宮裡正熱鬧，七皇子薨逝，中宮跪在御前不起，帶著幾家命婦，狀告東宮肆意殺人，手段歹毒。那場面，端的是唇槍舌戰，玉碎珠飛。

皇帝喪子心痛，又聽人狀告太子，當即便發了怒，要關周和朔禁閉三月。

在這個節骨眼上關禁閉等同奪權，三月之後朝堂如何變幻，就不是他能預料得到的了。周和朔哪裡肯，頭磕在柱子上出了血，聲淚齊下地喊冤，姚貴妃自然是要護著自己兒子的，嬌滴滴往那堂下一跪，皇帝也有些不忍。

皇后見帝王心生動搖，著急不已，姚貴妃向來愛使這一招，就仗著帝王寵愛，顛倒是非黑白。這一遭皇帝若是又輕饒了去，那她的皇兒就真是白死了。

正愁呢，身後站著的殷花月突然往她手裡塞了一樣東西。

身為李守天十分信任的掌事，殷花月是整個將軍府裡唯一一個能灑掃將軍書房的奴婢，李守天書房裡的東西很多，朝臣來往的信箋、將軍府的帳本，每一樣都有分量，但花月從未往外拿。

只這一件東西，在知道了莊氏的死因之後，花月毫不猶豫地拿了出來。

將軍愛書法山水，姚貴妃便寫得一手好字，她曾給李守天寫了一封長信，訴相思，訴愁苦，姚貴妃的性子也烈，訴到最後還將李守天罵了個狗血淋頭，文字十分有趣，但字裡行間，是蓋也蓋不住的情意。

彼時姚貴妃應該已經入宮，但尚未得寵，埋沒在上百宮妃裡，悄摸寫上一封信給舊情人也不算什麼稀奇的事，為了謹慎，她也沒寫李守天的名，全信都用「郎」代替。

那時候的姚貴妃也是愛慘了李守天，半點不肯留下牽連他的證據。

只是，她沒想到，李守天沒燒了這信，而是鎖在了小匣子裡，一鎖就是這麼多年，等花月發現的時候，生鏽的鎖頭已經自己開了，展信一閱，便知有宮妃心在牆外。

當時看見的時候花月還沒想到是哪個宮妃寫的，直到尤氏死因揭露，她才反應過來。

這東西先前拿出來，皇后可能還會斟酌許久，礙著皇室顏面，未必上報，但現在拿出來，便是橫在姚貴妃脖頸上的一把刀，足以讓她斃命，那皇后可就不會管那麼多了。

「臣妾有一事，事關重大，還請陛下摒退左右，留臣妾與姚貴妃細說。」闔上那信，皇后神情嚴肅地朝上頭道，「也請司宗府兩位老大人留下來一聽。」

殿上站著這麼多人看笑話，皇帝也不樂意，一揮手就應了，讓其餘人都退出去。

大殿的門一關就是三個時辰，花月的身子撐不住，先回偏房去歇著了，等到傍晚的時候就聽見看管她的宮女小聲說：「出大事了，姚貴妃被貶了嬪妃，太子也被禁足，這宮裡的天啊，怕是要變了。」

語氣掐著挺嚇唬人，但那眼裡盡是笑意，看得花月也笑了：「該去跟娘娘道喜。」

「夫人這是什麼話，宮裡出事，咱們娘娘哪兒能算喜。」宮女謹慎地左右看了看，又忍不住低笑，「只能說是因果報應。」

花月淺笑，頷首問她：「那我什麼時候可以回府？」

眼珠子一轉，宮女笑道：「您這回有功，何必急著走？多在宮裡住些時候，娘娘不會薄待了您。」

「可我這懷著身子，在這兒叨擾始終有些不方便。」摸了摸自己的肚子，花月賠笑，「還請姑姑給娘娘稟一聲，讓我先回去養胎，等身子養好，再回來給娘娘請安。」

宮女沉默，想了一會兒，還是端著笑臉道：「好，奴婢替您去說一聲。」

「多謝。」花月目送她出去，看了看守在門外的太監，嘴角微撇。

這宮女一去就沒再回來，晚膳照常有人來送，花月又問了兩個宮女，都勸她先安心住下，然後便走了。

於是她明白了，自己恐怕沒那麼容易離開這裡。

按照先前與沈知落商量的，夜間會有人來接應她，帶她走暗道逃離此處。但還沒等到夜間，就有宮人來要帶她出去。

也不說去哪兒，花月自然是不肯動的，只抱著肚子躺在軟榻上哎喲哎喲地叫喚：「太疼了，請個御醫來看看吧？」

宮女有些不耐煩，勉強掛著笑道：「那邊事忙，您先過去一趟，別誤了接娘娘的駕。」

額上冷汗涔涔，花月扒拉著榻邊的紅木架，任憑兩個宮女攙扶，也沒起身。

外頭有太監伸頭進來看了一眼，暗罵了宮女兩句，上前來二話不說就將她拉拽起身。花月只覺得手臂一疼，臉色當即冷下來，反手便甩那太監一巴掌。

「啪」地一聲響，屋子裡幾個奴才都嚇了一跳，誰也顧不得面上過不過得去了，七手八腳地上來抓她。花月功夫底子薄，但輕功是會些的，哪怕懷著身子不方便，也還是翻過了窗臺，一路往外跑。

「抓住她！」後頭傳來幾聲尖叫，附近的御林軍就都動了起來。

這宮裡五步一崗十步一哨，實在不如將軍府裡好走動，花月沒跑兩步就被人堵在了宮道上，唇色慘白地靠在紅牆上，眼露絕望。

要是跟上位者，那還能耍些心機，玩些把戲，但跟下頭這群人，那真是說什麼都沒用，只能等死。

「吆，這不是少夫人麼？」

眼瞧著御林軍的長刀已經橫到了面前，後頭突然就傳來了溫故知的聲音。

花月一愣，抬眼看過去，就見他撥開人群走過來，笑瞇瞇地道：「這才多久的功夫，您怎麼就跑這兒來了，三爺還在那邊等著您呢。」

第76章　再見

旁邊圍著的御林軍眼含戒備，還未開口，就見溫故知遞了個東西過來，笑著朝他們頷首。

幾個人將東西接過去一看，謔，大都護的腰牌，連忙讓開路，拱手作請。

「大人。」追出來的宮人皺眉上前，「這是咱們皇后娘娘的客人，還未去與娘娘見禮。」

「那正好。」溫故知道，「大都護也正有事要去中宮請安，一道去便是。」

「這……」宮人為難，一人在前頭迎著他，剩下幾個還想上去拉拽殷花月，溫故知斜眼瞥見，輕咳一聲：「少夫人可還安好？」

一聽這話，花月立馬捂了肚子哀聲喊：「疼！」

「這可不得了。」溫故知嚴肅了神色看向旁邊的御林軍，「快去知會大都護一聲，先帶少夫人去一趟御藥房。」

「是。」御林軍幾個人連忙動起來，推開宮人便將殷花月扶出來跟著溫故知走。

追出來的宮人裡沒有大管事，也就沒人能說得上話，眼睜睜看人走了，也只能扭頭回去報信。

李景允在御藥房裡候著，一張臉上沒什麼表情，整個人卻是坐立不安，一會兒掀開簾子往外瞧，一會兒又起身踱步。

等了許久，外頭終於有了動靜，溫故知的聲音遠遠傳來：「少夫人這邊走。」

身影一頓，李景允立馬坐回了椅子裡，不動聲色地端起茶杯。

門扇被推開，溫故知帶著人進來，他餘光瞥過去，正好能瞧見她那微泛漣漪的裙擺。

已經是許久不見了，李景允覺得自己是不想念她的，天下女子何其多，一個不乖就換一個，沒什麼大不了的。

可眼下這人重新站在他面前，沒說話也沒行禮，他竟然就覺得喉嚨發緊，眼皮也不敢往上抬。

「三爺。」溫故知抹了把冷汗，「我差點沒趕上。」

冷靜地抿了一口茶，李景允垂著眼哼笑：「沒趕上什麼？」

「接少夫人啊。」他左右看看，低聲唏噓，「中宮也是心狠手辣，都見著我了還不願意放人，要不是您提前料到給了腰牌，我還真不知該怎麼辦。」

「嗯。」李景允點頭，「人接回來了就成。」

平平淡淡的幾句話，說完屋子裡就沒響動了。

李景允僵硬地坐著，眼睛只盯著地上的方磚，他不知道殷花月是個什麼表情，只能聽見自己的心跳聲，一聲又一聲，分外清晰。

這人不行禮就算了，怎麼連話也不說？他忍不住腹誹，都這麼久了，難不成還要讓他給臺階？

花月也不是拿架子，她的確也許久沒見李景允，只聽小采說他在棲鳳樓寵著幾個歌姬舞妾，日子過得不錯。抬眼一看果真不差，氣色不錯，身上的新料子也好看。

這年頭，誰離了誰不能過日子啊，她輕笑。

溫故知站在這二位中間，冷汗都快下來了，眼珠子一轉，他扭頭問：「少夫人方才說肚子疼？」

「為了脫身隨口說說。」花月道，「我這身子養得挺好，用不著擔心。」

「那也是受了驚了。」溫故知沉聲道，「懷胎之人最忌諱驚嚇，您上來坐著，我給您瞧瞧。」

說著話就將她按去了李景允旁邊的椅子裡，花月側頭，正好能看見李景允那張波瀾不興的臉。

「三爺先看著點少夫人，我去拿藥箱來。」溫故知笑著拱手，躬身往後退，順手就將門給闔上了。

屋子裡就剩兩個人，氣氛莫名尷尬。李景允盯著地磚生了半晌的氣，終於還是先開了口：「妳為什麼會在宮裡？」

「回公子。」花月朝他低頭道，「妾身是被人綁進來的。」

「這話妳拿去騙蘇妙，她會信。」他冷笑，「妳前腳進宮，後腳皇后便找東宮的麻煩，哪有這麼巧的事。」

身邊這人沉默了片刻，李景允嗤了一聲，搖頭：「先前不還什麼話都同爺說麼，眼下也坦蕩一回，有話直言，反正妳手裡捏著爺的把柄，爺不能將妳如何。」

他這話裡帶刺，顯然是先前的怨氣還沒有消，花月倒是從容，不爭不論，順著他的話就道：「那妾身便說了，妾身與太子爺有私怨，他既然落井，妾身是必定會下石的。進宮這一趟，也就為這點私怨，還請爺放心，不會牽連到將軍府。」

「是不會。」他點頭，「爺今日再晚找到妳一個時辰，妳就永眠在這皇宮之中，誰也不知道妳去了哪裡，又怎麼會牽連將軍府。」

一開始的安排不是這樣，只能說是後來出了意外。花月微哂，朝他低頭行禮：「多謝公子今日相救。」

「爺稀罕妳這一聲謝？」李景允氣極反笑，「妳再怎麼說也懷著李家骨肉，做這些掉腦袋的勾當，可為妳肚子裡的孩子想過半點？」

花月恍然：「爺原來是心疼這個。」

「自然，要不還能心疼誰家白眼狼？」他不屑，「妳愛做什麼做什麼，爺管不著，但怎麼著也要先把孩子生下來再說。」

大梁女子多是生兒育女的器具，豪門閨秀尚且如此，她自然也好不到哪裡去。

花月低頭認真地想了一會兒，笑道：「那便有勞公子送妾身一程，讓妾身回別苑去好生養著。」

「妳在別苑裡更是無法無天。」李景允擺手，「跟爺回將軍府。」

身子一僵，花月搖頭：「別苑清淨，適合養胎。」

「對，也適合妳下回再被人抓走活埋。」他不耐煩地抬眼，終於是看向了她的臉，「哪兒那麼多廢——」

最後一個字沒吐出來，李景允怔愣地看著面前這人的臉，眼底戾氣驟然而起：「妳怎麼回事？」

莫名其妙地摸了摸自己的臉，花月問：「怎麼了？」

「別苑裡養胎，妳能養成這樣一張臉？」他沉著臉捏住她的下巴，看著這毫無血色又瘦削的臉頰，惱怒不已，「沒吃飯？」

在宮裡哪兒敢亂吃東西？最近是吃得少些，花月掙開他，溫柔地答：「回了別苑好生補補。」

「別提別苑了，就妳這模樣，趕緊給爺滾回將軍府。」他怒道，「出去就讓霜降搬東西。」

氣急敗壞的模樣，像極了在心疼她，花月呆愣地看了片刻，伸手摸了摸自己稍微凸起的肚腹，小聲道：「您不怕妾身回去再礙著您？」

「妳有本事就礙吧。」李景允冷笑，「整個京華沒有人比妳更了解爺，妳想要爺死，在哪兒都一樣。」

可是，她還有事沒做完，哪兒能現在就回去？到時候說不定真要連累整個將軍府。花月暗自搖頭，小心翼翼地同他商量：「下個月回去可好？」

「怎麼，還想留在別苑裡多見見沈知落？」他伸出食指在她面前晃了晃，「妳休想。」

「跟沈大人有什麼關係。」花月嘟囔，「我又不是你，春花秋月冬雪的。」

李景允：「……」

她怎麼會連這三個人的名字都知道？

察覺到他疑惑的眼神，花月笑了笑：「妾身走在街上聽來的，說三公子風流瀟灑，身邊美人環伺，最受寵的那個應該叫秋月，杏眼薄唇楊柳腰，乃棲鳳樓的頭牌。」

心裡跳了跳，李景允不甚自在地別開頭：「亂聽人胡說。」

「這又何必遮掩。」花月搖頭，「男兒三妻四妾是尋常事，更何況公子平步青雲，是京華一等一的才俊，身邊自然是少不了人的。妾身提這個也不是吃味，只是順口一說，公子若是不喜歡，那妾身便不提了。」

大度寬宏，像極了一個有板有眼的正室，只是，缺了點什麼東西，聽著讓人高興不起來。

「總之。」他垂眼道，「待會兒妳隨我一道回去。」

「哪怕妾身還想與東宮太子過不去，公子也想讓妾身回去？」正經了神色，花月問了這麼一句。

李景允抬眼看她，眼底滿是戾氣，像隻下山凶虎。花月平靜地回視，不閃不避。

他與太子交好已久，就算有算計有防備，也是親近的人，她當著他的面說這話，是沒把他放在眼裡的，註定會惹他不高興。可這話若不掰開了說，往後就又是一個麻煩。

「爺不可能允妳做這些事，只要爺還活著，就沒道理點頭。」他沉聲開口，表情凝重，「妳既然是將軍府的人，爺就必須管著妳，區區婦人，焉能做當車之舉。」

花月皺眉，想說那就不回去為好，結果話沒說出來，這人就拉著她的手腕，起身往外走。

「公子？」花月皺眉，「溫御醫還說要給妾身診脈。」

「妳還真當他是去拿藥箱了？」他頭也不回地道，「老實閉嘴跟爺走。」

這不欺負人麼，她又打不過他，掙扎逃竄也無門，跟著他出宮上車，連商量的機會都沒有。

「道不同不相為謀啊。」花月嘆了口氣。

李景允聽著，沒吭聲，只將她領回將軍府，往東院書房一關：「爺讓人給妳收拾房間。」

來去匆匆，像陣風似的，花月錯愕，眼睜睜看著門闔上，又扭頭打量這地方。

第77章　太子失勢

比起先前，現在李景允的書房裡東西可就多了，案頭上堆疊的文書橫七豎八地放著，旁邊還擱著幾枚零散印鑑。

沈知落說過，如今宮內御林軍調度和宮外兵力安排都歸李景允管，他手裡握著千萬人的榮華前程，也握著貴人宗族的性命安危。所以他這書房是斷不可能讓任何人進的，光那案上的東西就得用幾把銀鎖。

然而現在，線圖密信隨意擺放不說，還讓她在這兒站著，抬眼掃過去甚至就能看見自己感興趣的東西。

好比放老鼠進米倉。

天下哪有這麼好的事，多半是個圈套，他算計她也不是一回兩回，每次她都毫無察覺地順著他的計畫走，眼下也是，她都明說了自己與太子有舊怨，他也明說不會允她跟東宮作對，又怎麼可能輕易讓她看見宮裡局部布防和他的私印？

搖搖頭，花月貼著牆根站著，謹慎地瞪著書案的方向。

外頭傳來奴僕收拾灑掃的動靜，李景允的聲音漫不經心地夾雜其中：「隨便收拾一二即可，擺什麼花瓶，不用，擦乾淨就是。」

尾音裡都透著嫌棄。

不悅地撇撇嘴，花月輕哼一聲，想了想，還是輕手輕腳地走到書案邊翻看兩眼。

看歸看，只要她不全信，他還能誆了她不成？

李景允要安排的東西挺多，上至陛下儀駕護衛，下至宮城巡邏換崗，不過這裡放著的只是大體簡略的布防，甚至夾雜著密語，看不太明白，唯一能知道的是，過段時間有貴人要出宮，布防很是緊密。

花月正看得出神，門就被人推開了。

飛快地扔下東西跑回牆邊站著，花月戒備地抬頭，就見李景允端著一盅子藥進來，斜她一眼：「過來喝。」

鼻尖皺了皺，花月勉強笑道：「多謝公子，但妾身每日的藥有黎筠安排，不能隨意喝。」

「這就是黎筠的藥方。」他冷笑，「要防也是爺防妳，妳用得著防爺？」

他對這肚子，比她自己還稀罕，自然是不會害了她的。花月抿唇，磨蹭著走過去，小口小口地將藥喝完。

李景允就坐在她身邊，板著一張臉，眼神譏誚地看著她。

兩人有怨，李景允對她態度不好是情理之中，花月能想得通。但她不明白的是，既然這麼不想看見她，做什麼又非把她抓回將軍府？

原本計畫裡，太子被告受罰，她也就要和沈知落接應，準備好痛打落水狗，可現在她被困，沈知落那邊該如何？

「妳在想什麼？」有人突然問了一句。

花月在走神，下意識就答：「沈知落。」

話一出口，她意識到不對，猛地回神往旁邊看。

李景允似笑非笑地看著她，眼底冰寒一片：「倒是實誠，就為著妳這份實誠，等孩子生下來，爺一定給妳買最好的豬籠，選最深的湖沉，可好？」

「妾身失言。」尷尬地搓了搓手帕，花月垂眼，「妾身是想在與他有關之事，並非其人。」

「妳以為爺會信？」他敲了敲她面前的方桌，神色陰鬱，「別苑都請人去住了，還有什麼事妳做不出來？」

別苑？花月想了想：「妾身是請過人，不過不是請他，請的是表小姐，表小姐與沈大人尚有餘情，就此別過未免可惜，表小姐不願回沈府，沈大人也不願放人，折中做選，妾身便讓他們先在別苑做客。」

眉梢微微一動，李景允神色緩和了些，卻還是別開臉冷笑：「蘇妙跟誰都能過日子，與沈知落分開算什麼可惜。」

那倒也是，花月點頭：「誰和誰分開都不可惜，人各有命。」

喉裡噎了噎，李景允瞪她一眼。

花月不知道自己哪裡說錯了，莫名其妙地回視過去，兩人就這麼大眼瞪小眼地坐著，僵持了三柱香，最後還是花月眼睛疼，揉著眼皮敗下陣來。

「妳在府裡好生待著，莫要再給爺惹出什麼亂子來。」他道，「不該妳做的事少碰。」

「是。」花月乖巧地應下。

應是這麼應了，當真乖巧是不可能的，太子終於失勢，哪能輕易饒過這機會。她暫時無法離開將軍府，外頭還有個沈知落。

沈知落偷偷去見了周和朔。

周和朔被禁足於安和宮，他一出事，身邊的人都不敢輕易接觸，唯恐被聖怒殃及。陛下這次也是發了大火了，不管多少人求情，三個月的禁足一天也不減。

沈知落踏進殿門，毫不意外地看見周和朔蓬頭垢面地靠坐在椅子邊的地上，四周東西凌亂散碎。他爭權已久，一直是聖寵在身，太子之位穩固，哪能想到不過短短幾月，竟風雲變化至此。

「殿下。」沈知落上前行禮。

周和朔一頓，抬眼看向他，雙眼猩紅：「先生曾說，本宮是真命天子，必定榮登九五，開創盛世。」

攏起寬大的袖口，沈知落平靜地回視他：「微臣也說過，殿下切忌多疑，自毀臂膀。」

掙扎著從地上站起來，周和朔踉蹌兩步上來抓住他的衣襟，通紅的眼望進他的紫瞳裡：「本宮多疑？若誰的話都信，本宮也未必能有好下場！」

他呼吸急促，捏著他衣襟的手也發抖。

三個月禁足，這跟殺了他有什麼區別，周和瑨本就在與他相爭，這麼長時間他無法籠絡朝臣、插手政務，等於是將太子之位拱手讓人。

「先生什麼都能算到，可曾算到了本宮眼下的境遇？」他皺眉問。

任由他抓著，沈知落點頭：「先前想同殿下提，但殿下對微臣已生防備，無論微臣說什麼，殿下都覺得微臣有反叛之心。」

惱恨地看著他，周和朔揮手猛推：「你也是個騙子，你們大魏的人，沒一個好東西。」

臉色微沉，沈知落朝他拱手，然後轉頭就往外走。

「先生！」周和朔慌忙又拉住他，「本宮失言，本宮近來心浮氣躁，實在不夠溫和，還請先生寬恕，與本宮解惑。」

這是真著急了，往日裡的風度絲毫無存。沈知落回眸看他，輕嘆一口氣。

疑心重是帝王家的通病，太子尚且疑心身邊人，皇帝自然也疑心自己的兒子，皇帝求的是長生不老、權力永恆，自己的兒子妄圖奪權，皇帝自然不會輕饒他。

周和朔因這一身血脈富貴，也會因這一身血脈遭罪。

不過沈知落今日來不是為他解惑的，他將人拉去旁邊坐下，語重心長地道：「按照原來的命數，殿下是能榮華一生的，但您不該懷疑李景允和微臣，自斷雙腿，哪能走好路？如今大錯已鑄，只有一個辦法還能讓殿下重歸正道。」

「什麼辦法？」周和朔急問。

上下打量他一番，沈知落道：「殿下身上冤魂重纏，拖累福澤，若能在重陽之日於宮內祭拜，將其驅散，殿下的氣運便能恢復，不日就有貴人替殿下求情，使得陛下網開一面。」

他身上的冤魂？周和朔擰眉，那多是魏人的。

剛要開口，沈知落就又道：「殿下若要以為微臣是在為那些個冤死的魏人算計，那微臣便就不說了。沾著魏人的身分，在殿下這兒始終是討不著好的。」

「先生別急。」周和朔連忙按住他，「都這個時候了，本宮也不會再懷疑先生，只是，眼下本宮被禁足於此，若還做祭拜之事，會不會橫生枝節？」

沈知落搖頭：「不會，此地無人來，祭拜也不花多少時辰。」

周和朔沉默，目光微閃，似在考慮。沈知落也不催，不管他信還是不信，神色始終淡然。

片刻之後，周和朔道：「那便煩請先生下回來帶上祭拜要用的東西，本宮在此謝過。」

不就是上香磕頭，只要他能擺脫現在的困境，這點小事寧可信其有了。

沈知落應下走了，周和朔坐在清冷的宮殿裡，仍舊滿腹怨氣難消。他是開朝立功的太子，橫刀斬敵，闖宮門，殺前朝餘孽，父皇能有今日安穩江山，他功不可沒，結果竟說捨就被捨了，他甚至沒做錯什麼，連罪名也是中宮硬安上的。

這世上果然什麼都靠不住，骨肉血脈也一樣，靠得住的只有權力。

目光幽深，周和朔捏著椅子的扶手，半張臉都浸在陰影裡。

花月收到消息的時候，李景允正在她身邊的軟榻上睡著，她輕手輕腳地出門聽霜降說話，神色分外凝重。

重陽節別人進宮不是難事，於她而言屬實有些困難，先不說李景允定會守在她身邊，就算他有事離開，秦生那幾個人也一定在附近看著。

抬頭望一眼天，烏沉沉的，明日許是又要下雨，她怔愣地看著，突然想起小時候下雨之後，宮裡不少地方積攢了水灘兒，殷寧懷那人生就一副壞心腸，打水灘過必定狠狠踩一腳，濺溼她半幅衣裳。

新做的衣裳髒了，她仰頭就哭，母后聞聲過來，一定是先抱她起來，然後責罵殷寧懷。後來她學聰明了，路過水灘先踩水濺他，然後自己繼續哭，招來父皇母后，依舊是罵他。

為此，殷寧懷氣得上躥下跳，趁父皇母后不注意，拎起她就往宮外扔。

第78章 重陽

小時候的記憶沒那麼清晰，可花月莫名就記得殷寧懷策馬離開時馬蹄上勾起來的水滴，亮晶晶的，四處飛濺，走得毫不留情。

然而，她在原地等上半柱香，他就會回來，氣哼哼地將她拎回馬背上，咬牙切齒地嘟囔：「怎麼就多了個這玩意兒呢。」

花月當時氣性也大，掐著他的肩就回：「又不是你生的，要你管！」

「不管行麼。」少年坐在馬背上，頭也不回地道，「這麼多年了連聲皇兄也沒聽著，真讓妳死外頭，那我也虧得慌。」

當時只當是小孩兒的氣話，可如今想來，殷寧懷真是虧了，國破家亡，觀山赴死，他還是連聲皇兄也沒聽著。

喉嚨有些發緊，花月擺手讓霜降下去，轉身回了主屋，軟榻上的人依舊閉著眼，似乎睡得很熟。

她放緩腳步，慢慢地坐回了椅子裡。

屋裡安靜，除了呼吸聲別的什麼也沒有，花月坐著坐著眼眶就紅了，連忙拿起旁邊繡了一半的虎頭鞋繼續落針。

李景允掀開眼皮，就看見那人側身對著他坐著，肩骨單薄，手指翻飛，絲線起落在鞋面上，瞧著很是優雅，只是，有什麼東西從她臉上落下來，一滴又一滴，亮閃閃的，墜在手裡的針尖上，四散飛濺。

「……」

將眼闔上，李景允翻了個身，背對著她繼續安睡。

他已經嘗過寵慣人會有什麼下場，沒道理還要順著她讓著她，愛哭就哭吧，反正他不會再心疼。

重陽節當日，天氣陰涼，外頭時有秋風呼嘯，不適合出門。

李景允就在府裡坐著，慢條斯理地沏茶品茗。

「公子。」花月笑著過來行禮，「按照大夫的吩咐，妾身每日要出門走動。」

看她一眼，李景允垂眸：「行，爺陪妳去。」

「不必不必。」她慌忙擺手，「您忙碌了這麼些天了，還是趁著空閒多休息，妾身帶霜降出去即可。」

也不知道是怎麼的，這人突然就把要忙的事都堆在前幾日一次忙完，然後得了五日休沐，天天就守在她跟前。花月急著出門與沈知落聯繫，可始終尋不著機會。

還真是風水輪流轉，以前都是她守著不讓他出府，現在倒是好，轉過來了。

長嘆一口氣，她朝他屈膝：「妾身去就回。」

「妳先別忙。」李景允招了招手，示意她站近些。

花月疑惑地看著他，小心翼翼地朝他跨了兩步。

「前些日子妳是不是往府外送信了？」他問。

花月一愣，低頭答：「沒有。」

「那倒是奇怪。」他看著她泛紅的耳根，哼笑，「最近截了好幾封信，全是霜降給出去的，用的還是密語，看不明白寫的什麼。」

心涼了半截，花月勉強笑道：「許是她的家書，妾身不知情。」

「是麼。」李景允點頭，不再問，只悠哉地嗅著茶香。

花月在他面前站著，冷汗都要下來了。先前還奇怪傳信出去為何一直沒有回音，原來全落在了他手裡。也不知道他會不會解密，可就算不會，多半也對她起了戒心了。

「哎——」眼珠子一轉，她捂著肚子就皺了臉。

瞥她一眼，李景允招手吩咐霜降：「去把黎姑娘請來給妳主子看看。」

「回公子，黎姑娘今日回宮了。」霜降看了花月一眼，捏著手道，「她走得匆忙，連藥方也忘記留，主子正在換藥吃的時候呢，今日也不知該如何是好。」

想了片刻，她猛地一拍手：「懸壺堂裡的大夫也管用，就是脾氣大了些，不走門過戶，只坐堂看診，今日反正也無事，不如就讓奴婢帶主子過去瞧瞧？」

李景允一臉淡然地看著面前這兩個人，等她們將話說完，才心平氣和地道：「不行。」

花月揚著的嘴角頓時就垮了，她打量他兩眼，終於明白他是起了戒心，今日無論如何也不會放她出府了。

長嘆一口氣，她坐回他身邊，絕望地看了一眼窗外。

她沮喪，李景允似乎就高興了，一會兒吃點心，一會兒去庭院裡舞刀弄劍，爽朗的笑聲能響徹半個庭院。

憂鬱地望著他這背影，花月吸了吸鼻尖。

耍了一個時辰，李景允終於累了，渾身是汗地走過來，眼尾瞥了瞥她，然後越過她取下披風上的衣裳：「妳好生歇著，爺去浴閣洗漱，身上汗黏著不舒坦。」

「是。」花月有氣無力地應下。

門開了又闔上，花月沉默了片刻，突然一個激靈反應過來，扭頭問霜降：「他去沐浴？」

霜降點頭，蹭著門縫看了看：「已經走出院子了。」

這叫一個山重水複疑無路，柳暗花明又一村啊，花月大喜，連忙換了一身俐落衣裳，帶著霜降就出門。

還以為今日進不了宮了，沒想到聰慧如三公子也有這百密一疏的時候。別的都不管了，她一路小跑從西側門出府，到一個盤口與沈知落的人接上頭，便等著乘車進宮。

李景允沐浴更衣回來，推開房門，不意外地就瞧見一副盔甲坐在桌邊。

他挑眉，慢悠悠地走過去看，就見那頭盔中空，塞了綢緞裙子，上頭有人用眉黛胭脂畫了個笑臉，衝他笑得牙不見眼的。

「老掉牙的手段。」嫌棄地在盔甲旁邊坐下，李景允伸手給自己倒了杯茶。

醇香的茶水透著淺褐色，順著光落進杯裡，映著奶白色的瓷杯，很是好看。

他靜靜地看著，眉宇間有點不爽，可嘴角卻還是往上勾了勾。

祭祀之事在大梁是很重要的禮儀，就算只是私下偷摸祭拜，沈知落也給周和朔準備了足夠的香蠟紙錢和金銀器具，按照規矩，入夜行禮，身邊只有安和宮裡的兩個奴才跟著。

周和朔提前讓人打點過，今夜巡邏的御林軍不會來安和宮打擾，他跪在庭院裡，看著前頭騰燒的紙錢，心裡其實依舊沒什麼敬畏的意思。

本來麼，自己的刀下亡魂，都是自己憑本事滅的敵，他們不甘心，自己卻也算不得有什麼罪過，這世上你死我活的事兒多了去了，他憑什麼要懺悔？

可是，面前紙錢上的火一直滅，庭院裡無風，奴才上來點了兩回，那火還是只燒一瞬就熄滅下去。背脊發涼，周和朔總算是跪直了身子，眼睛打量四周夜空，雙手合十拜了拜：「都這麼多年了，記恨本宮也無用，散了吧。」

「殿下。」沈知落低聲提醒，「您得唸往生經。」

他面前就放著經文，周和朔瞥了一眼，很是無奈，閉眼就開始唸。

火盆裡的紙錢燒起來了，可庭院裡也開始起風了，周和朔渾身緊繃，嘴裡唸得飛快，合著的指尖也發涼。

他不是個膽小的人，昔日觀山上沒少見血，就連殷寧懷也是他親手送下的黃泉，若換個膽子小的來，少不得要做幾年的噩夢。但周和朔一次也沒被夢嚇住，哪怕夢裡再見殷寧懷，他也能笑著請他坐下來飲酒。

殷寧懷是個名聲極好的皇子，早年在大梁，就聽聞過大梁臣子誇讚，甚至有拿他來與自己對比的。那時候大梁是安居一隅的小國，他自然比不上人家的大皇子，言語間沒少被人用他擠兌。

所以後來觀山一見，周和朔沒有放過他，不但殺了殷寧懷，還策反沈知落，給他扣上叛國之名，讓他受後世唾罵。

這樣最解氣，以後提起皇子，只說這大梁太子才冠古今，誰還會唸叨大魏的叛徒？

可眼下，真的在這陰風陣陣裡閉上眼，周和朔還是覺得有些難安。

恍然間他覺得自己又聽見了殷寧懷的聲音，不卑不亢，一身清骨地站在他身側問：「若此番攻下京都，殿下可願放過城中百姓？」

眼睫一顫，周和朔猛地睜眼。

他的旁邊真的站著一個人，風骨蕭蕭，神情冷淡，一身青白色長衫，腰間掛著銘佩。

「既然當時答應了，殿下為何又破城屠民呢？」這人輕聲問他，「這幾炷香，祭得了幾個冤魂？」

額上冷汗頓出，周和朔踉蹌後退，定睛仔細觀瞧，才發現不是殷寧懷，是個有些眼熟的女子，做了男兒打扮，負手站在他面前。

「妳，妳是什麼人，為何要來驚嚇本宮？」他沉怒。

花月朝他一笑，眉清目秀，不似先前那閨秀模樣，只往他面前跨一步，拱手道：「在下路過，想問殿下討點東西。」

驚魂難定地捂著胸口，周和朔直擺手，轉頭看向沈知落：「這是怎麼回事？」

沈知落捏著羅盤，眉頭緊皺：「微臣先前就說過，殿下唸往生經之時不能停頓，否則會有大禍。」

「這是個什麼說法？本宮，本宮也沒料到這突然來個人啊。」周和朔看看他又看看那白衣姑娘，想訴苦，腦子卻突然清醒了一瞬。

不對勁，這安和宮就算是半個冷宮，也不該是誰都能進來的，畢竟是在皇宮裡。

除非沈知落帶進來。

意識到不妙，周和朔扭頭起身就想喊，但還不等他喊出聲，後頭一直站著的兩個奴才突然撲上來，一人按住他，一人堵住了他的嘴。

第79章　復仇

周和朔從來沒有像今日這般惶恐過，他戒心極重，所到之處定會有人提前打點清場，身邊帶著的護衛武士也不會少於十個，哪怕是出恭，門外都能站上兩排人。

可眼下，他被皇令禁足，安和宮不比東宮華貴，能受他差遣的護衛也只十餘，為防消息走漏，還都被他遣去了外頭守著，只留了兩個心腹奴才。

就這兩個奴才，方才看還是他的人，眼下再瞧，竟是兩張陌生的臉。

早該想到的。

周和朔掙扎著朝沈知落看過去，滿眼憤恨。

到底是叛過主的奴才，哪裡能真的信他，當初殷寧懷赴死，他能說順應天命改投於他，如今自然也能見風使舵再叛一回。

只是，周和朔想不明白，自己這境地尚能翻身，與殷寧懷的走投無路是兩回事，沈知落為什麼也要放棄他？

兩個奴才力道極大，捂得他幾近窒息，周和朔掙扎無果，臉上漲得通紅，脖頸間青筋暴起，快暈過去的前一刻，口鼻突然一鬆。

有人捏著小巧的瓷瓶，給他灌了一口涼的東西。

嗆咳著喝下，周和朔定睛一瞧，發現是方才那個穿著男裝的姑娘，一口拿著瓷瓶，一手捏著袖口，姿態端莊優雅，不像是暗夜裡的魑魅，倒像是哪個高門裡的夫人。

夫人？

微微一晃神，周和朔突然想起來了：「李門殷氏。」

花月笑著朝他頷首：「這是第三回見殿下，若有失禮，還望殿下海涵。」

嘴裡一股怪味蔓延開來，周和朔眥目欲裂，瞪眼看著她，咳嗽著道：「怪本宮太過仁慈，頭一回見著，就不該放妳走。」

那時候的小丫鬟戰戰兢兢，怯懦不安，像一隻迷茫的小羊羔，看得他都心生憐憫。哪能想到就是這麼個小羊羔，如今竟會站在他面前，用一種看死人的眼神安靜地注視他。

「大魏皇室自古就有訓教，不可小瞧女兒身。」捏著手帕輕輕擦了擦他嘴角邊沾著的藥汁，花月嘆息，「雖然我是殷皇室最沒用的一個小女兒，但到底也流著高祖的血，殷皇室有仇必報，殿下在殺殷寧懷的時候，就該想到自己也會有這麼一天。」

殷寧懷，還是殷寧懷。

周和朔顫抖地看著面前這人，不知道是該驚訝殷皇室竟還留著人，還是該嘆息他終究要輸給殷寧懷。

腹中一股撕裂般的疼自下而上，直抵心口，他喘息一聲，不死心地問：「殷寧懷是妳什麼人？」

庭院裡的火盆裡紙錢燒成了灰，還剩最後一縷焰火，舔著剩餘的邊角跳躍。

花月盯著這縷火，突然想起殷寧懷去觀山之前來見她的時候。

他們倆見面都沒好言語，哪怕是山河將破，敵軍壓境，殷寧懷也還是凶巴巴地道：「銘佩給我，妳原就不在殷皇室族譜之中，這天塌下來，自然也塌不到妳頭上。」

「我樂意頂，你管得著嗎？」她將銘佩死死捏著，雙眼通紅地看著他。

「妳頂不了。」他抓著她的手將銘佩奪去，板著臉斥她，「有多遠滾多遠，妳這小野種生不配住禁宮，死不配進皇陵，就算這回我守不住觀山，敵軍進來清算我殷氏之人，妳也是個無名無姓的。」

說著便推開她，穿著盔甲抱著頭盔，捏著她那無名的銘佩，頭也不回地跨出了殿門。

已經過了這麼多年，花月還記得他走時盔甲磕碰的鏗鏘聲，記得外頭的光將他的影子拉得老長，也記得他捏著銘佩的手抖得不成樣子。

那時候她其實很想喊他一聲，可是沒能喊出來。

「皇兄。」

風吹過庭院，火盆裡最後一團焰火隨著她的聲音熄滅，冒出一縷青煙，蜿漫升騰，化於夜空。

花月怔愣了片刻，定下神來，又說了一遍：「他是我皇兄。」

周和朔不敢置信地看著她，下意識地搖頭：「不可能，你們殷皇室一個都沒剩下，本宮查過。」

「是讓人查過。」沈知落點頭，「只可惜去查的那個人不夠忠誠，酒色財氣一沾染，便將殿下的吩咐拋之腦後。」

「……」意識到是誰在動手腳，周和朔雙目血紅地瞪著他，「本宮待你不薄，殷寧懷能給你的東西，本宮一樣不少地全給了你，你為何要背叛本宮！」

沈知落平靜地回視他，手裡摩挲著乾坤羅盤，餘光瞥了花月一眼。

「有一樣東西，殿下沒給過微臣，只大皇子給過。」

「什麼？」

「信任。」他輕聲道，「殷氏大皇子，文武雙全，心懷天下，疑人不用，用人不疑，他知道我永遠不會背叛他，所以才在臨死前讓我轉投於大梁。」

瞳孔緊縮，周和朔搖頭：「不可能，你分明是順應天命——」

話說到一半，他自己都覺得傻，什麼順應天命，什麼貪生怕死，沈知落從一開始就想好了要報仇，像這麼多年間從未停止過刺殺他的那些人一樣，沈知落也是忠誠於殷寧懷的，他收買得了人，收買不了人心。

怒火攻心，周和朔覺得頭暈眼花，腳下站不穩，踉蹌兩步就跌坐在了庭院裡，扶著額急急地喘氣。

花月在他身邊蹲下來，低聲問他：「降書是你逼我皇兄寫下的？」

梁魏之亂，梁朝皇子周和朔生擒大魏皇子殷寧懷於觀山，殷寧懷寫降書，叛國通敵，令京華城門大開，百姓遭難。

想起這事，周和朔依舊覺得痛快：「他自己寫的，誰能逼他？哈哈哈，妳皇兄是個叛國賊，就算本宮死了，也是堂堂正正的太子爺，可他是個叛徒，要被後世唾罵的叛徒！」

「當時，他騙了大皇子。」沈知落突然開口，「他答應大皇子，只要他寫下降書，便不會動京都百姓一分一毫，大皇子信了，才寫下的那東西。」

誰知道這人假君子真小人，拿著降書貼滿了京都，也沒放過任何一個老弱婦孺。

大皇子死的時候，沈知落就在房裡站著，按照殷寧懷的吩咐，他不敢露出一絲一毫的不捨和難過，只能眼睜睜看著周和朔動手。大皇子死後，周和朔對他大褒大獎，賞他大義滅主之舉，故而後來人都說，殷寧懷是被近臣所殺。

可他們都知道，但凡是大魏的人，誰捨得對大皇子動手？

花月沉默地聽完，抬頭看向他問：「皇兄死的時候疼麼？」

沈知落突然就紅了眼。

定定地看了他一會兒，花月抿唇點點頭，笑著對周和朔道：「不知太子可曉得你們大梁最忌諱的事是什麼？」

身上沒由來地一股涼意，和著肚腹裡撕心肺裂似的疼，周和朔眉頭緊皺，已經是滿頭大汗。

「臣弒君，子弒父。」他咬牙說著，瞪著沈知落，「你這便是……臣弒君。」

最後三個字說出來，眼前已經是一片花白，周和朔不甘心地撲騰掙扎，覺得自己不能就這麼死了，他是大梁的太子，將來會是大梁的帝王，他還有很多事沒做，很多金銀珠寶沒花，哪兒能就停在這裡。

撐著一口氣，他開始拚命往外爬，可沒爬兩步，疼痛如潮水席捲全身，彷彿萬千鋼針在往肉裡鑽，又好似一萬隻蟲子在從肺腑裡往外啃。

冷眼看著那一身綾羅滾泥，似癲似狂，花月平靜地捏了紙錢重新點上，放進了庭院的火盆裡。

「這是給大魏百姓的。」

「這是給我皇兄的。」

「這是給夫人的。」

她一邊念一邊往火盆裡放紙錢，火燒得旺了起來，像地上掙扎那人一樣，痛苦扭曲。

紙錢燒了半個時辰，周和朔也掙扎了半個時辰，半個時辰之後，火熄人斷氣，幾縷青煙夾雜著燃盡的紙灰，飛散出安和宮的宮牆。

重陽節本該是個登高望遠的好日子，可京華屬實不太平，帝王白日裡去祭祖，黃昏回宮，路上就遇見了刺客。雖說只是有驚無險，但自己的性命被人惦記上了，怎麼都是不高興的。

結果回到宮裡，中宮還突然來報，說太子在安和宮燒紙錢，被人撞了個正著。

無祭祀私下燒紙錢，都會被當成是對帝王的不敬，更何況是太子這樣的身分，在重陽節當日燒紙？帝王大怒，當即擺駕去問罪，結果就見人從安和宮搜出刻著帝王八字的牌位、製好的龍袍玉璽，還有一具冰涼的屍體。

「太子私下祭拜，被宮人撞見，下令殺了兩個宮人滅口，結果動靜大了些，引來了御林軍的人，撞破庭院裡的布置，太子殿下當即飲毒，只留下血書，求陛下放過東宮姬妾。」

皇后將事情稟明，又把證據一一呈上來給皇帝過目。

子有弒父之心，就算畏罪自盡，也必定會引聖怒。

「算是替殷寧懷給太子殿下的回禮吧。」花月坐在沈知落的馬車上，看著外頭倒退的宮牆，似笑非笑，「殷寧懷是不是叛徒，後世會有公論，但被抓了個正著的弒父太子，想必死了也進不得皇陵。」

「小主不是說，這輩子都與大皇子勢不兩立？」沈知落挑眉。

花月冷哼：「是啊，你瞧瞧，贏到最後的不還是我麼？殷寧懷那個傻子……」

說到後頭，她咽了聲音，抿著嘴角摸了摸自己腰間的銘佩。

第80章 冷宮

「這個勞煩大人拿走處置了吧。」

取下銘佩，花月捧著放去沈知落手裡。

張手接住，沈知落頷首道了一聲：「辛苦。」

自殷寧懷從她這兒拿走這銘佩開始，大魏舊仇舊怨就都與她無關，殷皇室沒有一個人是指著她來報仇的，是他衝動了些，愣是要將她拉回這泥沼。

不過殷花月很清醒，與他們同謀，只為著取周和朔的性命，周和朔一死，剩下的路便不會再與他們同行。

沈知落很贊成她這樣的做法，但此番牽扯進來的人太多，她想離開，也沒那麼輕鬆。

合攏手掌，他嘆了口氣。

馬車駛出宮門，沒走一段路突然就停了下來。

身子往前一傾，花月抓著座弦定住身子，心裡突然一慌。

「大人。」車夫低聲道，「前頭有人攔路。」

沈知落起身掀開車簾，抬眼看過去，就見李景允翻身下馬走來，眉目清冽，眼神冰寒，玄色斗篷順風而展，上頭的銀龍躍然如活。

他走到車前半步停下，一雙眼穿過他撩著的車簾，望向車裡還坐著的人。

「下來。」

沒想到他會找到這裡來，花月有些尷尬，順從地扶著車轅落地，朝他行了一禮：「公子。」

李景允沒有看她，目光從沈知落的臉上移開，扭頭就往回走。

花月朝沈知落頷首示意，沉默地追了上去。

李景允是騎馬來的，但回去的時候他沒上馬，韁繩扔給奴才，自己大步朝街上走了。

時辰不早，花月已經有些累了，看著他那帶著怒氣的背影，很想就這麼讓他自己走吧，但考慮到今日之事的確是自己做錯在先，她無奈搖頭，還是追了上去。

「公子可有什麼要罰的？」打量兩眼他的神色，花月決定主動一點，「罰妾身禁足府中，亦或是手抄經書，都可以。」

李景允皮笑肉不笑地看著前頭：「罰妳有什麼用，該跑出去見人，還是會跑出去。」

乾笑兩聲，花月道：「以後不亂跑了。」

這句話是真的，她的心事已了，往後可以安心在府裡養胎。

然而，李景允的心情差極了，黑著一張臉道：「妳別給爺說這些，沒用。」

他料到她會想進宮，也猜得到她想做什麼，可是，真這麼逮著人，他還是覺得煩。

「氣大傷身。」花月十分溫軟地道，「妾身給公子認錯，任憑公子處置。」

「妳懷著身子，誰敢動妳？」他冷笑，「也就是仗著這個，淨做些沉湖的勾當也不怕。」

得，還是想沉她的湖。花月聳肩：「妾身不曾越矩。」

「是不曾，不過就是又跟人攪合在一塊兒，又同乘一輛馬車。」李景允很是大度地擺手，「不算什麼大事。」

做派是瀟灑，但話聽著怎麼都有點彆扭，花月看他一眼：「您怎麼還在意這個。」

她要想神不知鬼不覺地進宮，就得沈知落來安排，不坐人家的馬車她怎麼進出？雖然給迎面撞見了是有些尷尬，但是在他那兒，她渾身上下也就個肚子值錢，哪裡還會在意別的。

「不在意，妳別多想。」李景允白她一眼，繼續大步往前走。

他步伐太快，花月覺得腿酸跟不上，沒一會兒就落在了後頭。抬眼看他沒有要等自己的意思，她也不較勁，就坐在路邊的大石獅子旁歇一歇腳。

李景允站在街口，定住步子扭頭看了她一眼。

這人懷身子這麼久了，也不見圓潤，還是那麼小小的一團，坐在石獅子下頭，像個小孩兒似的揉著腿。

真是沒心沒肺，半句話不肯多哄他，是壓根沒想好好在將軍府過日子，所以連逢迎也不屑。

其實他大可以直接走，讓奴僕回來接她便是，可站在這裡看著她，他好像邁不動步子了，一邊氣她狼心狗肺，一邊又有些心軟。

今日的場面，想必不是她好應付的，都這個時辰了，按照她的習慣，也該睏了。

般花月就睏的時候最讓他覺得乖巧，迷迷瞪瞪的，也不拿話堵他，也不跟他叫板，就抓著他的衣袖打瞌睡，亦或是小聲問他：「妾身可以去睡會兒麼。」

聲音又輕又軟，可愛非常。

而眼下，花月抓著石獅子的前爪，勉強撐著眼皮抬頭看天。

她是想看看天色算算什麼時辰了，但這一抬頭，卻對上了一張俊朗的臉。

墨色的瞳孔盯著她一動不動，花月怔愣片刻，也一動不動地回視他，眼裡睏得湧出了一片白霧，看起來有點傻。

意外的，面前這人沒有責罵她，倒是伸出手來放在她的腦袋上，輕輕摸了摸。

「是不是想睡覺？」他問。

「嗯。」她點頭。

李景允伸手，面無表情地將她抱了起來，花月一驚，下意識地勾住他的脖頸。

他已經好久沒有這樣抱過她了，比起先前，他如今的臂力更強了些，抱得十分穩當。

「你……」她疑惑，「不是在生我的氣麼？」

「生妳的氣，跟妳的肚子沒關係，老實待著。」

「……哦。」

說白了還是母憑子貴，花月釋然了，安心地靠在他懷裡，沉沉地睡了過去。

先前被遣走的奴僕趕著馬車回來接人了，李景允抱著她上車，奴僕低聲道：「您讓少夫人靠著軟墊躺便是。」

「嗯。」

嘴裡應著，手裡卻沒放人，李景允擁著她面色陰沉地坐了一路，低頭掃一眼她睡得嫣紅的臉蛋，一邊暗罵一邊扯了自己的斗篷來給她蓋上。

殷花月應該是他這輩子最討厭的女人了，李景允想，沈知落或許沒說錯，他們倆不適合在一起，不會有好下場。

但是。

他沒想過放手。

要沒好下場，便兩個一起沒好下場，死了並骨，下輩子他還找她麻煩。

氣沖沖地給她掖好斗篷，李景允將人抱得更緊了些。

太子的死訊被皇帝給壓了下來，九月底，周和朔因忤逆之罪被貶庶民，逐出皇宮，母妃姚氏牽連獲罪，被打入冷宮。

別的女人進冷宮，都是哭天搶地，喊著要見皇上，要伸冤，可這位姚氏十分從容，著一身素衣也是身段窈窕，嫵媚萬分，朝皇后行了一禮，便扶著宮女的手走了。

皇后看著她的背影，覺得揚眉吐氣，又好像沒有解氣。

爭鬥了這麼多年，她好像從來沒有弄明白姚氏到底想要什麼，什麼東西才能讓她傷心？

長公主出了個主意，把李守天引去了冷宮一趟。

姚氏懶倚在軟榻上，看見李守天跨門進來的時候，突然就笑了，笑聲嬌俏萬分，似千萬銀鈴齊響，又好比玉碎白石，擊環碰簪。

可笑著笑著，她那鳳眼裡還是落下淚來，一串又一串，化開胭脂玉粉，露出臉上幾道細紋。

「她是真恨我，不想要我活。」挑著尾指將眼淚抹了，姚氏看向李守天，「這才多少年，你怎麼老得這麼難看，半點風流模樣也不剩。」

雙鬢花白，李守天站在她面前，沉默地看著她。

姚氏貪婪地打量他好幾圈，喉間微動：「我知道你得來找我算帳，你愛了一輩子的女人最後死在我手裡，你做夢都巴不得把我剁成爛泥。可你看看，我就是有本事，愣是這麼多年之後，才給你這個機會。」

「尤氏的屍骨怕是都碎了吧？你現在去追，也追不上啦。」

「下輩子你還是一個人，哈哈哈，得不到自己的心上人的。」

她越說越開心，撫掌而笑，不像三十餘的徐娘，倒像十幾歲的嬌兒。

李守天負手而立，等她笑夠了，才問了一句：「為什麼是莊氏。」

神情一滯，姚氏有些意外地看著他，卻聽他又問了一遍：「妳給尤氏下毒，為什麼是讓莊氏去。」

眼珠子僵硬了許久，又不可遏制地輕輕顫動起來，姚氏抬袖掩唇，低啞地笑道：「哪有為什麼，知道她是你的新寵，我故意的，就是要你身邊一個知心人也沒有。」

「她從來不是我的知心人。」李守天平靜地道，「受寵也不過是為了替尤氏遮掩，只是沒想到，妳還是會心狠至此。」

「心狠？」姚氏一頓，突然冷下了臉，「我心狠得過你嗎李大人？當年是誰拋下了我，是誰寧可讓我踏進這吃人不吐骨頭的地方也不肯迎我進門？」

「姻緣有道。」李守天嘆氣，「我非你良人。」

怔愣地看著他，姚氏又咯咯地笑開了：「是不是良人要我說了算，從你嘴裡說出來，便是嘲弄了。李大人，你不是我的良人，也不是別人的良人，除了我，剩下的人你也沒一個對得起的。」

她晃著手指，心滿意足地道：「大家都一樣，混帳的是你。」

想起些往事，姚氏晃著雙腿撐著塌邊朝他傾過身子來：「你今日是來送我一程的吧？沒關係，我下去就跟尤氏說，說你最了解我了，你知道我會給毒藥，可你沒攔著莊氏。」

「哦，還有莊氏，那個可憐的小丫頭，一心一意地愛著你，卻不知道她只是你用來逃避自己內心譴責的工具。」

塗著丹寇的手在空中繞了一圈，最後落在自己的鼻尖上，姚氏眨巴著眼看著他，勾唇道：「還有我，下去喝孟婆湯之前，我也要跟自己說，下輩子不要從紅牆下頭過，不要遇見個手握長劍的少年人。」

第81章　過日子

姑娘家就是好騙，鮮衣怒馬的少年從牆下一過，揮劍斬斷她身邊長蛇，她這一顆芳心就毫無保留地給出去，一給就是這麼多年。

姚氏何嘗不知道他已有青梅，可夢裡百轉千回，看見的都是他，喜歡便喜歡了，她有什麼辦法？

她知道自己是遲早要死在他手裡的，只是，真到了這一天，原來心裡還是會怨。

為什麼啊……

「娘娘總把老夫想成神仙。」看著她眼裡的淚，李守天輕笑一聲垂了眼，「在娘娘看來，老夫一日是俠肝義膽，一生便都該如此，若哪日行錯踏錯，便是罪該萬死。」

「可是娘娘，老夫只是一個凡人，凡人是會惜命的，會取捨，會背叛。娘娘向來喜歡逼得老夫走投無路，捨棄糟糠，逼出老夫最平凡的一面，娘娘又會笑，說看吧，你就是一個凡人。」

「這世上活著的人，誰不是凡人？若是平凡過一生，老夫自當珍惜尤氏，珍愛莊氏。可是娘娘親手毀了這一切，卻還要反過來怪老夫無情嗎？」

「老夫這一輩子，辜負的只有娘娘一人真心。而這份虧欠，早在娘娘第一回逼迫老夫之時，兩清了。」

昔日墨髮已經花白，無暇的少年人也有了皺紋，人不是當年人，說出來的話卻讓姚氏恍惚覺得這裡不是冷宮，還是多年前的院牆外。

「你這個人，嘴裡慣會說得天花亂墜。」她搖頭，「你自己的取捨，如何能怪得到我頭上。」

面前這人沉默了，花白的鬢髮映著外頭的光，長長地嘆了口氣。

是他自己的取捨，怪他無能怪他懦弱，李家百餘人和尤氏之間，他沒法選後者。自尤氏死後，他再也沒能睡上一個好覺，原以為這麼多年的冷落多少能保住莊氏，結果到最後，他誰也沒能護住。

眼眸微紅，李守天朝上頭拱手，轉身就要離開。

「李大人。」姚氏慌張地叫了他一聲。

步子停住，李守天沒有回頭，姚氏怔然地看著他的背影，不知道自己為什麼要叫住他。

好在，他壓根不想多待，等不到後話，抬步就走了出去。

外頭天光明媚，將他的身影勾成一道剪影，被風一吹，消散無蹤。姚氏呆呆地看著，還是壓不住脾氣地罵道：「活該你孤獨到老，誰稀罕你過來一趟！」

寂靜的冷宮，沒有人會應和她的話，只有踩著宮鞋的腳步聲，一下一下地往這邊靠近。

京華入冬的時候，花月的肚子凸顯了出來，李景允帶著她搬去了修好的新府邸，她跪在佛堂裡，朝上頭無字的牌位恭恭敬敬磕了個頭。

這是給殷寧懷和她父皇母后供奉的牌位，沒法寫字，但她早晚磕頭，一次沒少。

李景允站在她身後看著，等她行完禮，便把人扶起來往外走。

「宮裡剛傳來的消息，姚氏自盡了。」他面無表情地看著外頭陰沉的天，像是隨口與她閒話似的，漫不經心地道，「姚家人貶的貶，死的死，下場也是淒涼。」

花月朝掌心呵了口氣，搓著手道：「挺好。」

李景允跟著就瞪她一眼：「這話妳也敢說。」

「公子說了，妾身的肚子值錢，左右是不會拿妾身如何的，那趁著肚子還沒卸下，就多說幾句吧。」她瞇起眼來笑，「妾身心願已了。」

聽得最後這四個字，李景允的嘴角也跟著揚了揚，他別開頭，哼聲道：「等春天妳產下麟兒，爺再同妳算帳。」

他老愛這麼嚇唬她，溫故知前些日子都來說他了，說嫂子如今就算看著乖巧，那到底也是經過事的人，真嚇跑了，您上哪兒哭去？

李景允不以為然，他也就是嘴上說說，何時真的對她做過什麼？她打亂他的計畫，謀殺太子，他氣歸氣，也沒真讓她自己收拾爛攤子。沈知落被懷疑需要脫身，不也是他幫著說了好話？

如今這京華裡，誰敢招惹三爺啊，也就她，身在福中不知福，總也不肯與他服軟。

不過比起一開始的冷淡僵硬，隨著花月肚子變大，她好像也變了些，偶爾也願意靠在他身側，同他聊些家常，也會在深夜給他送湯送水，替他研墨挑燈。

雖然嘴上不肯輕饒，但李景允對現在這日子其實還是挺滿意的，只要她不再惹事，以前發生過什麼，他可以統統都不計較。

甚至，她有麻煩，他還會替她擋。

自從搬來新府邸，府裡走動的人多，沒少混些蛇鼠進來，想擾她清淨，李景允不動聲色地全收拾了，她住的院子，若沒他的允許，半隻蒼蠅也飛不進去。

他對這府邸很是滿意，但有的人就難受了。

按照先前的計畫，孫耀祖是打算在太子死後立馬借著五皇子的東風重新立勢，此間少不得要花月多架橋搭梁，可是，自從他們搬了家，孫耀祖就聯繫不上殷花月了，不管托多少人，都進不去新府邸那銅牆鐵壁。

他轉頭想去聯繫沈知落，可這位爺聽聞是家裡有人鬧脾氣去江南了，他竟二話不說跟著追出了京華，不管多少飛鴿傳書也拉不回來。

更可氣的是常歸，他手裡捏著那麼多東西，原以為要大幹一場，誰知道周和朔一死，他竟做出了偷屍焚燒之事，被京都衙門抓住，關進了死牢。

孫耀祖很迷茫，他以為大梁太子死了，會是自己權勢復甦的開端，但最重要的這三個人竟就在這時候出了岔子。

無奈，他只能氣沖沖地去找尹茹。

大魏一定會回來的，他的榮華富貴，他的金殿玉堂，早晚都會回來的。

身子八個多月的時候，花月收到了蘇妙從江南寄來的信。

京華因周和朔和姚氏的死，鬧得好幾個月的腥風血雨，但信裡的江南倒是日出江花紅似火，鶯啼柳綠，風光無限。

「她說什麼了？」李景允將袍子掛上屏風，瞥她一眼。

花月撫著肚子答：「說江南小鎮日子安寧，過得不錯。還說沈知落撕了她的休書，兩人打算繼續湊合過日子。」

「沒出息。」李景允啐了一口，「這才幾個月，就又原諒人家了。」

是啊，怎麼著也該跟這位爺學學，到現在還與她較勁。花月笑而不語，將信收好放在一邊，抬頭問他：「公子今日無事了？」

「偷得半日清閒，打算與溫故知去喝酒的，但看外頭好像要下雨，索性坐在這兒看看妳。」他打量她兩眼，懶聲道，「嘖，也不是很好看。」

懷著身子的人，手腳臉沒一處不腫，哪兒能好看？花月皺眉，拿過鏡子掃了一眼，眼眶當即就紅了。

心裡「咯噔」一聲，李景允抿唇過去將鏡子奪了，嫌棄地道：「亂照什麼？黎筠說了懷著身子不能照鏡子，妳老實待著，等孩子生下來就好了。」

咽了一口氣，花月勉強道：「您還是別在屋子裡待了，出去跟溫大人喝酒吧，棲鳳樓那邊的掌櫃也在請您過去看帳。」

「……」說喝酒就是隨口胡謅的，不然他抹不開臉待在她身邊，眼下真要找喝酒，溫故知還不一定有空呢。

心虛地別開頭，李景允道：「棲鳳樓去多了沒意思。」

好笑地看他一眼，花月道：「春花秋月失寵了，不是還有冬雪夏陽麼。」

「什麼時候得寵過啊。」李景允黑了臉，「妳別瞎說。」

花月笑而不語，旁邊的霜降一忍再忍，還是沒忍住開口道：「那可就巧了，前天還有姑娘給主子送了首飾來，門房讓奴婢過去拿，說是孝敬。」

沒名沒分的孝敬什麼？霜降說起都來氣，夫人的喪期還沒過呢，就想著打關係了。

李景允有點茫然，他最近很忙，哪裡顧得上什麼棲鳳樓？

餘光瞥一眼軟榻上這人，發現她臉上笑意盈盈，似乎半點也不在意，只是拿這事打趣他一二。

心裡有點沉，李景允突然問她：「爺若哪天迎個偏房回來，妳是不是也會這麼笑嘻嘻地受禮？」

莫名其妙地看他一眼，花月點頭。不笑還能如何？她自己都不知道如今與他算個什麼關係，哪有多餘的本事在意這些。再說了，夫人喪期還長，他要迎人，也是她生完孩子之後了。

「行。」李景允點頭，「那別人送妳東西，妳便收著吧，好歹也算人知道尊卑，懂得處事。」

說罷一拂袖，扭頭就走。

霜降氣得瞪眼，抓著花月的手道：「您看，奴婢早說了，前幾個月就該跟著沈大人一起走，怎麼就非要留在這兒受罪。」

花月無奈地看向她：「沈大人是外人，與表小姐剛有破鏡重圓之意，咱們哪能跟著走？再等等吧。」

還要等到什麼時候去？霜降很著急，主子這肚子眼看著要生了，等孩子生下來，主子更捨不得走了，那還不得天天被擠兌？

比起她的憂慮，花月倒顯得很平靜，拿出帳本看了看，低聲問她：「先前拿銀子去置辦的東西呢？」

霜降悶聲答：「置辦好了，都放在您的妝匣裡。」

第82章　江南

有了這些東西，花月就不擔心了，繼續靠在軟枕上吃話梅。

沒一會兒，門房來回話了，說送來的東西是兩支金鳳釵。

霜降拿過來掃了一眼，冷哼一聲就想扔了去，結果被花月一把抓住，瞪眼問她：「咱們是家財萬貫了不成？這等好東西也要扔？快去找匠人化了打成小金錠，以後還用得上呢。」

霜降：「……」

「主子。」她試圖解釋，「這東西也不知是什麼人送來的，真留下了，不是給她長臉麼？您要什麼樣的沒有，何必稀罕這玩意兒。」

「人分貴賤，金銀可不分。」花月搖頭，接過簪子掂量一番，笑道，「既然公子都讓咱們收下了，那便是要留著的，少說也有個幾兩重，能買上一匹好馬。」

欲言又止，霜降替她覺得委屈，可看她這一點也不介意的模樣，她無奈，只能領命下去找人煉金。

黎筠說，婦人懷胎到八九月，是最暴躁的時候了，霜降特意讓人知會了李景允一聲，言下之意您就少來吧，反正來了也是吵架。

可是，這人也真是天生反骨，不讓來就偏來，礙眼地坐在屋子裡，有一搭沒一搭地道：「徐長逸納妾了。」

花月一怔，抬眼看他。
李景允哼笑著道：「納的是國公府的庶女，才十五歲，他自己看上的，求了許久才到手，那寶貝的模樣，沒出息極了。」
「明淑夫人呢？」花月問。
「她自然還是正室。」李景允道，「畢竟是糟糠之妻，下不了堂的。」
想起明淑，花月覺得感慨，她是陪徐長逸長大的女人，很多次酒宴，她都會在徐長逸身邊幫著提點，告訴他怎麼做更妥當，比起夫妻，更像是長姐。
然而，明淑看徐長逸的眼神，可不是看弟弟的，她是因為喜歡，才會一直幫扶陪伴他。
可惜，徐長逸這樣的紈絝子弟，喜歡的永遠是年輕柔軟的小姑娘，能把他當靠山，而不是讓他覺得自己永遠長不大的童養媳。
「妳不誇爺兩句？」李景允冷不丁地開口。
花月回神，不解地看向他：「誇？」
「與爺同進同出的這幾個人，除了溫故知，都是妻妾成群的了。」他抬了抬下巴，「只有爺，還守著妳一個。」
「那倒是，爺提醒妾身了。」花月恍然起身，「妾身該去給夫人上柱香。」
李景允：「……」
心裡爆了幾句粗，他無奈地抹了把臉，很想說爺不是礙著喪期，就只是看妳順眼，只想留妳一個。但是看她這淡然的模樣，說出去也必定被她懟回來，白找不自在。

想了想，他還是決定忍了。

打從肚子大起來開始，李景允就鮮少再與花月同房，花月能理解，畢竟大著肚子，翻個身都不方便，尤其最近，半夜睡不著會翻來覆去地折騰，他自己睡也挺好。

但是不知今兒是怎麼了，李景允突然道：「再添一床被子，晚上爺過來睡。」

花月用看怪物的眼神看著他：「您要是——不然去棲鳳樓？」

困惑地看了她一會兒，李景允反應過來她在說什麼，臉色一沉：「爺不會動妳。」

這麼大個肚子，他看著都心驚肉跳，哪裡還敢動？最近老是做噩夢，夢見她的肚子破開，流了一大灘血，他實在睡不好，想著過來看著能心安兩分。

結果好麼，在她眼裡，他總歸是沒個好的。

「妳放心，若真有什麼想法，爺找誰都比找妳強。」李景允冷聲道，「別操那沒用的心。」

沉默地聽著，花月垂著眼皮，也沒反駁，只輕輕點了點頭。

江南好風光，綠水青波，萬里煙雲，蘇妙坐在畫舫上捏著從京華寄回來的兩封信，樂不可支。

沈知落坐在她身側，一連看了她好幾眼，抿唇摩挲著袖口。

「你是不是想問我什麼事這麼可樂？」餘光瞥見他的表情，蘇妙笑著倒進他懷裡，捏著信紙在他眼前晃了晃，「想問就直接問啊，不然說不定就落得跟我表哥一個下場了。」

「妳表哥？」沈知落挑眉，「不是給妳表嫂寄去的信？」

「是啊，表哥多半也看了，來信問我怎麼跟你和好的。」蘇妙給他拋了個媚眼，「我要給他回，就說是我寬宏大量，看你一人形單影隻實在不忍，所以大發慈悲原諒了你。」

鼻尖裡輕輕哼出一聲來，沈知落不甚贊同地別開臉。

周和朔死後不久就有人查到他身上，將他關去了死牢候審，他還沒想法子脫罪，懷裡這小東西就已經哭著拉來李景允給他尋出路，說是不在意他了，不想再見他，結果他一出事，她還是比誰都緊張。

沈知落從來不知道，原來被人在意的感覺這麼好，就算他自己會放棄自己，她也一定會想方設法地來救他。

出獄之後，他帶著她離開了京華，兩人一路遊山玩水到江南，日子不知不覺就順暢了起來，他撕了休書，她也不再提懷身子的事，任由這世間萬物打眼前過，將舊創口一點點填埋。

沈知落知道她心裡還是有怨氣，所以收斂了自己的冷漠，開始學著對她好，往事既然不可追，那就且往前看吧。

不知道她什麼時候才肯原諒他，但至少現在她還肯往他懷裡躺，就這一點，便比李景允幸運得多。

「我表哥是真的傻。」蘇妙抖著信紙直搖頭，「我嫂子是個死心眼，但凡他敞開心踏踏實實說一聲喜歡，說往後的日子都願意同她過，嫂子定能卸下心防與他重歸於好。可你看看他，光知道對人好，不知道說，嫂子只當他是惦記那肚子裡的孩子呢。」

又提起了這個，沈知落攬著她的手微微一緊。

蘇妙抿唇，若無其事地就繼續道：「孩子有什麼大不了的，李家那麼多叔伯兄弟，總不會絕後。」說完抬眼，伸手將沈知落鬢邊落下的墨髮抿到後頭。

「午膳吃瑞豐樓的燒雞可好？」

喉間微動，沈知落抱著她，輕輕地應了一聲：「嗯。」

他不愛吃雞肉，但蘇妙說起好吃的眼裡泛起光來，那光可真好看。

蘇妙是個與眾不同的姑娘，任何枯燥乏味的事物，落在她眼裡都十分鮮活有趣，她會拉著他看螞蟻搬家，看街上兩口子吵架，看大雁南飛，看湖裡的魚蹦出水面。

要是以前有人敢讓他看這些，沈知落定是要將人趕出去，斥一句無聊。可不知為何，她指給他看，他就覺得好玩，整個蒼白死寂的人間，彷彿都從她手指的方向綻出色彩，精彩紛呈，熱鬧非凡。

這樣的人間，沈知落想，再多活幾年也無妨。

自他穿上星辰袍開始，壽命於沈知落而言就只是可以使用的籌碼，他曾經用自己十年的壽命替殷花月改了命數，讓這個小孩兒承擔起救世的大任。

那時候他不覺得自己有錯，護著殷花月長大，保他平安，就算是他對她的彌補了，畢竟她若不那麼活著，後來的一切都會不同，大魏會在大皇子十二歲的時候滅亡，人世間也會遭受長達二十年的戰亂，生靈塗炭。

比起這些，他的十年壽命和殷花月的隱姓埋名，實在算不得什麼。

可是現在，沈知落好像突然明白殷花月為什麼那麼討厭他，他不懂人情，覺得凡人只是被命數擺弄的棋子，沒有考慮過她也是個活生生的人，承擔起這些東西，會痛苦，會難過。

先前不停咳血，他以為是自己命數將盡，到如今沈知落突然明白，這可能是他罔顧人性的反噬，老天爺一直在提醒他，是他自己沒有悟透。

原以為道的盡頭是六根清淨，超脫紅塵，卻沒想到這最後一層，反倒是蘇妙這紅塵中人讓他明白的。

前些日子他給殷花月又算了一卦，卦象依舊不好，他沉默許久，還是用壽命再改了一次。

這是他欠她的，得還。

沈知落不想去算自己還能活多久，但只要還活著，那就陪著蘇妙，讓她教他來看看這人間到底是什麼模樣。

京華紛亂漸漸平息之後，李守天病重，皇帝愈加器重李景允，連帶著朝中上下都開始尊稱他一聲「三爺」，進出簇擁，沒人敢輕易得罪，偏生這位爺脾氣一日比一日古怪，喜怒無常，嚇得好幾個統領去求溫故知和柳成和等人幫忙說情。

溫故知覺得好笑：「懷身子的是嫂夫人，這位爺怎麼反而暴躁上了？」

柳成和唏噓：「誰知道呢，御林軍下頭那幾個人可慘了，最近沒少被收拾，現在一聽三爺的名字都能嚇得尿褲子，幾箱子東西往我府上抬，就求我辦個宴席，請三爺出來喝酒說話，通通人情。」

徐長逸點頭：「我也聽見這事兒了，那幾位準備得不少，花盡了心思，三爺有空去麼？」

「他自然是有空的。」溫故知撇嘴，「好端端的跟宮裡請了五日假，在府裡養著呢。」

正是忙碌的時候，有什麼好養的？徐長逸想了想：「那還是去請一趟吧，反正三爺也沒多顧及嫂夫人，偷半日閒暇出來喝個酒也容易。」

第83章　遮掩

京華這地界，都是靠著眼力勁活的人，三爺喜歡什麼討厭什麼，上下百十來人心裡都有數，最近只要不在他面前提殷氏，都還有的聊。

於是柳成和就帶著徐長逸去張羅安排了，動靜弄得還挺大，練兵場清場布宴，御林軍和禁軍裡的管事，甭管有沒有請柬，當天都過去給李景允請安見禮，紅木箱子裝的東西，一樣樣地往上送。

李景允很納悶：「今日也不是什麼節，我府上也沒什麼喜事，這送的是哪門子的禮？」

秦生笑道：「開春了，送春禮吧。」

李景允白他一眼，臉色不太好看，揮手讓人把禮都擋回去，然後就自顧自地坐在主位上喝酒。

他說了今日只有一個時辰的空閒，下頭的人便是爭先恐後地想上來露臉，生怕錯過這回，回去便又要迎上這一張鐵面。頭一個上來的就是御林軍七營的副將安遠，張口剛想說話，就被李景允冷眼對上了。

「你有空出來喝酒，沒空將你那惹事的弟弟處置乾淨？」

笑意一僵，安遠心虛地低頭：「今日不是不談公事麼。」

「誰同你立的規矩？」李景允嗤笑，「我只休沐五日，五日之後你弟弟若還在七營吃白飯，那我便將他留下，讓你回家。」

安遠是沒想到這麼熱鬧的場面，大都護還是半點面子也不給，他左右看看，趕緊先讓歌姬舞姬上來獻藝，企圖用美人計先化一化大都護這石頭心。

然而，鶯歌燕舞了半個時辰，李景允還是冷著一張臉，不為所動。

秦生在左下角坐著，一邊喝酒一邊笑，想用這點手段讓三公子通融可太蠢了，棲鳳樓裡泡大的人，什麼好顏色沒見過。要他說啊，就不該走女人的路子，送些煉青坊的珍貴寶劍寶刀，興許還能博他一笑。

「這可怎麼辦？」安遠著急地去到徐長逸身側，低聲詢問。

徐長逸和安遠有些交情，不然今日也不會幫他這個忙，但眼下三爺在想什麼，徐長逸也拿不準，不由地面露難色。

剛要讓他自己去周旋，旁邊的明淑突然開了口：「你讓你夫人去門口接人。」

安遠一愣：「接誰？」

「大都護的夫人。」明淑道，「我給她送過請柬了。」

徐長逸一聽，臉都綠了：「妳搗什麼亂？三爺最近就不待見殷氏。」

明淑道：「妾身與殷氏也是許久不曾見面，她說想出來走動，恰逢今日有宴，妾身也朝他笑了笑，只是請她過來喝杯茶，與三爺沒什麼關係，咱們坐得偏遠，只要無人通報，三爺不一定能發現。」

「胡鬧！」徐長逸直皺眉，「妳向來喜歡這麼自作主張，萬一惹出亂子來，別說安遠這事解決不了，反倒可能惹了三爺不高興。先前就同妳說了，做人夫人，別管那麼多閒事，妳就是不聽。」

欲言又止，明淑抿唇，別開了眼。

安遠左右為難，看看明淑這神色，嘆了口氣道：「我還是讓人去請吧，到底是大都護的夫人，旁人請不來的貴客，也不能怠慢。」

徐長逸氣得拂袖起身，端著酒就去找柳成和了。明淑坐在位子上等著，沒一會兒就見花月帶著霜降過來了。

酒席上人來人往，這地界又寬敞，時不時來個人也沒不會引起太大的矚目，花月在明淑身邊坐下，也只有離得近的溫故知那幾個人察覺了。

溫故知心裡也是一緊，不明白這位主子來做什麼，連忙捏著酒杯上去跟李景允打岔，生怕他給看見了，又要教訓人。

「夫人。」明淑與花月見禮，笑盈盈地道，「難為您身子這麼重了還出門來。」

花月擺手：「黎筠說讓我多走動，好生產，我閒著無事，慢悠悠走過來也無妨。妳說妳名下有鋪子要盤，是真的麼？」

「是。」明淑頷首，「妾身也不知夫人對這個感興趣，不然早就與夫人說了，妾身家鄉在淮北的小鎮，鎮上的鋪子有十來間要盤出去，小地方沒人出得起價錢，若是夫人要，妾身便修書回去說一說，都給夫人留著。」

眼眸亮晶晶的，花月點頭，低聲與她問起價錢，明淑小聲答，雙方討價還價一陣，便樂呵呵地一起飲茶。

時辰眼看著差不多了，李景允已有要走的意思，安遠在旁邊急得汗都下來了，連忙讓人奏樂雜耍，十幾個穿著紗裙的舞姬上來鎮場子留人。

李景允覺得煩：「飯菜都吃過了，還非得坐一下午不成？」

安遠賠笑，徐長逸往上一瞥，見三爺當真動了怒了，連忙讓開擋著的身子，給他開道。

李景允起身轉頭，正要走呢，也不知掃到了什麼，動作突然一僵。

「三爺？」徐長逸好奇地打量他，還沒明白發生了什麼，李景允就已經坐了回去。

這是什麼意思？徐長逸不懂，安遠也不明白，眾人面面相覷，安靜片刻之後，連忙繼續給他添茶送酒。桌上大魚大肉放著，李景允掃了一眼，不悅。

安遠明白了，轉頭就吩咐換菜色，清淡的、鮮香的、麻辣的，一樣都來點，見李景允最後盯著清蒸魚和雞湯動了筷子，長舒一口氣，低聲吩咐下人多上點清淡菜色。

徐長逸正覺得納悶呢，突然就聽得上頭問他：「你吃飽了？」

「還行。」回過神，他答，「這席上哪有吃得飽的。」

白他一眼，李景允將雞湯和糖醋魚都推給他：「端回去吃，別老捏著酒杯跟人湊合。」

徐長逸這叫一個感動啊，他們家三爺原來也有心疼他的時候，連忙讓人幫他把這兩盤菜送回他的方桌上。

花月和明淑聊得正好，徐長逸回去見了禮，也沒地方坐，給她小聲見了禮，放下菜回頭看了一眼。

三爺在繼續喝酒，溫故知和柳成和擋在他這個方向，也算是沒讓爺注意到這桌，只是，他們幾個都在喝酒，有些東倒西歪的，擋得不嚴實。

李景允放下酒杯，不經意地往這邊掃過來了，徐長逸一驚，連忙擋住花月，低聲道：「這地方鬧騰，嫂子還懷著身子呢，早些回去休息為好。」

明淑聞言就瞪他：「夫人好不容易過來一趟。」

花月笑道：「大人莫急，我且與尊夫人再說幾句就走。」

朝她拱手，徐長逸回去了柳成和的身邊。

李景允看他一眼，問：「吃完了？」

「嗯。」徐長逸連忙應，「只幾口就飽了。」

摩挲著手裡的杯子，李景允還待再說，安遠就跪到他腿邊了：「都護大人，這一杯酒小的敬您。」

神色陰沉了兩分，他側頭看過去：「是想敬酒，還是想求情？」

臉上有些尷尬，安遠低聲道：「他闖了禍，自然是要受罰的，但安家就我們兩個兄弟，還請大人高抬貴手，饒過這一回。至少先讓他戴罪立功，別這麼早將人趕出宮。」

說著，捏了紅封就往他手裡塞。

徐長逸想攔已經來不及了，他忘記告訴安遠，這主子最不喜歡人在犯錯之後給他塞紅封，犯錯之前塞都管用，之後就算他塞天大的票面，也換不來什麼情面。

果然，李景允一看這東西臉就黑了，揮手拂開他，斥罵道：「他與宮女攪合，牽連你七營數十人，你不想著保全自己手下的人，倒是寧願拿著身家和別人的性命來給他往裡填，目光短淺，是非不分，也不用我再提攜你，你一輩子就做個副將足矣！」

他這一罵，四下都安靜了。溫故知等人也悶不吭聲，就看著安遠跪在他身邊瑟瑟發抖。

李景允是個惜才的，看得上安遠這一身武藝，一路提拔他坐到副將，眼下發火，也是怒其不爭，旁人自然是不會上去勸的。只是，這位爺發起火來是真嚇人啊，絲竹皆停，舞姬歌姬跪了一片，連帶著旁邊喝得正高興的幾個將領也都噤了聲。

一片窒息般的寧靜裡，突然有人打了個噴嚏。

嬌嬌的一聲，聽著是個姑娘，眾人臉色皆是一白，料想這怕是火上澆油。溫故知那幾個人酒都給嚇醒了，一齊往李景允左側擠，屏氣凝神地站成一堵人牆。

李景允斜目掃他們一眼，冷笑：「怎麼，怕爺被風吹跑了？」

「不是不是。」柳成和擺手，「咱們就是……站得近點，暖和麼，這剛開春，還有些冷。」

話剛落音，花月又打了個噴嚏。

目光一動，李景允沉聲道：「讓開。」

倒吸一口涼氣，柳成和搖頭：「讓開您吹著也冷啊。」

抬眼定定地看著他，李景允一字一句地道：「讓，開。」

完了完了，幾個兄弟面面相覷，都在對方眼裡看見了絕望的神色，磨磨蹭蹭地往旁邊挪，徐長逸挪在最後，將後頭花月那一桌不情不願地露了出來。

花月正捏著帕子揉鼻尖，冷不防對上主位上那人的眼神，見怪不怪地衝他招了招手，算是請安見禮。

「誰讓妳出來的？」臉上風雨欲來，李景允怒目看她。

「三爺別生氣，是明淑請嫂子過來坐坐的，馬上就回去了。」徐長逸連忙上來求情，一邊說一邊給明淑打手勢。

第84章　我好像要生了

李景允將他推開，冷聲道：「用得著你來找補。」

完了，給臺階都不肯下，徐長逸皺著臉看向溫故知，後者朝他輕輕搖頭，示意他退遠些。

這位爺今日遇上安遠這不懂事的孩子，本就火氣大，再撞見殷氏，一雙眼都發紅，額角起了青筋，身子也緊繃，若是手邊有刀劍，怕真是要往下扔的。

他倒是不擔心殷氏，畢竟有肚子在，三爺再狠心也不會如何，可下頭跪著的安遠可就慘了，離得近，第一個被火燒著，躲也躲不開，被李景允掃了一眼，杯子裡的酒盡灑，面如土色，抖如篩糠。

這下別說他那闖禍的弟弟了，他自己今日能不能完好從這席上出去都另說。

四下氣氛實在緊張，明淑捏著花月的手都發涼。花月低頭看了一眼，莫名其妙地問：「怕什麼？」

「夫人可要先走？」明淑小聲道，「三爺這是發了大火了，保不齊要出什麼亂子，我讓丫鬟帶著您和霜降先出去吧？」

這是發大火？花月覺得好笑：「他每天在府裡都是這樣，這不挺尋常的？」

明淑：「……」

看這練兵場遠處飛沙走石，近處鴉雀無聲的模樣，還尋常呢，都不亞於黑雲壓城的氣勢。

拍了拍明淑的手，示意她別緊張，花月抱著肚子慢悠悠地就朝主位上頭走。

周邊的人都慌忙給她讓路，看她去往的方向，心裡都忍不住捏把汗。這要是個受寵的姬妾，在這場面裡撒撒嬌興許管用，可她一個不受寵的夫人，能頂個什麼事？

安遠餘光瞥見她，往後縮了縮給她騰了個位置。花月站過去，正好落座在右邊的凳子上。

「不是說今日沒什麼要事？」她淡笑著開口。

眾人屏息瞧著，就見上頭那位爺一臉不耐煩，吐出來的話卻是尋常語調：「本來也沒什麼事，這裡已經散席了，待會兒就能回去。」

「這……」花月抬著下巴指了指地上跪著的人，「這也是沒事？」

「能有什麼事。」李景允微惱，「妳別跟爺說這些有的沒的，先交代，今日是誰允妳出的府？」

眼看著就快足月了，這人偏生還愛亂走動，他給門房下過令，不能讓她離開府邸，頂多在花園裡散散心，結果倒是好，他前腳剛出來，她後腳就逃竄了。

有點心虛，花月低聲道：「許久沒見徐夫人了，有些想念，知道您也在這兒，妾身才過來的，也不算什麼大過錯。」

溫故知在旁邊聽著，越聽越覺得不對勁。三爺這是生的哪門子氣啊？不是不待見人麼，怎麼話聽著不是那個味兒啊？

李景允掃她一眼，臉色還是難看得很。

「那要不妾身就先回去。」花月看了安遠一眼，「您也別總為難人，多大小孩兒啊，在這兒跪著也怪可憐的。」

「用得著妳管。」李景允冷哼，「婦人之仁。」

他像是被氣得熱了，伸手將身上的斗篷扯下來，跟捲麻布似的扒拉兩下，胡亂往她懷裡一塞：「去旁邊坐著，等散席了爺押妳回去。」

乖巧地應了一聲，花月將斗篷抖開，仔細折疊好，抱進懷裡。

李景允：「……」

明淑愕然地看著，眨了眨眼反應過來了，上前兩步將花月扶過來，接過斗篷展開，順手搭在她身上：「這地方寬敞，有些涼，您隨我往這邊來。」

「好。」花月跟著去了，李景允看也沒看，臉上毫無波瀾，自顧自地端茶喝了一口。

他重新動桌上的東西，席間的氣氛也就鬆了下來，下頭繼續說話動筷，只有安遠還滿臉蒼白地跪著。

「起來。」李景允冷斥。

撐著地站起來，安遠看著他這神色，嘴唇都發抖，料想自己定是要被罰了，只想求罰輕點。

結果這位爺開口卻道：「有辦宴席的本事，回去把你麾下那幾個人安撫妥當，比什麼都強。」

錯愕地一愣，安遠意外地呆住了。

這是他第一次聽都護大人鬆口。

喜出望外，他連忙道謝，又是作揖又是敬酒，惹得李景允不耐煩地把他往徐長逸跟前一推。

安遠這才想起來：「多謝徐大哥，今日這一趟咱們不算白乾。」

徐長逸一臉莫名，他其實不知道發生了什麼，也不明白三爺怎麼突然就好說話了，不過人家既然給他道謝，那他也就接著，再喝兩盞酒。

花月同明淑在遠處坐著，打量徐長逸半晌，她忍不住開口問：「府上最近可還好？」

女兒家說私房話，問的自然不是府上事，明淑倒也坦然：「算不得太好，他對人動了真心，把人放在手心裡寵，我即便是正室，日子過得也不會太舒坦。」

花月料得到她的處境，但沒料到她說這些話的時候會如此平靜，忍不住捏了捏她的手。

「您也不必擔心我。」明淑笑道，「我自打進徐家大門，就知道自己該是個什麼下場，哪有男兒不愛嬌娥愛徐娘的？不過無妨，我還替他掌著家呢，他跟人感情是有盡頭的，但家始終在這兒，左右也是個歸處。」

眉頭微皺，花月問：「妳不覺得委屈？」

「嗐，哪能不委屈？」明淑搖頭，「可是沒別的辦法，咱們大梁的女子，一嫁人就是一輩子，我比不得蘇妙那等妙人兒，一輩子摻血和汗，只能生咽。」

「這倒也未必。」花月想了想，「妳在老家的鋪子，若是不盤出去，不也是個營生？」

微微一怔，明淑失笑：「人總是能活的，就看怎麼個活法，妾身回老家去的確也能吃飽飯，但少不得要被人戳脊梁骨的，家裡父母長輩，下頭弟弟妹妹，誰擱得下這張臉帶著休書回去？」

每個人有每個人的命運，也沒法劃條道讓所有人都走得通。花月明白這個道理，也就沉默了。她的情況比明淑可好得多，殷家一個人沒剩下，誰想戳她脊梁骨，那可能只能靠托夢。

肚子有些墜脹，花月伸手摸了摸，也沒在意，可兩口茶喝下去，裡頭開始疼了，她才終於意識到了點什麼。

左右看看，花月笑著朝明淑道：「有件事……我說一說，妳也別慌。」

明淑一愣，不明所以，心想什麼事她會慌啊？好歹也是見過不少世面的了。

結果面前這人開口道：「我好像要生了。」

明淑：「……」

李景允正想退席，突然就見明淑急急忙忙跑過來，拉著溫故知小聲嘀咕了幾句。

「怎麼？」他問，「那頭有什麼事？」

抬眼看過去，霜降正扶著花月往練兵場的廂房方向走，他皺眉，起身想跟過去看看，卻被溫故知擋住了。

「嫂夫人說有些累，想在這兒睡一會兒，徐夫人已經讓人去安排了，三爺您看，您是先跟咱們哥幾個去騎射，還是繼續喝會兒酒？」

李景允覺得好笑：「你一個診脈看病的，什麼時候會騎射了？」

「我不會，柳大人會啊。」溫故知笑，「好久沒切磋了，他也手癢。」

說著，一把將柳成和拉過來。

柳成和一臉茫然，看著溫故知的眼神，連忙應道：「還請三爺賜教。」

難得他們有這個興致，李景允瞥了殷花月離開的方向一眼，見她姿態正常，不緊不慢的，想來可能真是睏了，便讓她睡吧，他起身帶著這幾個人就往練兵場另一側的武場走。

「這怎麼辦？」明淑眼睛都紅了，「地方太偏，請產婆過來少說半個時辰，這兒也沒幾個丫鬟能伺候。」

「我已經讓人去叫黎筠了。」溫故知沉著臉道，「先別慌，她離這兒不遠，能來看著，只要嫂夫人順產，那便不會出什麼岔子。」

可若是不能順產呢？

幾個人心裡都懸著這個問題，卻沒人敢問，情況緊急，這地方人又多，幾個人只能分頭行動，一邊去照顧花月，一邊瞞著李景允。

徐長逸很納悶：「他夫人要生了，為什麼不直接告訴他？」

溫故知翻了個白眼：「你有膽子你去，他一著急起來，不知道要遷怒席上多少人。」

「又不是他生，他著急做什麼。」徐長逸小聲嘀咕，嘀咕著嘀咕著就迎上溫故知看傻子的眼神。

「……行吧，是要著急一二。」他撓撓頭，「可三爺不好糊弄啊，待會兒讓他看出端倪，咱們更要吃不了兜著走。」

這倒也是，溫故知想了想，眼眸一亮，大步就朝李景允走過去。

李景允正在試看武場裡的弓箭，突然就見溫故知急匆匆上來朝他拱手：「三爺，宮中急令，陛下身體有恙，請您速速回宮。」

最近皇帝的身子骨本就不好，中宮還時不時送湯送水，皇帝留著戒心，讓他對中宮多加戒備，眼下突然傳出這樣的令來，想必宮裡是出事了。他不敢怠慢，一邊疾走一邊吩咐：「你去把殷花月送回府，用我的馬車，好生看著，別讓她再亂走。」

「是。」溫故知頭也不抬地應下。

翻身上馬，李景允想了想，又道：「讓她在這兒睡飽了再走，別去中途叫醒。」

本來最近就睡不太好。

「是。」這回應得有些心虛，溫故知不敢看他，只拱手目送他策馬。

第85章　生產

黎筠就在練兵場附近出診，接到消息趕過來的時候，花月已經疼得滿頭是汗。她上前翻看，皺眉道：「算著日子該還有半個多月，怎麼這時候突然……您吃錯東西了？」

「沒。」霜降在旁邊幫著答，「我已經查驗過，方才的東西都沒問題。」

臉色蒼白，花月眨了眨眼看向黎筠，眼裡有些不安。

黎筠打量這屋子，心裡沉了沉，一扭頭卻還是衝她笑道：「那就是這小傢伙等不及想來見夫人了，夫人莫怕，小的替您接著，不會有事。」

有她這一句話，花月就安心多了，輕輕吸著涼氣，捱著一波又一波的陣痛。

練兵場裡多的是冰冷的刀槍棍棒，哪兒有錦緞被褥？溫故知帶人尋了半天，勉強尋著一床乾淨褥子，兩個銅盆，讓人燒水備食。

宴席遣散，安遠還沒醒酒呢，就被徐長逸拖去接產婆了。坐在馬背上，他茫然地問：「請產婆做什麼？」

神色凝重，徐長逸道：「別怪兄弟沒提醒你，你最好盼著今日嫂夫人平安產下麟兒，若是在你備的宴上出了個三長兩短，三爺一定不會同你講半點道理。」

酒嚇醒了一半，安遠抓著他的衣裳白了臉：「這也怪不著我呀，也不是我把那位夫人請來的。」

徐長逸：「……」

馬跑到一半被勒住，安遠一個沒坐穩就滾下了馬背。

「誒。」他翻身落地，差點摔著，皺著臉抬頭：「徐兄，你這是做什麼？」

徐長逸沒吭聲，自己繼續策馬去接產婆。

安遠也沒說錯，人的確不是他請的，是明淑請來的，若是真出什麼岔子，三爺會先怪明淑。

明淑這個人不討喜，嘴裡全是教訓，也不會做討好服軟的事，活像他另一個娘，而不是夫人。但他不喜歡歸他不喜歡，好歹也是陪著一起打小長起來的人，沒道理幫人做事還要被人推著擋刀。

產婆的家宅離練兵場實在太遠，徐長逸接到人的時候，看一眼天色，心裡就沉了沉。

「阿彌陀佛。」他低聲祈禱，「嫂夫人吉人有天象。」

不止他，練兵場廂房外的人都在祈禱。

然而，可能這群大老爺們平時殺戮多，福澤不夠深厚，祈禱也沒用，花月還是陣痛了一個時辰才開始生，人疼得虛脫了，沒什麼力氣使勁，急得黎筠滿頭大汗，一邊翻她的眼皮一邊讓霜降同她說話，不能讓她睡過去。

別家夫人生產，都是姑嫂婆姨在旁邊說好話給期許，霜降白著臉看著花月，實在不知道什麼添福添壽的句子，只能同她道：「您加把力氣，咱們有的是好日子過。」

花月有氣無力地看了她一眼，眼皮眨了眨。

「真的，奴婢沒騙您，先前那幾百兩銀子盤的鋪子都打點好了，加上徐夫人要給的這些房契地契，咱們走哪兒都餓不著。」霜降一本正經地道，「只要您熬過這一會兒就成。」

明淑在旁邊聽得直皺眉：「哪能在這當口說這些？」

話還沒說完，床上的人就鼓了一口氣。

明淑：「……」

她想起花月先前同她聊的那些話，突然有點不好的預感，忍不住起身去外頭問了一句：「三爺人呢？」

柳成和心虛地答：「有事進宮去了，一時半會兒應該回不來。」

這個時候有事？明淑皺緊了眉，連忙關門看了看裡頭，料想床上的人聽不見，才抿了抿唇。

富貴人家多薄情，女人拿命生孩子，男人都是在外頭揣手喝茶的，但她沒想到，三爺竟連守也不守，徑直忙別的去了。

掃一眼花月那溼了半身的冷汗，明淑嘆了口氣。

花月半闔著眼，眼珠都有些呆滯，她其實什麼也看不見，只能聽見霜降的碎碎唸，一開始還能聽清楚，到後來就不知道她唸的是什麼了。身子疼得不像是自己的，肚子上還有手一直在往下推，五臟六腑都移位似的難受，偏生已經連喊叫的力氣都沒有。

有那麼一瞬間她覺得自己快死了，周圍的嘈雜喧嘩都離她遠去，整個人如同半浮在空中，不知所往。

「這點出息。」有人擠兌她。

花月一愣，回頭看過去，就見殷寧懷負手站在遠處，斜眼瞥著她，滿臉嫌棄：「殷家的孩子，哪個不是大苦大難受過來的，就妳矯情，這點疼都捱不住。」

四周是白茫茫的霧氣，沒一會兒竟化出了大魏宮裡的陳設，一磚一瓦，一花一木，皆如往昔。

扁扁嘴，她突然有點想哭，眼眶發紅地看著他，想伸手去抓。

「滾遠點啊。」殷寧懷戒備地後退，「我可不喜歡妳，老實待著。」

「疼。」她小聲撒嬌。

旁邊有人過來，輕輕將她抱起來，花月側眼，就見自家父皇滿臉慈祥地將她舉高，像小時候一樣，溫柔地道：「囡囡不哭，再伸手，伸高點，哎，這就對了，囡囡真厲害。」

她的頭上是幼時那一樹玉蘭花，花落在掌心，柔軟潔白。

花月哽咽地去抓她父皇的手，可剛要碰著，父皇就將她放回地上，往前推了推：「去。」

「去哪兒？」她搖頭，著急地想抓他們的衣裳，「我想回家，跟你們回家。」

「現在可不行。」母后站在父皇的身側，朝她擺了擺手，「快回去。」

「不……」

「再鬧我可抽妳了。」殷寧懷凶巴巴地將她一推，「哪有這麼丟人的！」

身子一個趔趄，疼痛重新席捲全身，花月嘶啞地痛吟，眼淚大顆大顆地往下掉。

「哎，醒了，可算有動靜了，夫人，夫人您快再用用勁兒，還有一個在裡頭，再不生就來不及了！」

嘈雜的聲音重新灌回耳朵裡，花月悶哼，眼睛漸漸能看見房梁，身上也有了些力氣。

「好了好了，有了，快，快抱過去。」

第二個孩子出來，黎筠跌坐在床邊，累得沒了力氣，只顧抓著她的手。花月覺得有點疼，想掙扎，但實在是掙不動，耳邊還傳來霜降沙啞的聲音：「大功告成，咱們還能賺上一個，您可千萬頂住，不能在這時候洩了氣。」

屋子裡血腥味極重，丫鬟婆子個個累得東倒西歪，外頭也不知是什麼時辰了，一片漆黑。

花月歇了許久，挪動眼珠子往旁邊看。

「您想看孩子？」霜降會意，連忙讓產婆把兩個小傢伙抱過來。

雙生子難得，這還是一口氣兩個小少爺，擱誰家都得樂半年，然而，花月盯著繈褓裡那兩個小團子看了一會兒，眼裡疑惑更甚。

「您想找三公子？」霜降扭頭問明淑，「對啊，三公子人呢？」

明淑垂眼道：「說是宮裡有事，忙去了，眼下還沒見回來。」

霜降愕然，花月的眼神也是一暗。

誰都知道他倆沒感情，但生產這種一不小心就會沒命的事，誰都希望夫君在身邊陪著，哪怕等生完了說聲辛苦也行。結果好麼，三爺到底是三爺，別說道辛苦，連人都不見了。

產婆丫鬟聽著都尷尬，紛紛找些場面話來安慰，花月只沉默了片刻，就閉眼養神，不再理會。

畢竟是大都護，國事為重麼，少不得有急事比抱孩子重要，她也沒啥好難過的，趕緊睡一覺，比什麼都強。

李景允跪坐在御榻旁邊，突然覺得有點心神不寧。

已經過了子時了，陛下還沒有要醒轉的意思，他也不知道今日陛下傳喚他到底為何，可能只是因為病重，要他在身邊守著才放心？李景允皺眉，掃一眼旁邊跟他一起跪著的長公主，無奈地繼續等。

殷花月應該已經回府了，他腹誹，自己不在，也不知道那小狗子還會折騰出什麼花來，府裡除了他，壓根沒人敢管她。

「李大人。」近侍朝他行禮，示意他出去一趟。

李景允回神，跟著他跨出殿門，就聽得他小聲道：「五皇子巡遊在外，宮裡只您一人受聖上信賴，還請大人多守上些時候，免得出些亂子。奴才在裡頭給您備好錦被，您若是睏了，可以在小榻上休息。」

把他從休沐的日子裡拉出來當差還不算，還要他一直守著？李景允直皺眉，可餘光瞥一眼跪得端正的長公主，他也真不敢走，只能悶聲應下，繼續進去看著。

皇帝說是病重，第二日清晨倒也醒轉了，能用些早膳，與他說些吩咐。李景允已經不記得最開始自己是被急召進宮的了，安排好守衛就騎馬離開。

一回都護府，詭，門口站著不少人，晨露還沒乾呢，溫故知徐長逸這幾個就穿戴得整整齊齊的，跟沒睡過似的守在這裡。

「你們做什麼？」他打趣地道，「來我這兒當門神了？」

幾個人一愣，紛紛朝他看過來，神色複雜。溫故知最先上前，替他牽了馬，想了想，問：「三爺，如果嫂夫人要生了，只能保大或者保小，您選哪個？」

腳步一頓笑意一僵，李景允緩緩轉過頭盯著他：「她要生了？」

「不是不是。」溫故知擺手笑道，「就是問問。」

瞎問麼這不是？他哼笑一聲，也瞎答：「隨便保哪個，有個活的就行。」

第86章　她要去尋名醫

本就是玩笑話，說了也就過了，可他往裡頭走，溫故知卻還跟在他身邊道：「嫂夫人要是有個三長兩短的，您也覺得無妨？」

腳步一頓，李景允臉上的笑意慢慢消退，他側頭看向溫故知，眸子有點涼：「她出事了？」

溫故知不是個會這麼囉嗦的人，看他這一副忐忑不安的模樣，李景允也沒法往好處想，見他吞吞吐吐半晌都說不出來話，他手慢慢收攏，呼吸也輕了。

「有話直說。」他垂眼，「一次說個清楚。」

長嘆一口氣，溫故知雙目含淚，望著他道：「昨兒嫂夫人突然生產，您去了宮裡，咱們幾個幫著照看，實在是手忙腳亂。」

心止不住地往下沉，李景允眼皮顫了顫：「沒生下來？」

「生是生下來了，還是個小少爺。」溫故知打量他的臉色，語氣悲痛地道，「就是夫人她……」

喉嚨有些窒息，眼前也沒由來地一陣發白，李景允晃了兩步，被徐長逸上來扶住。

「生孩子這事本就是生死難關，您也別太難過。」徐長逸小聲道，「一屍兩命的事兒多了去了，您這還能留下一個兒子呢。」

柳成和站在後頭，打量一眼三爺的表情，臉色慘白，往後退了兩步，他是不理解這兩個人為什麼上趕著往刀口上撞，都知道三爺脾氣不好，跟他說這麼嚴重，他發起火來該如何是好？

然而，溫故知不但不適可而止，反而雙眼含淚地上來道：「您要不去看看小少爺？眉眼長得像您，嘴巴挺像嫂夫人的。」

李景允有些走神，像是聽見了，又像是沒聽見，眉頭擰得死緊，嘴唇白得半點血色也沒有，墨黑的瞳子裡蒙了一層霧，渾濁迷茫，昏昏噩噩。

他想起很久以前自己推開掌事院的門的時候。

光照進房間，她半個身子都在髒汙裡浸著，灰塵、雜草、乾涸的血泊，與那黃泉裡爬出來的惡鬼也沒什麼兩樣。可就是這麼個處境裡的人，還會抬起頭來笑著問他：「外頭的花……是不是開得很好？」

從來不與他低頭的人，為了活命，眉眼軟下來，聲音裡滿是乞求地道：「奴婢想出去看看花。」

李景允從來不覺得人命是什麼寶貴得不得了的東西，直到看見她眼裡的渴望和掙扎，他才發現這世上，原來有人光是要活著就得拚盡力氣。

殷花月最捨不得的就是她自己的性命，他一直想保全的，也就是她的性命。

指尖掐在掌心裡，李景允閉了閉眼。

庭院裡很安靜，眾人都站在李景允的身邊，大氣也不敢出。

徐長逸也跟他有這麼多年了，何曾見過他這個模樣，怎麼都有些不忍心，皺眉看了溫故知一眼。

溫故知沒理會他的示意，只定定地望著李景允，等了一會兒，才低聲道：「若有個法子能讓嫂夫人活，您可願一試？」

滿腦子的嗡鳴聲中插進來這麼一句話，李景允怔了怔，抬起發紅的眼看向他。

溫故知道：「淮北有名醫，能起死回生，我知道三爺定是捨不得嫂夫人香消玉殞的，便讓人送她去了。」

「……」

眸子裡的悲痛一點點褪去，李景允抹了把臉，再抬眼的時候，眼裡就滿是殺氣了。

這麼多年兄弟，這些人竟來騙他！旁人不知道溫故知，他還能不知道？會搖頭晃腦的時候，都是一本正經地說胡話，嘴裡沒半個字是真的。

一把將人推開，他大步往府裡走，剛進主院就聽見孩子的啼哭聲，伴著婦人的哄唱。

略微一喜，他定了定神，總算將剛才的驚慌都壓住，才上前推門。

屋子裡很熱鬧，四五個婆子圍著搖籃，他瞥了一眼，越過她們走進內室，皺眉道：「你是給了他們多少好處，竟幫著你來嚇唬……」

簾子撈開，聲音戛然而止。

窗邊花瓶裡插了剛開的玉蘭花，聘聘婷婷，潔白柔軟。內室裡床帳勾起，床上被褥疊得整整齊齊，空無一人。

他有些沒反應過來，轉頭問婆子：「夫人呢？」

幾個婆子都是新來的，齊齊給他行禮，然後搖頭：「沒瞧見什麼夫人吶。」

捏著簾子的手僵了僵，李景允緩緩轉頭，看向門口站著的溫故知。

「人還活著。」溫故知遙遙看著他，輕聲道，「我說過了，她要去尋名醫。」

除此之外，沒有更好的說法可以安撫這位爺了。

溫故知從來沒有見過殷花月這樣的女人，生完孩子連下床的力氣都沒有，竟在第二日清晨消失得無影無蹤。

明淑是知道她有想離開三爺的心思的，但誰料得到會是在這個時候，誰又會想著去防一個剛生完孩子的人？

他不敢去想這位主子是用什麼法子離開的，也不敢問到底是出了什麼事，她寧願拖著那樣一副身子，也非走不可，他只能用這樣的法子來安撫李景允，人活著比什麼都強，雖然帶走了一個小少爺，也幸虧生的是雙胞胎，給三爺還留了一個。

屋子裡的人沉默地站著，沒有去看搖籃裡的孩子，也沒有再追問他。

他的身子被窗外的朝陽一照，影子拉得老長，長得像莊氏死的那天一樣。

溫故知站了一會兒，紅著眼抹了把臉。

花月時常會回想自己生平中的這兩年，她完成了很多事，成為了將軍府獨當一面的掌事、將莊氏照顧得很好、替霜降尋到了報仇的機會、替莊氏討了公道、替殷寧懷和父皇母后報了仇、也替自己生下了兩個孩子。

人生比她想像中的精彩得多，也坎坷得多。

離開京華那段日子，她身體很差，險些沒經住折騰死在路上。熬過來之後，她給兒子起名殷釋往，與霜降一起，一邊張羅鋪子，一邊撫養他長大。

霜降經常問她：「就這麼走了，您當真不惦記？」

花月笑著搖頭：「哪兒的話，誰能不惦記喜歡過的人？只是我跟他在一塊兒活不好，不開心，不如順了他的意，還一個孩子，咱們兩清。」

在霜降的印象裡，殷花月是一個很心軟的人，但她也明白，這位主子心硬起來，也比誰都果斷。到底是流著殷氏先祖的血，沒那麼容易委曲求全。

與其勉強跟個不那麼喜歡自己的人過一生，她不如逍遙於江湖，反正無父無母，離開京華，誰也不認識她。

擔憂了一段時間，霜降也就釋懷了，白天幫著幾家鋪子營生，晚上回來照看小少爺。

淮北的小鎮比不得京華熱鬧，但日子十分寧靜祥和，鎮上的人也樸實，見花月身邊沒爺們，好心問她：「家裡男人呢？」

花月抱著孩子，唏噓地答：「墳頭的草都比釋往高了。」

這麼年輕就成了寡婦，鎮上人十分同情，平日裡也願意多照看她布莊裡的生意。

倒也有那麼幾個見色起意的，欺負兩個姑娘帶個孩子，半夜三更翻牆過院，想討便宜，但是不知道為什麼，白天看起來楚楚可憐的小寡婦，晚上被驚醒那叫一個凶，將幾個老爺們打得鼻青臉腫的，捆巴掴巴扔了出去。

礙於顏面，這些人也不會罵寡婦打人，只能自己忍了，灰溜溜地離開。

花月是個會做生意的，小鎮只她這一家布莊，待人和善，價錢也公道，鎮上要做衣裳的基本都往她這兒走，若是老主顧，一次買的多了，她還會送一雙繡鞋。

後來鎮上的人都發現了，殷家寡婦特別喜歡送繡鞋，男的女的，老的少的，她都繡，一雙雙地往外送，沒兩年整個鎮上的人幾乎都有殷氏布莊的繡鞋了。

霜降不高興地道：「主子，您這送得，都不稀罕了。」

花月頭也不抬地給釋往縫著小衣裳：「要的就是不稀罕。」

霜降沉默，想了一會兒，也就隨她去了。

釋往兩歲就已經很乖巧了，別人家的孩子少不得調皮搗蛋，可他天生就會心疼人，花月縫衣裳，他就搬著小板凳在旁邊看，要是自己娘親扎著手了，立馬上來幫她抿一抿，奶聲奶氣地道：「不痛不痛，我給妳呼一呼就不痛啦。」

花月哭笑不得：「是不怎麼疼的，但你怎麼要哭了呀？」

釋往抬頭，眼裡滿是淚，一邊擦眼眶一邊道：「沒哭。」

霜降最寵他了，連忙把孩子抱起來拍，瞪眼看著她道：「他最心疼妳，這是幫妳哭呢，妳個做娘的老這麼不著調，多惹孩子操心。」

花月失笑，還沒來得及還嘴，釋往就抓著霜降的衣裳，皺眉道：「不要凶娘親。」

心都要化了，霜降抱著他就親，連勝感嘆：「也算是老天開眼，他爹不會心疼人，他會。」

臉上笑意淡了淡，花月低頭，繼續繡花。

「都這麼久了，您還惦記呢？」餘光瞥她，霜降挑眉。

「沒有。」花月平靜地道，「就是聽著煩。」

「您要是真放下了，才不會煩呢。」霜降哼笑，「京華那邊剛傳來一封信，是小采給的，您若是真煩，就扔了去吧。」

她說完，抱著釋往就一晃一晃地跨出門去。

第87章　小鎮

繃著的綢緞泛著絲光，被外頭的好日頭一照，像夏日清淩淩的湖面。

花月盯著手裡的繃子看了好一會兒，若無其事地繼續落針。

一轉眼已經兩年了，先前她為了防著有人找來，還將手裡的鋪子倒騰了好幾遭，結果後來她發現那是多此一舉，兩年間除了她和霜降，小鎮上再也沒來過別的外人。

李景允應該過得很好，他只要過得好，她留下的孩兒也自然是吃穿不愁，念及這一點，花月覺得就夠了。

一針一針將花樣收仔細，她放下了手，揉了揉脖頸。

信放在旁邊的案几上，散發出京華宣紙特有的香味，花月眼睛沒朝那邊看，沉默半晌，卻還是伸手拿過來，撕開了信口。

小采一直留在棲鳳樓，大約是太能幹，掌櫃的給她漲了工錢，她也就安心在那邊幹活，每年給她來一封信，說說京華裡發生的事。

大梁的皇帝一年前駕崩，皇位繼承者卻一直懸而不決，只由周和瑁暫時監國，大概也是這個原因，大梁動盪不安，甚至引了鄰國垂涎，邊關戰事頻發，李守天重新掛帥上了戰場。

小采畢竟只是下人，消息沒那麼靈通，只能粗略傳些話，花月也不在意，就當看傳記一般，隨意掃兩眼。

這回的信也差不多，說宮裡又給了李景允封賞，不知是什麼功勞。李家的小少爺兩歲了，十分健康。誰誰家的閨女看上了李景允，成天往都護府跑。誰又惹了這位爺不高興，春獵的時候上了觀山就沒再下來。

零零碎碎，只說小少爺的那兩句有用。

花月看完，隨手放在燭臺上燒了，懶洋洋地打了個呵欠。

「娘親娘親。」釋往跑回來，抱著她的腿仰頭看她，小臉紅撲撲的，「霜姨說今晚鎮上有雞絲大典。」

「那是祭祀大典。」將這撲騰的小胳膊小腿抱起來，花月失笑，「想去湊熱鬧？」

釋往重重地點頭，水靈靈的眼珠子盯著她瞧，眨巴眨巴地問：「娘親，忙嗎？」

起了逗弄他的心思，花月為難地道：「是有些忙呀，最近鋪子裡的主顧很多的，要忙上一陣子。」

眉毛一垂，釋往眼淚都出來了，可他倒是沒張開嗓子哭，只伸著手背一個勁地抹臉：「沒關係，我跟霜姨去，給妳帶艾草香囊回來，娘親不要難過。」

軟乎乎的一團，鼻尖都紅了，小手還直往她肩上拍。花月忍不住低頭親他一口，笑道：「這是誰在難過？」

「我，我也沒難過。」釋往紅著的眼睛努力朝她睜了睜。

霜降倚在門口，痛心疾首地道：「主子，您長點良心，這才兩歲呢。」

驟然失笑，花月捏著袖子替他擦臉：「乖，娘親有空，陪你一起去看大燈籠好不好？」

破涕為笑，釋往連連點頭，身子沒坐穩，直往旁邊歪。花月將他攬回懷裡，分外滿足地拍了拍。

小鎮上有年中祭祀的風俗，祭祀當天紅色的燈籠穿街過巷地四處垂掛，大人上街要戴面具辟邪，孩童天真，只需罩以青攏子，再以艾草繫髮，隨著人群去往鎮中的寬地，祭拜祖先，喝米酒即可。

花月是外來人，好在鎮上人也不排斥她，早不早就有嬸嬸送來面具和青攏，等天一黑，兩個姑娘帶著釋往直接就能融進街上的人流。

「小釋往是不是胖了？」霜降抱著他，哭笑不得地掂了掂，「姨快抱不動了。」

花月伸手將他接過來掂了掂，笑道：「是長了些。」

釋往一聽，掙扎著就下了地，牽著花月的手道：「不用抱，我寄幾走。」

四周人多，花月低頭問他：「沒關係麼？」

「沒關係，我已經長得足夠大了。」他提了一把身上青布裡包著的竹篾條，像個青色燈籠似的一本正經地道，「該自己走了。」

霜降聽得這叫一個歡喜啊，摸了摸他的小腦袋，嘴裡碎碎唸：「賺了，這絕對是賺來的。」

哭笑不得地白她一眼，花月繼續跟著往前走。

鎮上平時人不多，但每到祭祀大典，總有外出遠遊的人回來，將街道擠得滿滿當當，到最後要跪下行禮的時候，都有些推搡。

一個沒注意，花月被人推了一把，牽著釋往的手被人卡住。釋往疼得悶哼一聲，花月連忙鬆手，急聲喊：「小心孩子，這兒有孩子呢。」

周圍的人實在太多，推推擠擠一個個地往後退著跪下，等花月終於能看見周圍的時候，釋往已經不見了。

「在那邊，我去找他。」霜降一直盯著那抹青色，順手安撫了花月，弓著身就擠開人群往那邊躥。

今日出來的小孩兒都罩著青攏子，但釋往長得乖巧，比別家小孩好認多了，霜降艱難地跟人告罪借過，走到寬一點的街上，就看見釋往抱著青攏裡的竹篾在發呆，眼睛直愣愣地看著路邊的燈籠。

「你這孩子，總喜歡看燈籠。」嗔怪一聲，霜降走過去，順手取下他看著的燈籠來，撿了木棍套上，塞進他手裡，「給。」

釋往最喜歡紅燈籠，拿著就高興了些，眨巴著眼看著她，歪了歪腦袋。

「想找你娘親是吧？」霜降看了看前頭那密密麻麻跪著的人，無奈地扶額，「再擠過去是不成了，咱們就在這兒等她出來吧，她惦念著你呢，想必也不會耽誤太久。」

話剛落音，背後沒由來地傳來一陣細碎的馬蹄聲。

小鎮上多是牛車，少見馬匹，霜降一聽這動靜臉色就變了，將釋往一抱就躲去旁邊的小巷裡。

一隊人馬從外頭急匆匆地過去，馬上人穿著鎧甲，氣勢不俗。

倒吸一口涼氣，霜降自言自語：「鎮上怎麼會來這些人。」

釋往抬頭看了一眼，小聲道：「李將軍班師回朝。」

李將軍？霜降渾身一僵，低頭看他：「你怎麼知道？」

「方才聽人說的。」釋往指了指外頭，「說是打了勝仗。」

又怕又急，霜降捂了他的嘴連連搖頭：「小少爺，早慧是好事，可你也別什麼都聽，待會兒見著你娘親，萬不能在她面前說這個，知道嗎？」

眼珠子轉了轉，釋往乖巧地應：「好。」

祭祀大典結束，百姓瞧見鎮上來了官兵，都紛紛趕回了家，緊閉門窗。花月提著裙子過來，見霜降找著了人，也連忙拉她回去。

「怎麼了？」霜降問，「這些人來找麻煩的？」

「不是。」抱起釋往回去布莊，花月關上門道，「說是來找人的。」

皮子一緊，霜降立馬給門上加了兩把鎖。

李家軍，來這兒找人，能找誰？兩人相視一眼，心裡都有些沉。

「也說不定只是湊巧。」花月想了想，「都這麼久了，怎麼會突然想起過來找人。」

「您還是小心著些吧。」霜降將她往後院推，「先去地窖裡藏著，等他們走了再出來。」

花月會意，伸手就想把釋往身上的青攏子取了，方便抱去地窖。結果她剛伸手，這孩子就死死捂著，眼淚汪汪地看著她道：「不取，我喜歡這個。」

這還是釋往頭一回拒絕她，花月很意外，不過也沒強求，連攏子帶人一起抱去後院。

「方才是不是嚇著了？」她輕聲問他，「你霜姨在哪兒找著你的？」

「街上。」釋往咬著嘴唇答。

可能真是嚇著了，他話都比之前少，手裡攥著燈籠，攥得緊緊的。

花月打量他兩眼，覺得好像有哪裡不對，但又說不上來是哪裡。

李景允坐在馬上，冷著臉看著秦生。

秦生無奈地道：「能怪我麼，那小祖宗跟個泥鰍似的，見縫就鑽，誰家孩子這麼難管啊。」

「你一個統領，玩不過兩歲小孩兒？」他冷笑，「不如把這簪纓取了，印鑑也掛他腰上去，如何？」

秦生乾笑，撓著頭繼續往前走，街上都是散場後急忙躲避的百姓，他想抓個人問問都難。

「吁。」李景允突然勒了馬。

秦生一愣，替他牽著馬鼻環側頭看過去，就見個青色的燈籠慢悠悠地從旁邊的石階上挪過去，一張小臉蛋雪白嫩滑，熟悉萬分。

「有介。」李景允翻身下馬，大步走過去將他拎起來，「看見為父了還敢跑？」

小短腿騰了空，小孩兒艱難地扭過頭來，茫然地看著他。

還想裝不認識？李景允瞇眼：「趁亂給人添麻煩，你就等著回去紮馬步吧。」

說著，一把將他扔進秦生懷裡。

「你們要帶我去哪兒？」小孩兒掙扎起來，皺眉道，「我要回家，我娘親還在等我。」

秦生本是想把他身上這糟亂東西取了的，一聽這話，嚇得差點沒抱穩，手忙腳亂地去捂他的嘴。

說了多少遍了不能在這位爺面前提這兩個字，這小祖宗也是膽大包天了，逆著毛抓啊。

然而，懷裡這人掙扎得厲害，沒讓他捂住，還大聲喊：「張叔劉嬸，快救救我，我要回去找娘親！」

街上已經空了，自然不會有人來救他，秦生硬著頭皮往馬背上看了一眼，就見三爺陰沉著臉，冷冷地睨著他懷裡的小東西道：「回京都之前都別想再睡懶覺了，早起練功。」

懷裡的人「哇」地一聲就哭了出來，邊哭邊喊：「我要娘親，娘親！」

胡攪蠻纏是最沒用的，李景允策馬就走，秦生抱著孩子追在後頭跑，一邊跑一邊哄：「快別哭了，你爹什麼德行你還不清楚，哭是絕對沒用的，威脅他更沒用。」

小孩兒傷心起來哪裡聽得進道理，邊哭邊踹，掙扎著想下地。

「哎喲小祖宗，這地方也就一晚上亮燈籠，你真留下來了要餓死的，瞧見前面的客棧了嗎？有好吃的，別哭了。」

第88章　大哥哥

將他抱牢實些，秦生也覺得納悶，小少爺打小跟著三爺，雖然只有兩歲，但鮮少像尋常孩子一般哭鬧，大多時候是跟他爹一樣沉默寡言的。今日是怎麼了，竟哭得這麼厲害。

回到客棧，秦生替他脫下身上的青攏子，就見他裡頭穿著一身紅黃相間的綢布衣裳，衣角繡著獅子花紋，怎麼看怎麼不對勁。

「小少爺今日出去穿的是這一身？」他困惑地抬頭問旁邊的副將。

一群大老爺們，哪有姑娘家細心，副將聽他一問，也有些迷茫：「是不是這一身啊，是吧？」

白他一眼，秦生皺眉問：「小少爺，你這是哪兒弄來的衣裳？」

小孩滿眼驚慌地看著他，委屈巴巴地道：「我娘親做的。」

「您可真是……」秦生氣得直搖頭，「都說了多少遍了，不能跟你爹置氣，你父親聽不得這個，上回你作怪提一嘴，他悶悶不樂半個月，今日這又哭又喊的，你爹心裡能好受嗎，少不得要找你麻煩，何苦來哉？」

雙眉緊皺，小孩兒扁了扁嘴，又想哭了。

秦生臉都垮了，抱著人想再哄，李景允卻從外頭推門進來，厚重的靴子踩在客棧的地板上，沉悶一響。

完了，秦生搖頭，衝有介使勁甩眼色，示意他快認錯，別再招這位爺了。

水靈靈的小孩兒，怔愣地看著他的臉，反應了一會兒，當真不哭了。

秦生鬆了口氣，笑著就轉頭朝李景允道：「時候不早了，您教訓兩句就得了，要讓孩子早些歇著，不然長不高了。」

說罷行禮，躬身退出去帶上了門。

李景允沉著一張臉進屋坐下，半闔著眼掃著面前站著的小傢伙，冷聲問：「這小破鎮子有什麼好看的？」

撓撓頭，小孩兒認真地答：「紅燈籠好看。」

「那你怎麼沒帶個燈籠回來？」李景允沉聲道，「對得起你秦叔替你挨的這頓罵？」

他慣常這樣擠兌兒子的，往常他一沉臉一拿腔，有介便知道他是生氣了，可今日他臉色已經這麼難看，面前這小傢伙竟然還衝他笑了笑，搖搖晃晃兩步上前來，將手裡一直攥著的東西塞給了他。

李景允低頭一看，就瞧見個裝著艾草的香囊。

「這本是要拿回去給我娘親的。」他奶聲奶氣地道，「你不高興的話，就先給你。」

李景允：「……」

他好久沒有在一天之內聽人提起殷花月這麼多回了，身邊人無論新舊，都是被溫故知提點過的，知道他不願意聽，兩年間鮮少有人犯他忌諱，有介以前也只在實在生氣的時候才喊兩聲娘親來氣他，今日是怎麼的，脾氣大成這樣了？

「香囊給你了，大哥哥，你能送我回家嗎？」小孩兒小心翼翼地抓著他的衣角，左右看了看，「我娘親要是找不到我，會著急的。」

李景允覺得自己可能是聽錯了：「你喊我什麼？」

水汪汪的眼睛眨了眨，小孩兒乖巧地重複：「大哥哥。」

眼裡的神色微微一滯，他伸手將這孩子抱起來，仔細一端詳，臉色就變了。

「你叫什麼名字？」他問。

小孩兒滿眼無辜地看著他，一板一眼地答：「釋往，殷釋往。」

「……」

秦生一直在門外守著，想等那位爺教訓完了人，進去幫著哄一哄，有介那孩子天生就是個倔脾氣，身邊還沒娘親疼愛，攤上三爺這麼個嚴厲的爹，實在是可憐。

然而，他等了很久，也沒聽見裡頭傳來大聲呵斥亦或是哭聲。

壞了，秦生想，該不會是三爺氣得狠了，直接把孩子打暈了？

想想那個場景，秦生臉都皺成了一團。他早跟有介說了不能觸他爹的逆鱗，好歹等他們回京，有精力找人了，再撒嬌耍賴都沒關係。這個時候總提夫人，除了給三爺添堵，別的什麼用都沒有。

伸手扒了扒門縫，秦生想看看裡頭到底怎麼樣了，結果剛湊上前，門就被人猛地拉開了。

李景允一手抱著孩子，一手拉著門，皺眉看向他：「做什麼？」

乾笑兩聲，秦生道：「屬下就看看裡頭要不要茶水。」

「不用。」李景允道，「去把溫故知給我傳過來。」
這麼晚了，叫溫大人？秦生有些納悶，一抬眼看他臉色蒼白，神色不對，連忙去傳話。
溫故知都睡下了，突然被傳喚，笑著問秦生：「這是把小少爺給打傷了，半夜讓我救人？」
「不像。」秦生眼神古怪地道，「傷著的倒像是三爺。」
「小少爺才兩歲，就有這等功夫了？」溫故知挑眉。
「哎呀，不是，您去看看就知道。」抹了把臉，秦生道，「不像外傷，也不像內傷，就是有點像兩年前那時候。」
腳步一頓，溫故知臉上的笑意慢慢褪去，眉峰攏起，眼珠子微微往左邊晃。
都這麼久了，他以為三爺能慢慢忘記兩年前的事，畢竟這兩年多忙啊，幾個皇子為皇位爭的頭破血流，他要應付那幾個宮的人情世故，又要隨李將軍帶兵出征，覺也沒幾個好睡的，哪兒還能顧得上兒女情長。
結果好麼，這又是什麼東西讓他念起來了？
皺眉跨進屋子，溫故知剛一行禮，就聽得上頭那人直接開口道：「兩年前，你說殷氏生的是一個小少爺。」
心裡一跳，溫故知抬頭，就見小少爺坐在三爺的懷裡，朝他笑了笑。
這孩子鮮少笑得這麼可愛，看得他心裡都輕鬆了兩分。
「是。」他看著他便答，「小少爺如今順利長大，生得也可愛。」

墨染似的眸子一動不動地盯著他，李景允輕輕抬了抬嘴角：「所有人裡，我一向最信你，從你嘴裡說出來的話，我少有懷疑，直到今日，我也沒問過你當初是哪裡來的消息，傳召我進宮。」

他這話說得有些涼，溫故知一聽就跪了下來：「三爺。」

喉結微動，李景允別開頭不再看他，只將釋往抱緊了些，啞聲問：「你娘親是個怎樣的人？」

溫故知驚恐地抬眼，正好對上小少爺那天真的眼神。

「我的娘親，我的娘親很好看，裙子這——麼長，烏黑的頭髮，大大的眼睛，笑起來可美可美了。」釋往十分欣喜地給他比劃，「她會繡好多好看的東西，繡這個。」

小小的手扯著衣角上的獅子花紋給他看，嫩白的臉上滿是驕傲，說話還有些囫圇不清，但一提起娘親，眼睛都笑成了兩條縫。

「我家就在，就在那邊街上，布莊。大哥哥你送我回去，我娘親會送你繡鞋，可好看了，他們都喜歡。」

李景允低頭，撩開袍子抬腳：「這樣的？」

釋往跟著往下看，連連點頭：「嗯，就是這樣的。」

還真是殷花月幹得出來的事，李景允沉了眼神，抿嘴放下袍子，又問：「她過得好嗎？」

「好呀。」釋往拍了拍自個兒的小胸脯，「爹爹死了沒關係，有我陪著娘親呢，等我長大了，我會保護娘親的。」

李景允：「……」

溫故知：「……」

「三爺。」溫故知有點發抖，「這，這孩子？」

李景允白他一眼，示意他閉嘴，然後問：「爹爹怎麼死的？」

釋往為難地皺了皺臉，嗯嗯地想了半天：「不知道哇，娘親沒有說，只說我爹爹是個很厲害的人。」

「哦？」睫毛動了動，李景允坐直了身子問，「怎麼個厲害法兒？」

伸手往高了比劃，釋往奶聲奶氣地道：「我爹墳頭的草是最高的，比別人的都高，所以最厲害。」

「……噗哧。」溫故知一個沒忍住，笑出了聲，接著就覺得頭皮一麻，背脊涼成一片。

「好笑嗎？」李景允面無表情地問。

連忙捏住自己的嘴，溫故知猛地搖頭，往旁邊挪了挪身子，示意他繼續。

李景允這叫一個氣啊，他征戰沙場，那麼多明槍暗箭都沒死，結果死她嘴裡了？拋夫棄子的是她，一句話不說就跑沒了影了也是她，憑什麼要死的就是他？

忍了一口氣，他咬牙道：「你爹要是沒死，你高不高興？」

釋往一怔，搖頭：「不高興。」

李景允猛地站了起來，抱著他走了兩步，有些生氣又有些委屈，最後還是坐回去，低聲問他：「為何？」

「霜姨一提起爹爹，娘親就會難過。」釋往眉頭皺了起來，「小姑娘就應該穿漂亮裙子，每天開心，不提爹爹她就會開心，我不提，大哥哥待會兒送我回家，也別提。」

心口像是被什麼東西突然扎了一下。

李景允收攏手，微微擰了擰眉。

「你怎麼跟我娘親一樣，一提我爹爹也不高興？」釋往抬頭打量他，很是乖巧地捏著袖子給他擦了擦眼角，像無數次哄自己娘親似的，軟聲道，「不難過不難過，我疼你。」

不說這話還好，一說，這大哥哥就跟他娘親似的，更難過了。

釋往慣會心疼人，一邊給他擦臉，一邊拍著他的肩道：「等天亮了就好啦，天亮了就不難過了，我在這兒陪著你，呼呼，不哭啦。」

第89章　大姐姐

才兩歲的孩子，怎麼這麼會安慰人？李景允看著他，也不知想到了什麼，嘴角緊抿，眼底的神色更加翻湧。

「你要在這兒陪著我？」他啞著嗓子問。

釋往呆愣了一會兒，似乎後悔自己一時嘴快，但眼睛掃了掃他，看這個長得好看的哥哥實在有些可憐，也就小聲道：「嗯，你讓人去給我娘親說一聲，天亮了再送我回去，成不成？」

「好。」李景允抹了把臉，笑著問，「你娘親住在哪個布莊？」

這問題可難住釋往了，他只記得是布莊，街道那麼多那麼寬，兩歲的孩子怎麼可能知道哪兒是哪兒。費勁地比劃半天，釋往擰著眉道：「反正就是，那個布莊。」

拍拍他的背，李景允道：「嗯，我讓人去找。」

溫故知聞言，立馬順著臺階下：「小的這便去。」

瞥他一眼，李景允也沒做聲，抱著釋往繼續同他說話。大軍其實已經趕了五日的路，他該好生睡一覺的，但聽著這孩子嘴裡的「娘親」，李景允靠在軟榻上，衣裳也不想換，就這麼安靜地看著他。

溫故知帶著秦生出去找人，一路上都是唉聲嘆氣。

「不至於。」秦生勸他，「有少夫人的消息，三爺高興還來不及，就算要計較您當年撒謊，應該也會從輕發落。」

「你還是跟在他身邊的日子不夠長。」溫故知撇嘴，「那位爺近兩年尤其小心眼，嘴上不說什麼，也會在別的地方給我找苦頭。」

溫故知如今要身分有身分，要資歷有資歷，從軍行醫，回去就能有封賞，他還能嘗什麼苦頭？秦生不以為然，回頭招呼後頭跟著的士兵，挨街挨巷地找布莊。

小鎮不大，沒一會兒就找到了「殷氏布莊」，溫故知神色複雜地望著那牌匾，許久之後才上前敲門。

咚咚咚。

木板的響聲在空蕩蕩的前堂裡轉了一圈，傳去了後院。

花月和霜降是一早就有準備的，畢竟也算是逃竄在外，盤下這鋪子的時候她就修整了地窖，有通氣窗，有足夠的糧食和水，還有蠟燭和衣裳被褥，為的就是萬一有人搜查過來，有個地方能躲。

眼下聽見外頭的動靜，兩人也不急，霜降整理著床榻，花月就抱著孩子坐在桌邊，柔聲問他：「是不是餓了？」

小孩兒怔愣地看著她，點了點頭。

「餓了要跟娘親說，不能忍著知道嗎？」心疼地摸了摸他的小臉，花月起身去拿窖裡藏著的乾糧，一邊拿一邊嘀咕，「怪不得這麼安靜，都給餓傻了。」

小孩兒張了張嘴，欲言又止，可手裡很快就被塞了一塊餅，面前這溫柔的人兒給他倒了半杯溫水，蔥白的指尖捏著他的小手，教他拿餅沾水。

「你這兩顆小牙，啃不動，要這麼吃。」她低下頭來，一點點地教。

有介眼裡滿是迷茫，眨巴著眼看了看她，忍不住往她懷裡倚了倚。

他學東西其實很快，任何事只要他爹教一遍，他就都會。軍隊裡同齡的兩個孩子只會趴在地上玩泥巴，他會自己拿勺子吃飯，會給自己穿衣服，甚至會紮馬步。

這還是頭一次有人這麼和藹地教他吃餅。

有介呆呆地跟著她做，吃了兩口，臉上冷不防地就被親了一下。

「我兒子真乖。」花月笑彎了眼，抱著他搖搖晃晃地道，「等可以出去了，娘給你買小皮鼓。」

小皮鼓他知道，軍營裡的孩子有，他爹說那是小孩兒玩的，不如寶劍威風，於是他也就不要了。只是，爹給他的寶劍可真沉，他還要長好多年才能抱得動。

舔了舔嘴唇，有介問她：「我們為什麼要躲起來？」

地窖裡昏暗，只有燭光，不是很舒服。

花月耷拉了眉毛，像往常一樣同他撒嬌：「外面有壞人呀，娘親打不過，只能躲一躲。」

釋往最怕壞人了，每次都會被嚇得眼淚汪汪的，一邊抹臉還要一邊安慰她，說不怕不怕，等我長大就好了。

然而今天，這孩子臉上一點也沒有慌亂的神色，反倒是眉毛一橫，沉聲道：「妳帶我出去，我看誰敢動妳。」

丁點兒大的孩子，身上沒由來地冒出一股子氣勢。

花月一愣，旁邊的霜降也驚了一跳，兩人齊齊湊過來，蹲在他身邊雙手托著下巴仰望他。

「我的乖乖，小少爺已經這麼厲害了？」霜降忍俊不禁，「打算用什麼護著你娘親啊？這個燈籠？」

花月也笑：「壞人可不怕這個。」

臉上有些紅，有介將桌上放著的燈籠推開，小手伸進青攏子裡，費勁地扒拉了半晌，然後掏出一塊牌子。

「用這個。」他雙目灼灼地看著花月，「我能護住妳。」

檀木的牌子伸過來，小孩兒背挺得筆直。

花月笑著拿過來掃了一眼：「到哪兒撿……」

目光觸及牌上的字，她臉上的笑意驟然消失，語氣立馬沉了：「到哪兒撿來的？！」

有介被嚇了一跳，下意識地爬下凳子，站在她面前背起了雙手：「不是撿的，我爹給的。」

霜降瞪大了眼，一把就將他拉過來，小聲道：「胡說什麼，你哪兒來的爹爹？」

牌子上寫的是「西闕鎮寶」，拿金漆落了一個印鑑，這印鑑花月熟悉，在李景允的書房裡見過的。

這是軍中信物，小孩兒沒說錯，拿這個東西，的確能嚇退一些壞人。

她怔愣地看了一會兒，突然覺得不對勁，拿起旁邊的燭臺照了照那邊站著的小孩兒。

長得跟釋往的確一模一樣，但這個孩子的鬢角上有一顆痣，釋往是沒有的。

手抖了抖，花月閉了閉眼，問霜降：「妳在哪兒找到他的？」

霜降不明所以地答：「就大街上。」

深吸一口氣，花月上前捏住他身上的青攏子，猶豫了片刻，才輕輕取下。

一身華錦，腰上繫玉，這哪裡是釋往出門前的打扮。

「這……」霜降也知道不對了，連忙問他，「你叫什麼名字？」

「有介。」他悶聲答，「沒有的有，不介意的介。」

地窖裡安靜了下來。

面前這個溫柔的大姐姐像是受到了什麼驚嚇，手都在發抖。有介上前輕輕拉住她的手，一聲不吭地往自己懷裡揉了揉。

「妳餓嗎？」他抬眼看她，臉上一片平靜，「餓的話，餅給妳。」

還真是跟他爹一模一樣。

一胎雙子，她離開都護府的那天沒敢多看，徑直抱了一個孩子就走，這兩年她也常常說服自己，就當只生了一個，剩下的那個在都護府，肯定比跟著她的日子過得好。

她沒想到還會有見著這孩子的一天。

又是驚慌又是愧疚，花月將他抱起來，低聲問：「你怎麼會跑到這裡來的？」

有介很喜歡她身上的香味，蹭了蹭她的肩就道：「跟爹爹回家，過來看燈籠。」

「你認得我？」

「不認得。」有介老實地搖頭。

面前這大姐姐眼裡湧出了淚，他看得一驚，立馬道：「但我喜歡妳。」

這是兩歲的有介說過的最軟的一句話，花月又哭又笑，皺了一張臉問霜降：「怎麼會有這種事？」

霜降比她還茫然，盯著有介看了一會兒，臉色一變：「壞了，那釋往還沒找著。」

外頭的敲門聲已經停了，花月抱著有介出了地窖，開門看了看外頭。

其餘的人都被遣走了，只剩一個影子蹲在簷下，雙手抓著自己的頭髮，看起來很是痛苦。

花月試探地喊了一聲：「溫御醫。」

溫故知轉過頭來，眼裡泫然有淚：「嫂夫人，妳知道嗎？回朝之後我就想娶黎筠過門。」

許久不見的故人，一開口說的竟然是這個，花月覺得好笑，與此同時也放了些心防，倚門問：「不是一直不敢娶麼？」

「之前動盪不安，娶她是害她，如今我已有所成，回去能坐御藥房的一把手，自然該娶了。」溫故知垮著臉道，「只是，您今兒要是鐵了心不出來見我，我也就娶不成了，三爺那性子，定會把黎筠外調，他不好，咱們都別想好了。」

說著，竟是要哭。

花月知道他是個人精，可真看著人在她眼前哭，也不像話。

「您先起來。」她道，「按照你們大梁的律例，夫妻分居兩年便算和離，我如今與你們家三爺已經沒關係，您喊我一聲殷氏，我便去備些熱茶，與您說兩句話。」

溫故知是個能屈能伸的，立馬改口：「殷夫人。」

花月讓開門示意他進去，目光掃了掃四周，問：「你可曾撞見我家孩子？」

「我來這兒就是為了讓夫人您安心。」溫故知道，「那位小少爺在三爺那兒呢，明日便會送回來。」看一眼她的表情，溫故知嘆息：「這當真是個巧合，我當年既然會放您走，如今自然也用不著這麼拐彎抹角地耍手段。」

「那是您放我走的？」花月挑眉。

溫故知抹了把臉：「就算不是我放的，後續的爛攤子我也沒少幫忙收拾，您就算看在這兩年安穩日子的份上，今日也該賣我兩分薄面不是？」

第90章　你怎麼長得這麼像我？

能讓人進屋來喝茶，已經算是給面子了，花月不看他，抱著有介悶聲道：「您也看見了，如今我這兒做著小本生意呢，明日還要去城裡進貨，沒那麼多時辰用來等人，大人既然願意幫忙，不妨現在去將孩子抱回來給我。」

這是一面也不願意見三爺啊。溫故知眨眼，看向她懷裡的小少爺，突然問：「懷裡的這個就不是您的孩子了？」

「……」花月有點心慌。

自己肚子裡掉下來的肉，自然也是孩子，只是，當初李景允死活要孩子，她下意識裡就把有介當債一樣還過去了，兩年過去，再抱著他，親也算親，但到底沒有釋往來得貼心，她還是想換回來的。

這想法對有介太過殘忍，她不可能開口說。

有介睜著一雙黑白分明的眼，盯著溫故知看了一會兒，似乎是明白過來他的話是什麼意思，拉著她的衣袖問：「妳是我娘親？」

喉嚨緊了緊，花月點頭，眼神有些飄忽。

溫故知掃她兩眼，倏地抬袖擋住半張臉，哽咽起來：「小少爺。」

他將有介接過來抱著，拍著他的背淚眼朦朧地道：「您別太難過，夫人也不是故意不要您的，這不找著您了麼，斷然不會再將您扔下。」

說得這叫一個聲淚俱下趕鴨子上架，花月聽著就笑了：「沒想到你們這麼大方，願意把兩個孩子都還給我，那是最好不過了，請大人把釋往抱回來，我一併養著。」

哭聲一頓，溫故知尷尬地收斂了誇張的表情，伸手戳了戳有介的臉：「您倒是哭一哭，跟您娘親撒個嬌啊，不然回去準挨罵。」

有介皺眉看了他一眼，不樂意地將臉別到一邊。

溫故知瞪著他，無奈地抹了把頭上的汗，苦笑道：「這一胎雙生，按理說兩個孩子應該差不多，可小少爺遠不如另一位肯撒嬌，註定要吃更多的苦頭。」

心裡一沉，花月擰眉將有介抱過來，戒備地看著他。

「可不是我幹的。」溫故知攤手，「我勸過三爺了，身邊再添個姑娘家，照顧起小少爺來，怎麼也比我們幾個大老爺們來得妥當，可他不聽啊，小少爺幼時喝羊奶吃糊糊，全是他餵的，他又餵不好，沒少燙著嗆著的，還是不肯讓人插手。小少爺一歲就會開口喊人，頭一聲喊的是娘，三爺對著他沒日沒夜地教了許久，才讓他會喊爹。」

「別家一歲小孩兒都是娘親抱著疼著，小少爺可沒有，三爺上練兵場，他就在旁邊跟著晒，三爺去宮裡辦事，他也跟著顛簸，去年還生了一場大病，嗷嗷直哭，三爺又不會哄孩子，冷聲呵斥著讓他挺過來的。」

「現在兩歲了，您看看小少爺，他不會問您要什麼，也不會向您哭訴，您轉身還能走一回，他也未必會怨您。」

溫故知頓了頓，自己眼眶也有點紅：「反正他從來不知道娘親是什麼樣的人。」他是打算動之以情的，可說著說著也難受了，皺眉問：「您是有多大的事，寧願孩子也不要，都不肯留在三爺身邊？」

花月是真心疼啊，抱著有介直摸他的小腦袋，可一聽溫故知這話，她又冷靜了下來。

「夫妻和睦，相夫教子自然是好事，他們兩個一起在我身邊長大，我也就不會有什麼遺憾。但前提是，夫妻和睦。」她抬眼看向他，「若是夫妻並不和睦，同床異夢，那養出來的孩子，又能好到哪裡去？」

溫故知皺眉：「三爺心裡有妳。」

「那是你們覺得。」花月輕笑，「過日子最重要的是自己的感受，又不是過給別人看的。他心裡有沒有我，我還能不清楚？溫大人，我知道你想勸什麼，但我不想再聽。如今的日子我過得很好，對有介有虧欠的地方，我願意彌補，但您若是想用孩子來讓我回去，那恕不遠送。」

「……」溫故知被堵得沒話了，忍不住嘟囔，「別人家的娘親是都會為孩子忍一忍的，妳怎麼這般……」

是啊，可憐天下父母心，多少貌合神離的人為了孩子還會勉強在一起，可孩子又不是傻子，勉強過日子，爭吵、冷戰，日復一日的煎熬，那比分開還讓人難過，到頭來說不定還要攤上一句「我們都是為了你才會如此」，平添孩子心裡罪孽。

與其如此，倒不如心狠點。

擺擺手，花月道：「您請吧，我讓霜降隨您去一趟。」

溫故知起身，搖頭道：「沒見著有介少爺，三爺也沒那麼容易放人，您還是等著吧，天亮之後，三爺會過來的。」

握著有介的手緊了緊，花月目送他出門。

有介再懂事也只是個兩歲小孩兒，聽不懂兩個人這麼長的對話，他與溫故知是熟悉的，見他走了，不由地抬頭問：「我不用回去了嗎？」

花月蹲下身子抱著他，輕聲道：「天亮了就回去。」

「那妳呢？」有介拉了拉她，「妳不跟我一起回去？有爹在的地方很好，一定不會有妳害怕的壞人，也用不著躲。」

眼眶有點紅，花月看著他的小臉，伸手擦了擦：「龍翔九天，魚游淺水，每個人都有自己該去的地方。」

似懂非懂，有介一本正經地背起小手，嚴肅地問：「那妳能再抱抱我嗎？」

喉嚨裡堵得慌，花月顫抖著伸手，將他摟進懷裡。

有那麼一瞬間她在想，能不能尋個法子把兩個孩子都帶走？可腦子只熱這麼一下，她就想起來，自己如今只是一個普通人，李景允沒搶釋往都是好的了，她哪兒還有本事連有介一起帶走。

眼淚吧嗒吧嗒往下掉，花月轉身去找剛做好的小衣裳，仔仔細細地給他換上。

有介沒有釋往會安慰人，看她哭也只是跟著皺眉，等衣裳換好，花月問他：「喜歡嗎？」

青色的錦緞料子，繡著分外可愛的小老虎，有介點了點頭，然後伸手，十分自然地抹了一把她臉上的淚珠。

豪氣十足的動作，也不知道跟誰學的。

破涕為笑，花月親他一口，看了一眼外頭的天色。

註定是個不眠之夜，霜降也沒打算睡了，陪著主子哄了一會兒小少爺，便開始收拾東西。

李景允是個多蠻橫的人，她們都清楚，明日最好是能順利地將兩個孩子換回來，可要是不順利，她們也要提前做好跑路的準備。

「可惜了這貨單。」霜降拎出兩張紙，直皺眉，「定金都付了，料子也是難得尋的。」

花月看了一眼，也捨不得，猶豫一二道：「先放著，萬一有機會，還是要去取貨的，我都跟趙掌櫃說好了，裡頭擔著交情呢。」

「行。」霜降折好單子，揣進了懷裡。

天濛濛亮的時候，外頭響起了車馬的動靜。花月回神，深吸一口氣，給自己和有介都洗了把臉，站去門口等著。

已經很久沒見過李景允了，她也做好了準備，萬一他想搶兒子，那她就報官，先把人拖住，再想辦法逃。

紅漆的車輪骨碌碌地滾到布莊門前停下，花月抿唇，皺著眉抬頭看過去。

「夫人。」秦生抱著釋往下車來，朝她行了一禮，「奉大人之命，孩子給您送回來。」

「娘親！」釋往一看見她就笑，咯咯地朝她伸出雙手。

花月有點懵，接過孩子往後頭看了看，十分意外。

「只您來接有介？」她問。

秦生一笑，拱手道：「屬下也不是來接人的，大人有吩咐，軍營事忙，暫時顧不上小少爺，既然有緣遇見夫人了，便先讓小少爺叨擾貴府幾日，等行軍拔營之時，再來相接。」

錯愕地睜大了眼，花月咬牙。

這是在算計她吧？一定是在算計她，她被他算計過這麼多回，怎麼可能還不長記性！

釋往低頭就看見了旁邊站著的有介，眼睛也瞪得老大：「你怎麼長得這麼像我？」

有介背著雙手抬頭看他，平靜地道：「是你像我。」

釋往想不通，左右看看，帶了哭腔問：「娘親是不是以為我不回來了，又生了一個？」

花月嘴角抽了抽：「不是，這是你哥哥。」

「哥哥？」釋往傻眼了，掙扎著下地，張開手就往有介懷裡撲。

有介對這樣的熱情顯然是不習慣，側身就躲，兩人繞著花月打圈兒轉，直給花月轉得眼暈。

「您要是不樂意，大人也說了。」秦生笑道，「小少爺懂事，可以先送去客棧寄養幾日，到時候大人再帶他一起回京。」

這麼小的孩子，往客棧裡放？花月火氣直冒：「你家大人到底會不會照顧孩子？」

莫名其妙地看她一眼，秦生理所應當地答：「不會。」

花月：「……」

「主子。」霜降拉了拉她的衣袖，「先答應下來，不是壞事。」

自然不是壞事，能多與有介相處兩日也是好的，可是花月總覺得這裡頭有套，猶豫地看著秦生，不敢輕易應下。

秦生看著她的眼神，也明白她的顧忌，大方地道：「您放心，三爺沒有別的意思，也斷然不會強迫於您，等三軍動時，咱們是一定會走的。」

第91章　香囊

天慢慢亮透，小鎮上的百姓紛紛出門開始營生，熟人見面，還是忍不住互相打聽：「昨兒那些人怎麼回事啊？」

「聽人說是回朝的軍隊路過咱們這兒，就在鎮子外頭紮營呢。」

「嚇我一跳，還以為鄰國攻過來了。」

「怎麼可能，有李家軍守著，誰也破不了關。」

平民百姓不知高門愛恨，只曉得這兩年李家軍一直打勝仗，只要軍隊帶上李姓旌旗，路過的地方，大家都願意行方便。

鎮上幾個長者一商量，決定由幾家大鋪子給軍營送些米糧。

本也就算做孝敬，沒指望軍裡的老爺們搭理，結果東西送去沒一個時辰，軍隊裡就有統領親自上鎮子裡道謝，送還錢財，跟著就有不少士兵換上常服，進鎮子走動。

鎮上人高興極了，連忙互相傳話，讓各家買賣好生招待。

未時一刻。

霜降站在布莊門口，看著面前負手而立的人，臉色鐵青。

李景允平靜地回視於她，墨眸幽深，嘴角帶誚。邊關的兩年風霜從他的衣襟上吹過，落下一身沉穩內斂的氣息，他已經不是原先將軍府裡那個喜歡翻牆的三公子，看向故人的眼裡沒有半點波瀾。

霜降摸不清他是來做什麼的，只覺得背脊發涼，下意識地靠在門框上朝他道：「掌櫃的不在家。」

花月吃過午膳就帶著兩個小少爺進城去了。

面前這人點了點頭，長腿一邁跨進布莊，深黑的眼掃了周圍一圈，淡聲問：「這兒可有細些的料子？」

霜降一愣，不明所以。後頭跟進來兩個鎮上的人，拉著她小聲道：「何老頭說了，讓你們開鋪子的好生招待他們，這些官爺都是給銀子買東西的，不白拿妳貨。」

堂堂三爺，在她們這個小布莊裡買料子？霜降覺得不可思議，猶豫地走過去，替他尋了十幾匹細密的好料子，一一擺在桌上。

李景允只掃了一眼就道：「連上頭那幾塊青色的一併要了。」

鎮上做的都是幾尺布的小買賣，這位爺來了倒是好，一買就是二十匹？霜降抹了把臉，本著有錢不賺王八蛋的原則，還是拿粗紙來包了。

「這兒可有繡花的手藝？」李景允面無表情地問。

霜降皺眉，還沒來得及說話，旁邊的嬸嬸就搶著答：「有的有的，這殷家姐妹開的布莊啊，繡活兒是一絕，鎮上的人都愛穿她們繡的東西。」

可不是麼，來的路上就看見了好多雙同他腳上花式一模一樣的鞋子。

說不氣是不可能的，李景允垂眼。她似乎是閒得很，愛給人繡東西，既然如此，那就繡個夠吧。

「就這些布，全裁做香囊。」他點了點那一摞料子，「布料我給，你們來繡，按外頭賣的價錢一個個地算。」

看熱鬧的幾個人一聽就樂了：「好買賣啊，快寫單子，這樣的買賣幾年都等不來一筆。」

布料不用她們出，香囊的錢照給，的確是個好買賣，但霜降知道，來者不善，沒那麼好對付。她看了李景允，道：「承蒙惠顧，但我家掌櫃的身子不太好，接不了這麼大的活兒。」

這麼一說，鎮上那幾個嬸嬸也想起來了，幫著道：「官爺是趕著要吧？這家掌櫃的的確身子不太好，說是生孩子落下的病根，做不了趕活兒，您要是喜歡香囊，不如去鎮子北邊的雜物鋪子看看？」

方才還氣定神閒的官爺，突然就不高興了，周身氣息陰沉下來，把嬸嬸們嚇了一跳。

這麼喜歡殷掌櫃的手藝啊？嬸嬸們面面相覷，看一眼皺著眉的霜降，怕起什麼衝突，連忙上前幫著勸：「這真不是她們不給您顏面，殷掌櫃身子不好，咱們鎮上的人都知道，前些日子還傷了風，養了半個月才剛好。這麼多香囊，她得繡到什麼時候去？」

「是啊，您要是真急著要，不妨去城裡找大鋪子，那兒繡娘多，趕上幾天活，也能把貨交出來。」

氣息有些不穩，李景允看著霜降，眼裡神色幾轉，最後只沉聲道：「有那千里奔走的本事，竟也會身子不好。」

這話裡譏諷的意味太濃，霜降也是個暴脾氣，一忍再忍，覺得咽不下這口氣，冷聲就答：「也是掌櫃的命苦，沒嫁個好人家，不然也不用在月子裡奔走。」

「您對好人家是個什麼要求？」李景允瞇眼，「高門大戶，錦衣玉食，那還算不得好人家？」

霜降皮笑肉不笑地朝他行禮：「回大人，誰不是錦衣玉食長大的，誰又真稀罕那個，女人這一輩子最大的難關就是生孩子的時候，命都懸在那一口氣上，但凡是個好人家，丈夫能不在旁邊守著？若是兩情相悅，一時有事耽誤也好說，可本就是兩個不對付的，心裡惦記的都是欠了多少債，要用孩子還，這樣的人家，不走還留著受人糟踐？」

「……」手慢慢收緊，李景允閉眼，沉悶地吸了口氣。

這事沒法扯清楚了，說他當時不知道，那聽著就跟找藉口狡辯似的，說是溫故知想的餿主意，那又像是他沒個擔當推人頂鍋，左右都落不著好。

他臉色難看，旁邊的人就嚇壞了，慌忙將霜降扯去旁邊，著急地道：「姑娘哎，咱們是什麼身分，這位官爺是什麼身分，您哪能跟他吵起來？他要真急了，鎮上所有人都得遭殃，您行行好，別這麼說話。」

眼眶有點紅，霜降皺眉：「妳們什麼都不知道。」

「是。」劉嬸拉著她道，「咱們是不知道，但妳不能害人吶，這些年妳們姐妹兩個帶著孩子在鎮上，我們都幫襯著的，妳總不能因這口舌之快，將我們這鎮子都搭上去，那不像話。」

「我……」

「快去先應下吧，大不了咱們都幫著繡，總能繡完的。」

幾個人一推搡，霜降氣焰消了，站回李景允面前，認命地低頭：「您寫單子吧，我們這兒接了。」

旁邊有人拿過紙筆來，李景允隨手寫了兩筆，帶著氣將筆扔開：「妳也不用多想，京華什麼樣的美人沒有，我用不著惦記妳家掌櫃的。」
「那多謝您。」霜降撇嘴拱手。
拿好了單子，李景允出門上車，滿眼的戾氣把裡頭坐著的溫故知嚇得一縮，不敢吭聲。
車輪骨碌碌地往前滾，這位爺突然開口問他：「月子裡車馬勞頓，會落下多重的病根？」
大概知道了他這戾氣是因何而來，溫故知抿唇，含糊地道：「因人而異，有身子骨硬朗的，也至多是下雨天腰酸背痛，身子差些的，就會經常生病。」
李景允不說話了，頭靠在車壁上，伸手輕輕按了按眉心。

今日城中熱鬧，集市上人來人往，花月帶著兩個小孩去拿貨的時候頗有些吃力，供貨的趙掌櫃與她算是熟知，見她身邊突然多出一個一模一樣的孩子，也沒多問，只道：「妳要是急著回去，我就讓小二送妳，要是不急，便去集市上走走，今日開市，有很多稀奇玩意兒。」
花月不好意思地道：「得多放上一會兒。」
趙掌櫃是個讀書人，性格十分溫潤善良，迫於無奈才從了商，平日裡就願意多照顧老弱病殘，今日一看花月這左拉右拽，便道：「我帶妳們去吧，人多，妳照看不過來。」
「多謝掌櫃的。」花月欣喜萬分，「趕明兒定給令堂繡身襖子。」
釋往對趙掌櫃很是熟悉，咧了嘴就要往他腿上撲，旁邊的有介皺著眉，一把就將他拉了回來。
「你跟著我走。」他嚴肅地道。

花月好笑地摸了摸他的腦袋：「這是好人，不用怕。」

也不是怕，有介搖頭，他就是不喜歡。

牢牢抓住釋往的手，有介像個小大人似的邁著步子往外走，然而到了高高的門檻前頭，他還是露出了小孩兒的無措，回頭看了一眼花月。

花月連忙過去，一手抱一個，將他們抱出了門。

「又要多養一個孩子。」趙掌櫃跟著他們出門，吩咐夥計看好鋪子，轉頭問花月，「妳那鋪子可還撐得起？」

有介是不用她養的，但眼下也不好過多的解釋，花月便道：「多做些活兒，能撐。」

「我手上倒是有筆買賣，妳要是忙得過來，便拿去。」趙掌櫃溫和地道，「利潤不錯。」

在商言商，她和趙掌櫃一向是合作愉快，但趙掌櫃也不會因為她是姑娘家就白給她便宜。花月賠笑，仔細與他商議起來，得知是繡帕子的生意，算一算利潤的確可觀，便與他一路寒暄。

有介就牽著釋往的手走在他們前頭，釋往是真的皮，拉不住，看見什麼都想過去瞧。有介拉了一會兒就皺眉道：「你能不能不要亂跑。」

「我沒有呀。」釋往委屈，「你不想看看那個糖人？」

「沒意思。」

「那，那邊的東西呢？咱們這兒沒有的，鄰國才有。」釋往不服氣地伸手指了指賣玉石的小攤子。

有介翻了個白眼，從兜裡掏出來一塊成色極好的翡翠，往他手裡一塞，霸氣地道：「拿好跟我走，要什麼，我幫你買。」

第92章　爹爹

平時雖然不缺衣短食，但釋往總心疼娘親賺錢不容易，不會亂撒嬌要買東西。突然出來一個人說要什麼都給他買，釋往高興壞了，幼小的心靈裡終於把「哥哥」和「好人」掛上號，高高興興地抱著他親了一口。

有介對他這舉動十分嫌棄，不過小手還是將他攥得緊緊的，用大人的語氣道：「聽話。」

「好。」釋往奶聲奶氣地應下。

花月被他倆弄得哭笑不得：「真給我省心。」

「好人有好報。」趙掌櫃輕笑，「妳這樣的姑娘，也該有聽話的兒子。」

「您過獎。」花月眨眼，心裡小算盤一打，便道，「您要真覺得我該有好報，那利就多讓我一分，一條手帕賺二十三文繡花錢，也能給他倆多買點心。」

錢掌櫃儒雅地笑著，手裡的扇子搖了搖：「公歸公，點心鋪子在前頭，我請你們去吃。」

若是小單子就罷，這一百多條的大單，哪裡敢隨意讓單價？

花月知道他會這麼說，順著臺階就下：「那多謝了。」

錢掌櫃看著她，無奈地笑道：「妳就不能多堅持一會兒。」

「您是不會虧著我的。」花月道，「再說了，咱們做長久生意的，也不能被這一筆買賣絆著了腳。」

是個通透人，錢掌櫃頷首，叫住前頭兩個小孩兒，一行人拐進旁邊的點心鋪子去。

釋往和有介再聰明也不過兩歲餘，獨自走不了太遠，一聽能坐下休息，立馬樂了。釋往拉著有介的手道：「哥哥我跟你講，這家鋪子的綠豆糕可好吃啦。」

有介抬眼掃了掃四周，小聲嘀咕：「人可真多。」

他以往跟著爹爹，去哪兒都是清場的。

「好吃才會人多。」釋往將娘親給他準備的小圍布翻出來，乖巧地繫在自己身前，然後端正地坐在凳子上，眼巴巴地盯著隔壁桌的點心瞧。

有介看向他的小圍布，嘴巴動了動，沒說出什麼來，只下意識地伸手摸了摸自己什麼也沒有的衣襟。

花月瞧在眼裡，連忙翻了翻袖袋，結果也沒帶著別的圍布。

如溫故知所言，有介的確不會開口問人要什麼，但不是他不想要，大抵是李景允管得嚴，他知道要也沒用。

心尖緊了緊，她伸過手將有介抱過來，笑著問他：「這兒什麼點心都有，你想吃哪一樣？」

有介想了想：「珍珠翡翠點秋霜。」

嘴角一抽，花月搖頭：「別說你平日裡吃的，這兒不會有。」

趙掌櫃聽得挑眉：「京華官家的點心譜子？」

忘記旁邊這位是在京華讀過書的人了，花月尷尬地笑了笑，含糊地應了一聲，又問有介：「吃綠豆糕麼？」

「好。」有介點頭，也不挑。

釋往看著自家娘親抱著哥哥不抱自己，眼眶都紅了，可他愣是沒哭，裝作若無其事的樣子，揉著自己的小手。

趙掌櫃一向喜歡這個懂事的孩子，伸手就將他也抱過來，摸了摸腦袋：「你有想吃的嗎？」

釋往眨巴著眼看著他，小聲道：「馬蹄糕。」

他點頭，叫來小二吩咐下去，便抱著釋往有一搭沒一搭地拍著。

熱鬧的點心鋪子，二樓上不少一家人出來打牙祭的，花月和趙掌櫃坐在這兒，一人抱個孩子哄著，也挺像那麼回事，旁邊的人甚至羨慕了兩聲，說郎才女貌還有兩個可愛兒子，真是幸福圓滿。

趙掌櫃是個主張先立業再成家的人，在成為這城裡的首富之前，他沒有要成家的打算，所以隨便誰怎麼調侃，他也不會往心裡去。

只是，花月背後那一張空桌，沒一會兒就坐下來了兩個人。

點心鋪子裡大多是尋常百姓，可這兩個人，雖也穿著尋常衣裳，但氣度不凡，一瞧就知有來頭。一個冷漠俊朗，眸黑如夜，像是習武的，卻捏著一把玉骨扇。一個面容和善，嘴角帶著笑，額上卻不知為何在出冷汗。

尤其這個和善的人，從坐下來就開始打量他，眼裡神色十分古怪，像是有些——同情？

趙掌櫃也做了這麼久的生意了，察言觀色的本事是有的，見情況不對，他便多留意了兩分。

這兩人隨意揮手讓小二上點心和茶水，也沒有說話，就安靜地坐著，冷漠些的那人像是在忍著什麼勁兒，手裡的摺扇有一搭沒一搭地敲在自己手心。

「趙掌櫃？」花月喊了他一聲。

他回神，笑道：「最近事忙，魂飛體外了，妳方才說什麼？」

「我說釋往最近重了不少，您別一直抱著，累手。」

「無妨。」他將釋往掂了掂，「我喜歡這孩子，上回我母親抱著他都沒撒手，我肯定累不著。」

趙掌櫃的母親盼兒孫都快盼瘋了，加上釋往討喜，她老人家別提多喜歡他，每回去府上拜望，都是下不來地的。花月想起自己剛到鎮上做生意，還是靠著釋往得了老人家的歡心，才讓趙掌櫃給了她一條好路走，不由地笑道：「也該去給她老人家請安了。」

「妳別買太多東西，人去就成。」趙掌櫃道，「人可以天天去，她樂意得很，就是妳錢花太多，不合適。」

花月搖頭：「應該的。」

女兒家做生意沒那麼容易，人得知恩圖報。

這話說得沒問題，落去旁人的耳朵裡就不是那麼回事了。

從這個角度看過去，李景允只能看見殷花月的背，連她懷裡的孩子都看不見，但他能想得到這人說這話是個什麼表情。她從前在將軍府就會討莊氏喜歡，出門自然也餓不死。

只是，聽著可真煩人，又不是真的一家人，什麼就「應該的」？

點心上來了，兩個小孩兒開心地吃了起來。有介吃飯守規矩，從花月懷裡出來，坐回了凳子上自己吃。大人說的什麼他聽不懂，只顧著吃自己的，順帶漫不經心地打量四周。

不打量還好，眼睛往娘親後頭那桌一打量，有介當即嗆咳起來。

「慢點吃。」花月替他拍了拍，給他倒了茶。

有介睜大了眼，正對上自家爹爹冷漠的眼神，張嘴想喊人，卻被狠狠一瞪。

「……」

揉著心口把這一口東西咽下去，有介收回目光，沉默片刻，突然扭頭問：「娘親什麼時候跟我回去？」

花月與趙掌櫃正談到老夫人病情，驟然聽得這麼一句，有些怔愣：「回哪裡去？」

「回爹爹身邊。」有介挺了挺胸膛，像背古詩的時候一樣，有板有眼地道，「爹爹很想您。」

眼神一呆，花月神色複雜地揉了揉他的腦袋：「這你都知道？」

「營帳裡有娘親的畫。」有介眼珠子直晃，小手下意識地就背去了身後，「爹爹也常唸叨您。」

趙掌櫃很意外：「爹爹？他們的父親不是死……」

「我爹是大將軍。」有介抬了抬下巴，嚴肅地道，「他很厲害。」

心裡一震，趙掌櫃看看他又看看花月。

花月尷尬地笑道：「您別往心裡去。」

想想也是，若花月是將軍的妻妾，怎麼可能帶著孩子流落在外？多半是稚子戲言。

趙掌櫃笑著擺手，有介卻接著道：「娘親還沒回答我。」

花月給他重新拿了點心，輕聲道：「你爹爹身邊不缺人，娘親身邊多一個人卻是會礙眼的，為了兩全其美，娘親就不必回去了。」

有介一頓，眉頭皺了起來，下意識地往她身後掃。

花月覺得不對勁，跟著想轉身往後看，手卻被他抓住了：「娘親。」

「嗯？」花月轉頭看他。

面前這小孩兒有些手足無措了，抓著她支支吾吾半晌也沒憋出新的話。

這邊僵持著，另一邊趙掌櫃懷裡的釋往卻笑瞇瞇地盯著鄰桌瞧。

這個大哥哥他認識呀，可不知道為什麼，好像沒有先前見過那麼和善，一雙眼盯著他的娘親，眉峰輕輕擰著，眼底有些紅。

「大哥哥。」他好奇地開口問，「你難過什麼？」

有介好不容易吸引住花月的注意力，被他這一喊，前功盡棄，花月好奇地轉頭，正迎上李景允漠然的目光。

「哇。」釋往驚嘆地道，「一下子就變了。」

他驚嘆的是李景允的神色，方才臉上滿是情緒的人，一眨眼又變成了個冷漠無情的過客。

可惜年紀小，說不清楚，身邊的人自然沒明白是什麼意思。

方才還熱鬧得很的四周，在看見這個人的一瞬間彷彿都安靜了下來。花月怔愣地看了他兩眼，朝旁邊撇開眼神，問溫故知：「二位怎麼也在這裡？」

要說巧合是不可能的，溫故知倒也坦誠：「來找您的。」

趙掌櫃抱著釋往起身，笑道：「方才就覺得奇怪，原來是認識的。」

外人說這種話，那花月自然就該介紹一二，以免尷尬。她跟著起身，朝溫故知指了指：「這二位是京華來的故人。」

輕飄飄的兩個字，就將這些年的糾葛蓋棺定論，李景允聽得冷笑，旁邊的有介卻下了凳子來，對著他老老實實地喊了一聲：「爹爹。」

趙掌櫃愕然，剛想見禮的手頓在了半空。

第93章　重逢

李景允勾唇，伸手摸了摸有介的小腦袋，玄青的袖袍攏過來，將他攬到自己腿邊，幽深的眸子一抬，毫無溫度地落在花月臉上：「有勞照顧。」

袖子裡的手驟然收緊，花月抿了抿唇，別開眼道：「不妨事。」

客氣得像是街上擦肩而過的路人。

趙掌櫃錯愕了好一會兒，目光落在這人腰上掛的玉佩上頭，輕輕掃一眼，眉梢就動了動。

多年從商的經驗告訴他，面前這男子來歷不凡，身分貴重，按理不該這般出現在這喧鬧的點心鋪子裡。看這架勢，與殷氏或許是有過往的，可不像親人，也不像敵人，滿身的疏離冷漠，摸不清是什麼心思。

「既然這麼巧遇見了，那便叮囑兩句。」沉默片刻之後，李景允冷聲道，「開門做生意，還是要以貨為重，香囊上的繡花，萬不可漏針錯線，交貨的時候會有人查驗。妳照顧有介的這份人情，未必能抵買賣價錢。」

花月還沉浸在驟然遇見這人的震驚裡，沒由來聽得這麼幾句話，頗為不解：「什麼香囊？」

溫故知幫著解釋：「三軍在外多載，甚是思鄉，這兒離京華還遠，又要紮營，為了寬慰將士，三爺便在鎮子上的布莊裡訂了幾百個香囊，料子已經給霜降了，只等著上繡活。」

「……」有種不妙的感覺，花月下意識地回頭看了看趙掌櫃。

突如其來的大單子是好事，可這單子若是李景允給的，那花月寧可不賺錢也不想接，更何況，她剛應下了趙掌櫃給的手帕單子，趕不了兩個活兒。

趙掌櫃正在思忖這人的來頭，冷不防被她一看，有些沒回過神，溫柔又困惑地笑道：「看我做什麼？」

「這，怎麼是好？」花月背對著李景允，連連給他使眼色。

趙掌櫃明白了，順著她的意思就道：「妳先接的可是我的單子。」

「哎對，已經接了。」花月扭頭，十分遺憾地朝李景允屈了屈膝，「您見諒。」

目光從那男人身上掃過，落在面前這人的頭頂上，李景允抬了抬嘴角，滿眼嘲弄：「我是能見諒，可單子是妳布莊裡的人寫的，若是毀單，二十匹細緞的錢可就得掌櫃的來出了。」

他拿出單子來，往她面前一展。

霜降的字跡映入眼簾，花月看得眼皮跳了跳，有那麼一瞬間很想質疑這人是不是就趁著她不在家，專門去捏霜降那個軟柿子。

可眼下兩人這身分，她沒立場，也沒膽子問出口。

趙掌櫃是頭一次看殷花月緊張成這樣，臉上雖然沒露什麼怯，身子卻繃成了一根弦，眼裡明暗交錯，指節絞在袖子裡發白。

「妳別著急。」好歹也有兩年的交情，他柔聲勸道，「我那邊能讓繡樓裡的繡娘幫忙，妳這邊要是忙不過來，我也能給妳找兩個人幫襯，不是什麼大事，別嚇著孩子。」

花月一怔，這才想起釋往還在旁邊看著，連忙鬆了手，朝他露出一個感激的笑容。

這人是個戒心極重的，當年哪怕是明淑和朝鳳，要與她交心，也花了好一段時日，李景允鮮少看她對陌生人親近，示好如周和瑨，她也是保持著距離的。

然而眼下，對這個他完全不認識的男人，殷花月笑得可真親昵啊，眼裡帶著光，嘴角弧度高揚又自然，不像是為著大局的虛偽逢迎，以往深不見底的眸子裡，毫不抗拒地映出這人的面容來。

心像是被人猛地攥了一把，李景允幾乎是下意識地伸手，將她拉回自己身邊。

花月沒有防備，被他拉得一個趔趄，眼裡的光倏地消失，眉心也攏起來，抬眼看向他，滿眼都是驚慌。

被她這眼神看得一窒，李景允沉了臉。

氣氛有一瞬間的凝滯，溫故知額上冷汗又出來了，這局可怎麼破才好啊，分明是想見人了才趕著過來的，可嫂夫人身邊多了一個人，三爺就沒臺階下了。

他不肯服軟，嫂夫人便只會更加懼怕躲避，嫂夫人一躲避，三爺就更生氣，這一來一回的，沒個善終啊。

眼珠子一轉，溫故知低頭看向有介。

有介不知道發生了什麼事，但能察覺到自己爹娘心情都不好，一張小臉跟著皺，但是沒有哭，他不是個喜歡哭鬧的孩子。

雙手合十偷偷朝有介道了歉，溫故知一腳就踩上了他的腳後跟。

有介：「……」

氣氛最僵硬的時候，一聲奶氣的嚎哭響徹了整個點心鋪子。

有介一哭，釋往不知怎麼的也跟著哭，倆孩子嗓門一起開，花月瞬間就急了，蹲下身子將兩人都抱過來，小聲問：「怎麼了，哭什麼？」

有介搖頭，釋往也跟著哥哥搖頭，珍珠似的小淚花啪嗒啪嗒往下掉，任由花月哄了半天也沒止住哭。

旁邊的食客被吵得不耐煩了，紛紛抱怨。

李景允回頭看了他們一眼，眼神還算和善，帶些勸誡之意。

當然了，這是他自己以為的，他一眼過去，食客們都不說話了，轉回頭去吃自己的，頭埋得極低。

花月抱起兩個小崽兒，十分歉疚地出了門，到門外去軟聲道：「不哭了，想要什麼？娘親去給你們買。」

有介抽抽搭搭地道：「我要爹爹。」

花月立馬把李景允拽了出來。

指尖驟然的觸碰，恍如隔世，李景允盯著自己袖子上的手，方才還板著的臉，突然就軟了下來。

他其實很好哄，特別好哄，只要她還肯拉拉他，碰碰他，肯與他說話，先前心裡的怨氣，就會像香爐裡最後一縷煙，瞬間消失於天地。

然而，她只是將他拉出去，塞給有介，輕聲哄孩子：「你爹爹在這兒，給你，不哭了昂。」

有介拉著自家爹爹的手，哭聲還是沒停：「也，也要妳。」

釋往可喜歡他這個大方的哥哥了，聞言也不小氣，一邊哭一邊把自家娘親的手也遞給他。

然而，娘親好像很抗拒，手飛快地縮了回去，只摸了摸哥哥的腦袋，道：「我也在這兒。」

旁邊好看的大哥哥沉默地瞥了一眼娘親的手，鬱鬱地別開了頭。

釋往不知道這是在做什麼，反正跟著哥哥哭就對了。

花月被吵得頭疼，十分抱歉地對趙掌櫃道：「明日再去府上拜訪，今日多謝您了。」

「哪裡。」趙掌櫃搖頭，「有人送妳們娘幾個回去，我也就放心了，這便先告辭。」

「不遠送了。」花月頷首，目送他邁步往街上走去。

溫故知鬆了口氣，抱拳朝花月道：「兩個小少爺哭得太狠，等會許是要肚子疼，我先去前頭的藥鋪給他們做兩個糖丸子，待會兒幾位記得過來拿。」

花月想說不用麻煩了，可溫故知那腿上跟安了馬蹄似的，噠吧一下就跑出去老遠，順著風都不一定能喊住。

有介突然就不哭了，臉上還掛著眼淚，神情已經恢復了正常。他抬起袖子給釋往擦了擦臉，小聲道：「快別哭了，看見嗓子眼了。」

釋往委屈巴巴地看著他。

兩個小不點，長得一模一樣，站在一起互相擦臉，可愛得不像話。花月心情好了一些，剛想笑一笑，就聽得李景允道：「這城裡可有賣茶葉的？」

想起只剩他們兩個大人，花月收斂了笑意，指了指鄰街：「那邊。」

「帶我去，我不認識路。」

這理直氣壯的語氣是為什麼？花月抬頭看他，覺得可笑：「大人，我已經不是您府上的人了。」

「嗯。」李景允點頭，還是理直氣壯地道，「帶我去。」

人生地不熟的，以他的性子，也未必肯沿街問路，可是，她戒備地道：「你我如今的關係，似乎不合宜同行。」

李景允朝她看下來，眼含譏誚：「妳只是有介的娘親，除此之外我沒有別的想法，這裡沒有人認識妳我，拿那些個條條框框來擋著，妳是心虛還是怎麼的？」

這有什麼好心虛的？花月「哈？」了一聲，反唇相譏：「您高估自個兒了，兩年春秋過，什麼東西都該被沖刷了個乾淨，心虛也輪不到我，只是我也不是閒人，沒道理非要幫您這個忙。」

李景允垂眼，撚著手指道：「要不是一時沒別人可倚仗，我也用不著妳。這樣吧，給妳的單子，每個香囊多讓兩分利，妳給我帶路，免得天黑我都回不去營地。」

把她當什麼了？兩分利就能讓她折腰？花月十分憤怒地指了指前頭的路，低斥道：「您這邊請，跟我來！」

有介：「……」

釋往：「……」

大人的世界真的好複雜。

這樣的買賣一輩子可能就一次，畢竟像李景允這樣不知金銀為何物的少爺實在難遇見。兩分利，幾百個香囊，她能給釋往多掙三年的私塾花銷，答應是一定要答應的，不要臉也不能不要錢。

只是，兩人真走在一路，她還是有些難受，餘光瞥著身邊這人，很怕他走著走著突然質問起當年的事情。

然而，李景允隻字未提，只對這個城鎮產生了濃厚的興趣，一手抱著有介，一手拿著路邊小攤上的簪子問人家：「這個樣式有金子打的麼？」

第94章　找麻煩

賣簪子的大叔用古怪的眼神看著他，嘟囔道：「攤子上哪有賣金子的，您這眼光，該去首飾鋪裡找。」

李景允扭頭就問她：「首飾鋪在哪兒？」

花月眼角抽了抽：「您不是要去茶葉鋪？」

「先去看看首飾。」

花月有點不耐煩，但念著那兩分利，還是忍了一口氣，拉著有介和釋往朝前走。

李景允慢條斯理地跟上，目光落在她的背後，看不清是什麼情緒，但一直沒轉開。

花月沒察覺，有介倒是回頭看了他一眼，眼露困惑。

在有介的眼裡，他的爹爹十分凶狠嚴肅，人們大多都怕他，他走路都是走在最前頭的，身後能跟一大幫子人。爹爹能與人說很多的話，彎彎繞繞的，他一句也聽不明白，但說完對面的人總會滿頭大汗。

這還是有介頭一次看見爹爹如此安靜，沒說什麼話，心甘情願地走在人後頭，像一匹被套了鞍的馬。

他想鬆開娘親的手去拉一拉自家爹爹，但剛有這個念頭，就被爹爹瞪了一眼。

有介很委屈，他才兩歲，他不想看懂大人的臉色，也想任性一點，但早慧的聰明勁兒不允許，他還是只能老老實實地拉著娘親，跟著繼續往前走。

城鎮裡的首飾鋪很普通，遠不及京華的寶來閣大氣恢弘，花月把人帶到了就在外頭等，李景允也沒說什麼，自己進去挑選。

釋往和有介你推我搡地玩著小把戲，花月閒著無事就把身上帶著的帳本拿出來看，看著看著，就覺得裙角被人拽了拽。

「娘親，快進去。」釋往突然喊了一聲。

花月一愣，低頭就見他眉頭緊皺，神情戒備地道：「別往外看。」

上一回看見他這樣的神色，還是布莊遇見有人來找茬的時候。花月心領神會，拉著兩個孩子就進了門。

沒一會兒，兩個人也跟著進門，小二的打眼一看就知道不對勁，連忙上前笑問：「客官看點什麼？」

花月站在牆角邊，捏著倆孩子的手拿餘光瞥一眼，好麼，冤家路窄，馬程遠。

先前說過，姑娘家出來做生意少不得要被欺負，花月和霜降自然也遇見過那半夜跳牆的，馬程遠就是其中一個，被她打過一頓，沒敢再跳牆越門，但平日也會讓人去布莊找麻煩，不打砸，只往門口一站，逼得客人不敢進門。每次要拿些銀子打發，這人才肯帶人走。

花月頭疼他良久，眼下帶著兩個孩子撞見，自然是避開為妙。

然而，馬程遠是看見她了，追著進門來，笑嘻嘻地就往她面前湊：「殷掌櫃，有兩日沒見了吧？」

把孩子往身後拉了拉，花月皮笑肉不笑。

馬程遠湊過來，瞥見有孩子在，便道：「遇見了也省事，您將這個月的銀子結了，也省得我們哥幾個再過去布莊一趟。」

釋往抓著有介的手，眼裡水汪汪的，有介看了他一眼，出去兩步擋在花月跟前，抬頭道：「當街堵著婦孺孩子要錢，算個什麼規矩？」

馬程遠被這聲音嚇了一跳，表情誇張地左右看看，然後不屑地低頭，痞笑道：「乳臭未乾的小孩兒，跟老子論什麼規矩？躲開些，別踩著你。」

微微沉臉，花月拉開有介，悶聲道：「出門沒帶銀子，您明兒讓人過去取吧。」

眉梢高挑，馬程遠瞇著三角小眼，伸手道：「那妳明兒可要記得給我留個門吶。」

城鎮上的混混，手自然是不乾淨的，花月也曾跟他動過手，但她開著布莊，與這些地頭蛇作對始終落不著好，還要花湯藥費，於是也就不動彈了，反正也就挑挑下巴摸摸臉蛋，回頭洗個臉就成。

於是馬程遠就跟往常一樣伸出手去，樂呵呵地道：「妳什麼時候想通了，我的銀子也還是妳的銀——」

子。

最後一個字還沒說出口，凌空飛來一聲響破，噗地在眼前炸開。

豔紅的血穿透皮骨，順著簪尖往外滲，精緻的累絲金雀簪頭捲上血跡，帶著垂墜的珠穗來回晃動。

近在咫尺的手，就這麼被刺了個對穿。

花月睜大眼，還沒來得及吸一口氣，身子就被有介拉下去，釋往的手飛快地抬起來，一手一個，捂住了她的眼睛。

「……」

馬程遠一時沒反應過來，怔愣地看了好一會兒，才淒厲地慘叫出聲。

店鋪裡的客人都嚇了一跳，紛紛往外跑，小二迎過來看了看，滿眼恐懼地退後：「扎穿了……」

那簪尾不算很尖，竟能從人手背上穿透手心，該是用了多大的氣力？小二抹了把臉，哆哆嗦嗦地想去找掌櫃的，結果回頭就見掌櫃的也哆哆嗦嗦地站在櫃檯邊，他的面前，是一位拿著空簪盒的客人，墨黑的眸子看著馬程遠那邊，扔東西的動作還沒完全收住。

小二瞪大了眼。

馬程遠慘叫不止，他身邊跟著的兄弟上前扶住他，回頭看見動手的人，破口便罵：「活得不耐煩了！」

李景允認真地想了想，點頭：「是有點。」

哥倆一起招搖撞騙碰瓷收保護費也有不短的時間了，頭一次遇見這麼回話的人，一時有些噎住。

馬程遠痛得涕淚齊下，捂著手朝他喊：「上衙門去，你今兒不陪個傾家蕩產，你別想離開這淮永城！」

輕笑一聲，李景允轉回頭，朝掌櫃的道：「另外拿一支包上吧，送去我先前說的地方。」

掌櫃的臉都白了，接著他遞過來的銀子，嘴唇直哆嗦。

李景允沒有多餘的心情安撫圍觀群眾，他抬步朝馬程遠走過去，低頭看著他問：「要去衙門？」

他這通身的氣派有些壓人，馬程遠上下打量一番，哽著眼淚語氣緩和了些：「私了也可以，你賠二百兩銀子。」

心也真是黑，花月搖頭，張口想說這傷勢五十兩差不多了，就聽得門外一陣腳步聲。

她的眼睛還被釋往蒙著，也看不見是誰來了，只聽得馬程遠突然就吱哇亂叫起來，大喊了一聲：「你們要幹什麼！」

然後嘴就被堵住了，嗚嗚咽咽地被拖了出去。

花月連忙拿開釋往的手，但抬眼已經看不見人，店鋪門口空空蕩蕩，面前只剩一個李景允，和地上殘留的兩點血跡。

「你帶著人的？」她皺眉。

李景允一臉茫然地問：「什麼人？方才是城裡巡邏的官差將他帶走了。」

這麼巧？花月不信，可左右看看，確實也看不見什麼動靜了，便道：「那人在城鎮裡蠻橫慣了，您若有那為民除害的心思，就最好下點狠手，不然他出來，遭殃的還是我。」

「殷掌事也有害怕的東西？」他語氣古怪地道。

好久沒聽見這個稱呼，花月恍惚了一瞬，搖頭：「人生在世，高處的怕摔，低處的怕澇，誰還沒個害怕的東西了。」

「妳在我身邊的時候，至少不用怕這些。」他冷哼著吐出一句話，隨即拂袖跨出了門。

這話是在擠兌她，還是在暗示她？花月抿唇，不管是哪樣她都不感興趣，所以還是裝作沒聽見，繼續去給他帶路。

李景允要買的東西可真不少，首飾鋪出來去了茶葉鋪，挑挑揀揀好一會兒又去木匠鋪子，花月牽著兩個孩子，實在有些累，所以當李景允在一家酒樓旁邊停下的時候，她毫不猶豫地就道：「這家的飯菜好吃，您可以嘗嘗。」

時辰已經不早了，其實她該回布莊去，但這位爺一直很焦急地在採購，她也沒敢半路打退堂鼓。抬頭看了一眼這酒樓，李景允眼裡露出些嫌棄的意思，但這地方已經沒有更好的了，他也就將就著進門，要了一桌酒菜。

終於能坐下來休息，花月連忙安置好兩個小孩兒，自己也歇歇腳。

「大人不回軍營？」她試探著問。

李景允面色凝重地道：「方才傷了人，得留在城裡，萬一當地衙門傳召，也不至於來回趕路。」

「那您能不能先看著這倆孩子？」花月道，「城裡去鎮上的馬車半個時辰前就收拾回家了，要走路回去，這倆孩子睏成這樣，也經不起折騰。」

看她一眼，李景允道：「你們可以在這兒歇一晚。」

花月下意識地就拒絕：「不用了，身上銀子沒帶夠，您帶著他倆就成，我能回去布莊。」

在外頭跑了兩年的小狗子，終於還是機靈了一些，沒那麼容易騙了。李景允垂眸喝茶，眸子裡暗光湧動：「可以。」

「有勞。」花月起身，也不與他同桌吃飯了，出門就去找牛車回鎮上。

往常的黃昏時分，不少牛車會往城外趕，花月往城門口走，想著等上一輛給幾個銅板就能回去。

然而，她好不容易走到城門口，卻見守城的士兵正在關門。

「哎，大人？」花月連忙上前，「今日為何這麼早門禁？」

士兵看她一眼，將她往旁邊一趕：「城裡有凶徒鬧事，衙門的命令，這會兒已經不讓出入了，妳回去吧。」

回去，回哪兒去啊？她要回也該往外回。花月皺眉踮腳，卻見城門已經「哐噹」一聲闔了個嚴實。

第95章　蝦米

沒別的辦法，花月只能回去先前的酒樓，小聲問掌櫃的：「可還有空房？」

掌櫃的正在清帳，聞言翻了翻旁邊的冊子：「上房和廂房都滿了。」

花月一聽就皺了眉，想著要不要再換一家。打著算盤的掌櫃一看她這神色就笑了一聲：「今兒趕集，各家客棧都是滿的，您也別想著往別處找了。」

這可怎麼是好？花月掃向大堂，發現先前李景允坐著的那一桌是空的，應該已經上樓歇息了。

順著她的目光看了看，掌櫃的也想起來了：「您先前是不是來過，同那帶著兩個孩子的客人一起的？那還好說，那客人大方，定的上房，裡頭是拔步床帶著兩個小榻的，您去跟著擠一擠就行。」

嘴角一抽，花月搖頭：「不是一家人，不合適。」

「那可沒別的房間了。」掌櫃的苦口婆心地道，「妳一個姑娘家，該跟著熟人走的，不然外頭不知道會遇見什麼事。」

花月沉默。

酒樓裡燈火通明，大堂之中什麼三教九流都有，鬧鬧哄哄，酒氣撲鼻，也就是上了二樓才雅靜些。

樓上盆景掩映，將下頭的嘈雜隔絕在外。

李景允坐上房裡看著兩個小孩兒爬凳子玩，眼角餘光卻是有一搭沒一搭地往窗戶外頭瞥。

他開的是前窗，能瞧見走廊上的動靜，但這邊是上房，走動的人極少，等了許久，也不見那個人灰溜溜地回來找他。

一開始他還算氣定神閒，城鎮就這麼大，城門一關，客棧沒別處有空房，那她必定是要回到他跟前來的，可眼瞧著外頭的天色一點點暗下去，李景允坐不住了，他開門出去找了夥計，問：「人呢？」

夥計是收了賞錢的，知道他問的是誰，頗為尷尬地道：「大爺，人睡下了。」

臉色一沉，李景允瞪著他。

夥計嚇得一抖，慌忙解釋：「掌櫃的是按照您的吩咐說的，沒空房了，讓她上樓，可那夫人不肯吶，自個兒去擠通鋪了。」

通鋪是個什麼地方？沒錢的窮苦人家趕路，住不起客棧，就去通鋪裡擠一擠，裡頭又髒又亂，但凡身上有點錢的，都不會願意住。李景允一聽就冷笑出聲，捏著袖袍狠狠一甩。

夥計滿眼驚慌地後退幾步，躬身給他行禮：「那通鋪裡沒別人，掌櫃的給清了，就那位夫人一個，髒是髒了點，但也不會有人礙著她，您消消氣。」

這氣怎麼消？都過了多少年了，這人的骨頭還是這麼硬，寧可跟蛇蟲鼠蟻作伴，也不肯來跟他低個頭。

「大哥哥。」釋往抱著枕頭出來，揉著眼睛道，「咱們什麼時候睡覺呀？」

一聽見孩子的聲音，李景允壓下了怒氣，揮退夥計，轉過身朝有介道：「當哥哥的，該哄弟弟睡覺。」

有介也睏得慌，勉強睜著眼問：「那您呢？」

「我出去走走，片刻就回。」

有介點頭，知道四周定有人護著，也不害怕，攬過釋往的肩就把他往床榻上推。

釋往睏乎乎地小聲嘟囔：「你爹怎麼又不高興，我每回看他，他都不高興。」

有介一巴掌拍在他腦門上：「那也是你爹。」

「我爹？」釋往搖頭，「娘親說了我爹已經死了，墳頭草都好高好高了。」

有介語塞，小腦袋瓜也理不清其中道理，只能問：「墳頭草是什麼？」

釋往茫然了一會兒，搖搖頭，他沒見過，只是聽娘親這麼說。

「那我知道了。」有介扯過被子給兩人蓋上，奶聲奶氣地道，「爹爹很高，墳頭草也很高，那爹爹就是墳頭草變的，他還是你爹爹，明白了吧？」

「嗯，明白了。」釋往認真地點頭。

兩個小傢伙擠在一起，沒一會兒就睡著了，李景允在門口站了一會兒，對「墳頭草」三個字狠狠翻了幾個白眼。

「將軍，可要回軍營？」暗處有人來問。

李景允沒好氣地道：「城門都關了，回什麼軍營？」

「那，您不歇著？」

冷哼一聲，李景允沒有答話。

通鋪裡。

花月很慶幸這間通鋪裡只她一個人，只是，被褥床單都沾著一層泥垢，實在有些不堪，她看了看，找了一床相對乾淨的被子鋪在榻上，脫了自己的外袍，就當被子搭著。

今日實在勞累，不管是身體上還是心靈上，她都需要好好睡一覺，於是躺下沒多久，花月的呼吸就均勻而綿長了。

通鋪裡不熄燈，昏黃的燭臺在斑駁的牆上照出自己的影子，呼嘯而過的夜風擰著破舊的窗扇，發出嘔啞的聲音，通鋪左右都沒有可以依靠搭背的地方，她縮在上頭，像一隻弱小的蝦米。

李景允站在門邊，眼神冰冷地盯著這蝦米看了很久。

從先帝駕崩的那一刻起，他就成了京華裡萬人之上的權臣，她是沒見過有多少人卑躬屈膝地來討好他，也沒見過每日守在他府邸附近的裙釵嬌娥有多少，但凡她肯留在京華，有的是高床軟枕，榮華富貴，哪裡用得著睡這種地方。

徐長逸有一次喝醉了酒，壯著膽子說她是不愛他了，說什麼都不喜歡，不想看見，所以才捨得下京華的一切。

他不信。

她曾放下一切戒備真心接納他，也曾捨命護他，為他縫傷，為他留燈，最危險的一段日子都一起過來了，她怎麼可能在他最功成名就的時候不喜歡他了，簡直荒謬。

再者說，你看看，他身邊少了她其實過得也不錯，而她呢，身邊沒有他，要被人欺負，要睡通鋪。怎麼看也是她更離不開他才對。

驕傲地抿了抿唇，李景允抱著手裡的被褥，輕手輕腳地爬上通鋪，在她身後鋪出一小塊地方來，跟著慢慢地躺下。

面前是許久不見的後腦勺，鼻息間除了通鋪腐朽難聞的味道，還有一絲玉蘭的清香。李景允滿足地勾起嘴角，側身屈膝，也成了一隻小蝦米。

他已經兩年沒有睡過好覺了。

窗外的夜風依舊在呼嘯，燭臺跳躍不止，牆上光影斑駁，通鋪依舊沒有可以依靠的地方，但蝦米成了一對。

花月的夢裡不知為何全是蝦，一隻又一隻，扭著身子從她眼前排隊晃過去，她知道自己是餓了，伸手想去抓，可手一抬，人就醒了。

外頭的天已經有些泛白，客棧裡已經有了人走動的聲響，花月揉了揉眼，低頭發現自己身上不知什麼時候多了一床被褥，左右看看，通鋪還是沒有人，桌上倒是放了幾碟小菜，一碗清粥。

「妳醒了？」趙掌櫃站在門口，背對著她道，「昨兒聽說門禁落得早，我就知道妳不一定能趕得回去，還說讓妳來寒舍歇一歇呢，不曾想倒是在這兒委屈。」

花月很意外，連忙起身穿上外袍，就著旁邊的水盆洗了臉收拾一番。

瞧著不失禮了，她才不好意思地道：「您怎麼來這兒了？」

「這兒掌櫃的是我朋友，方才過來用早膳，他提了一句。」趙掌櫃轉過身來看著她笑道，「用膳吧。」

看看床上的被褥，又看看桌上的飯菜，花月十分感動：「勞您費心，添麻煩了。」

「妳是沒把我當朋友。」趙掌櫃搖頭，「下回沒地方去，直接來找我。」

「好。」

這人做生意就靠著一身義氣，花月也不客套，笑著應下，便坐去桌邊狼吞虎嚥。

昨兒她沒吃晚膳，現在已經是飢腸轆轆，桌上的早膳尤其好吃，吃得她都感動了：「出門在外能遇見趙掌櫃這樣的貴人，實在也是我的福氣。」

趙掌櫃不明所以，他就是聽聞她在這兒，所以過來看了一眼，也沒做什麼，倒還得兩句奉承。

不過生意人，人家奉承他也就點頭應著，不多話。

這早膳十分精緻，花月清楚，她沒給多的銀子，客棧是斷不可能白給的，多半是趙掌櫃的吩咐，於是一邊吃一邊誇他：「您這麼體貼細緻的人，天下少見，哪怕再晚個幾年成家，也有的是姑娘願意嫁，令堂實在不必擔心。」

「哪裡哪裡。」趙掌櫃被誇得都不好意思了，拿出帕子來遞給她，「擦擦嘴。」

花月笑著接過。

蔥白的手指，棕青的綢帕，含情的眉眼。這場面，若不是在通鋪房裡，該是何等的郎情妾意相敬如賓？

李景允牽著兩個小孩兒站在門口看著，一個沒忍住，冷笑出聲。

花月一頓，抬眼看過去，臉上的笑意頓時消失。

「大人起得也早。」放下碗，她起身過去摸了摸有介的腦袋，然後把釋往牽回來，行禮道，「多謝照顧。」

李景允跨進門，看了趙掌櫃一眼：「又見面了。」

趙掌櫃十分有禮地頷首：「緣分。」

誰想同你有緣分？李景允這叫一個煩，他早起去哄孩子的功夫，回來屋子裡就多了個野男人，這不存心膈應人麼。尤其殷花月，還挺待見人家，瞧這含羞帶怯的眼神，也不知道這人有什麼好看的。

「回鎮子嗎。」他冷聲道，「溫故知趕了馬車在外頭。」

花月搖頭：「不必了，我自己趕車。」

「趕車費錢。」趙掌櫃笑道，「正好我也要去鎮上一趟，我帶你們一程吧。」

李景允：「……」這是他要說的話。

第96章 藥包

殷花月覺得，趙掌櫃真是一個十分體貼周到的人，知道早晨趕馬車不容易，所以尋個由頭捎帶她和釋往一程，相比之下，李三公子頗為厚顏無恥，竟想用這事來施恩。

人品高低，一比便知。

「有勞了。」她感激地朝趙掌櫃低頭。

李景允臉色鐵青地站在旁邊，一雙眼定定地看著她，帶了些惱意。

要是以前，花月定會看懂他的臉色，轉頭來哄他，然而，眼前這個人，已經不受他什麼要脅了，眼尾往他臉上輕輕一掃，抬步就跟著人走了出去。

藕粉色的衣裙從他玄色的長袍邊擦過，半點留戀也沒有。

心口好像突然空了一塊，外頭肆虐的風和雨直挺挺地就往空洞裡灌，灌得他指尖都生涼。

「爹爹。」有介看著走遠的那幾個人，皺眉抬頭，「不留？」

李景允低頭看他，一向凌厲嚴肅的眉眼間，頭一次對自己的孩子露出了苦笑。

「留不住。」他嘆息。

有介不明白為什麼，他覺得他的爹爹很厲害，只要他想的，沒有什麼東西得不到，哪怕是邊關敵軍的降書，一年前人家還不肯給，一年後也乖乖送上來了，還有什麼比那個東西更難拿的？

可是，面對敵軍都敢上前的爹爹，在那麼柔弱的姑娘身後，卻沒敢往前追。

「不懂。」有介直搖頭。

溫故知下車過來，伸手摸了摸他的腦袋：「小孩子不必懂這些，先上車。」

李景允抬眼看他，薄唇微抿。

「您覺著委屈？」溫故知好笑地道，「這有什麼好委屈的，真要不樂意，讓秦生把那掌櫃的捆了扔出二十里地，眼不見心不煩。」

帶著有介坐上馬車，李景允閉眼按了按眉心：「我是想不明白，那樣的人，比我好？」

煞有介事地想了想，溫故知摸著下巴道：「家世不用比，您高出他十萬八千里，相貌也是一樣，他沒一樣比得上您。」

李景允皺眉，剛想張口，溫故知就接著道：「不過眼下嫂夫人不待見您，您再好也沒用。」

提起這個，李景允就面無表情地看向他。

「誒，您聽我說完。」溫故知連忙道，「您與嫂夫人走到這一步，也不全怪我亂傳話，嫂夫人先前在府裡就有不少手下幫著傳信，這件事您是知道的吧？」

李景允點頭。

她那時候一心想報仇，府裡不少魏人，都在給她做事，他是睜一隻眼閉一隻眼，只在她有危險的時候攔一攔。後來她走了，那些人也相繼離開府邸。

「原先廚房裡有個丫鬟，後來去了棲鳳樓。」溫故知道，「京華剛來的信，掌櫃的說發現那丫鬟往外遞了許久的消息，雖然近兩年遞的都是些無關痛癢的京華之事，但查了查時候，早在您與嫂夫人冷戰之前，她就開始注意您在棲鳳樓裡的動靜了。」

眼皮一垂，李景允撚著袖口沉默半晌，悶聲道：「她沒害過我。」

「不是說嫂夫人要害您。」溫故知恨鐵不成鋼地拍大腿，「這都過了多久了，誰去翻這個帳啊，我的意思是，她既然有人在棲鳳樓，那麼您先前一時賭氣招別的姑娘陪侍，嫂夫人是全知道的。」

「……」猛地抬眼，李景允看向他，瞳孔驟縮。

「這不怪我們吧？」溫故知攤手，無辜地道，「哥幾個當時都勸過您了，您礙著顏面，非要裝自個兒沒事，不在意，任由那幾個姑娘往懷裡坐。哥幾個知道您是什麼想法，可落在別人的眼裡就不一定了。」

指不定回去怎麼跟人說呢，那時殷花月還懷著身子。懷著身子的女人是最記仇的，也最容易傷心，再加上後來生孩子三爺也陰差陽錯地不在，這可不就誤會大了。

「您別急。」看了看他的神情，溫故知連忙安撫，「這事過去這麼久了，您就算再去跟嫂夫人解釋，那也沒用，我有個想法，您且聽一聽。」

聰明如李景允，什麼時候聽過別人的主意，可眼下，他真是老老實實地坐著，墨黑的眸子只盯著溫故知瞧。

溫故知很感慨，語氣也跟著放柔：「咱們現在不確定嫂夫人心裡到底還有沒有您，但有小少爺是肯定的，您借著少爺的光，也能讓她心軟兩分。但三爺，您要真想讓她心甘情願跟咱們回京華，就別總端著架子了，今日趙掌櫃別的地兒都沒贏你，但他說話溫和有禮，能讓嫂夫人知道他是為自己好的，這才最重要。」

李景允頗為嫌棄地道：「堂堂七尺男兒，難道要為個婦人卑躬屈膝？」

「倒也不至於。」溫故知擺手，「您心口一致即可。」

這般出生的公子爺，誰沒個傲氣啊，哪肯輕易表露心跡，讓人踩到自己頭上？尤其近兩年他身分越發貴重，都沒拿正眼看過人了，還要去跟她好好說話？

好好說就好好說！

傲氣地抬了抬下巴，李景允抿唇，還是有點沒底。

他很清楚怎麼算計一個人，步步為營，能把獵物逼到自己設好的陷阱裡，頭一回把殷花月騙過來就是如此。可他不清楚該怎麼討一個人的真心。

這比打仗可難多了。

兩輛馬車一前一後骨碌碌地回到了小鎮，溫故知看了一眼前頭的布莊，連忙扶著李景允下車，小聲給他出主意：「嫂夫人身子不好，一路顛簸必定難受，您去把這個藥包給她，她必能知道您是心疼她的。」

墊腰的藥包，溫故知一早準備好的，李景允拎過來，猶豫一二，一拂袖還是往前走了。

有介下意識地想跟上去，卻被溫故知一把抱了起來。

「讓我過去吧。」有介皺著臉道，「爹爹搞不定。」

好笑地點了點他的鼻尖，溫故知道：「你也太看不起你爹了，送個東西而已，有什麼難的？」欲言又止，有介憂心忡忡地看向布莊。

趙掌櫃和花月早到了一會兒，眼下已經進了門，李景允跟著進去，大堂裡卻沒看見人，只迎上霜降那一臉戒備的神情。

「客官還想買點什麼？」她問。

掂了掂手裡的藥包，李景允道：「找你們掌櫃的有事。」

「那您坐這兒等會吧。」霜降皮笑肉不笑地道，「掌櫃的進去更衣了。」

臉色稍沉，李景允問：「那方才還有個人呢，也進去了？」

「客官多慮。」霜降不耐地指了指側邊，「那位去茅廁了。」

李景允沉默。

溫故知在外頭等了一會兒也不見裡頭動靜，便好奇地喊了一聲：「三爺？」

李景允順手把藥包放在客座的方桌上，起身出門問：「怎麼？」

「還沒成？」溫故知探頭探腦。

不耐煩地推他一把，李景允道：「人還沒出來，你急什麼。」

看看他這表情，溫故知直搖頭：「您別這麼嚴肅，會嚇著人的，來，嘴角抬一抬，哎對，姑娘家就喜歡風流倜儻的公子哥，您看這兩年給您磨得，臉上都不見笑了。」

跟著他的動作笑了笑，李景允轉身，保持住這個和藹的面容，抬步跨進布莊。

一進去就看見更完衣的花月和上完茅廁的趙掌櫃一起坐在了客座上。

笑意一頓，李景允還是沉了臉。

他放在桌上的藥包，被那野男人順手拿起來放在花月的椅背上，花月感激地衝他一笑，舒服地靠了上去，兩人低聲交談，如同密友。

深吸一口氣，李景允大步走了過去。

旁邊沒由來地一股涼風襲來，花月轉頭，對上這人一張風雨欲來的臉，下意識地坐直了身子，皺眉問：「您還有事？」

腮幫鼓了鼓，他看向她的身後。

花月立馬把藥包拿了出來：「您想用這個？」

冷笑一聲，李景允看向趙掌櫃：「這是你的？」

趙掌櫃莫名其妙地搖頭：「不是，在這兒放著，在下便以為是店裡的東西，正好殷掌櫃腰不好，便讓她靠著坐……您的？那冒犯了，您拿回去吧。」

花月了然，把藥包往他手裡一放：「沒靠一會兒，應該沒弄髒，趙掌櫃也是一時疏忽，您勿怪。」

「你。」他皺眉，看著趙掌櫃的眼裡有了火氣。

這話說得，他氣的是他拿他東西，又不是氣花月用，本來就是給她用的，趙掌櫃這話一說，殷花月也拿抱歉的姿態對著他，活像他是什麼要借機找茬的人。

「勿怪，您要是實在介意，那這個多少銀子，我賠。」她擋在趙掌櫃面前道。

「……」

這護著別的男人的樣子，可太礙眼了。

捏了捏藥包，李景允僵硬地站在旁邊，片刻之後，沉默地邁出了布莊的門。

「怎麼？」溫故知納悶地看著他，「嫂夫人不收？」

「不是。」

「那您怎麼沒給啊？」溫故知急得跺腳，「又好面子了？」

牙根緊了緊，李景允煩躁地道：「遇見擋路的了，一時沒鬥過。」

溫故知滿臉愕然，有介卻是一臉「我早說了吧？」的表情，掙開溫故知的手，拿過自家爹爹手裡的藥包就道：「還是我來吧。」

現在的大人吶，就是不讓孩子省心。

第97章　同桌吃飯

花月正在小聲同趙掌櫃說話，裙角突然被人拉了拉。

「娘親。」有介喊了她一聲。

花月回頭，連忙低下身子問他：「怎麼了？」

「這個。」他把藥包雙手舉過頭頂，水靈靈的眼睛一眨不眨地望著她，「我做的。」

很是意外，花月伸手把他連帶藥包一起抱進懷裡：「竟然是你做的，怪不得你爹那麼生氣，那你拿著回去找爹爹呀。」

搖搖腦袋，有介拿著藥包塞向她身後：「爹爹說，娘親腰疼，要這個，所以我做的，給娘親用。」

伸手接過藥包放在身後，花月有點怔然，她習慣了釋往的體貼，畢竟是打小帶著長大的，可有介……這孩子性子本就偏冷，加上與她也不算親近，竟也會毫無怨尤地為她著想？

心口有點軟，她抱緊這小孩兒，頗為愧疚地道：「你還這麼小，怎麼會做的？」

有介理直氣壯地道：「問溫叔叔拿了藥材，放進布包，找爹爹縫。」

驟然失笑，花月搖頭：「你爹哪裡會縫東西。」

「他會。」有介道，「他給我縫過衣裳。」

李景允，李三爺，給小孩兒縫衣裳？花月滿眼愕然，下意識地伸手摸了摸這孩子的腦門。

「真的。」他一臉認真，「別人家的小孩都有娘親縫的衣裳，爹爹不肯輸，就也縫。」

雖然只縫了兩隻袖子，雖然那兩隻袖子還長短不一，但那是有介最威風的一件衣裳。

眼裡劃過一絲狼狽，花月抿唇，只覺得心口像是被什麼東西壓著，沉得慌。

對面的趙掌櫃打量著她的神情，忍不住開口道：「這孩子看著就貼心，妳怎麼反倒是傷心了。」

眼尾泛紅，花月悶聲道：「心虧。」

有介越懂事，她越覺得心虧，到底也是自己親生的孩子，與釋往是前後出來的，她斷不該厚此薄彼，小孩兒這麼心疼她，她先前還一心想拿他把釋往換回來，實在是過分。

清官也難斷家務事，趙掌櫃不多問了，只笑著轉開話頭：「待會兒午膳，這小少爺可有什麼想吃的？」

有介看他一眼，有禮地答：「龍飛鳳舞滿堂彩。」

趙掌櫃：「？」

花月哭笑不得地捏了捏他：「小少爺，這小地方沒有大官菜。」

龍飛鳳舞那是京華珍饈閣常有的野味燴菜，拋開手藝不談，用的那些個材料就貴重，這地方吃不到。

皺了皺臉，有介朝趙掌櫃道：「那我自己帶娘親去吃。」

趙掌櫃是想請客吃飯的，被兩歲小孩兒這麼一說，頗有些沒法還嘴。

要是釋往，花月可能就斥他胡鬧了，但有介開了口，她只想依著，便朝對面這人頷首道：「他在鎮上留不了多少天，您見諒，午膳去鎮上小菜館用，記在我帳上便是。」

誰惦記這一頓飯錢啊，趙掌櫃無奈，看殷氏心事重重的，乾脆也就不打擾了，起身告辭。

「不跟那位叔叔去吃，別處也沒得龍飛鳳舞。」花月點了點他的鼻尖，「午膳娘親給你和弟弟做來吃可好？」

眼眸一亮，有介點頭，然後又為難地捏著手指問：「爹爹能來吃麼？」

臉色微僵，花月略微尷尬：「這……」

「爹爹可乖了，會自己做菜，妳可以不搭理他。」有介抿唇，低聲道，「我就是想看看，看看爹娘一起坐著吃飯是個什麼樣子的。」

真不愧是李景允教出來的孩子，這大長句說得，雖然斷斷續續，但十分清晰，清晰得她想裝聽不懂都不行。

沉默良久，花月道：「你爹若是抹得開面子，那就來吧。」

有介一喜，從她懷裡跳下去就往外跑。

午時一刻，花月跟霜降進進出出地端盤擺筷，兩個小孩兒已經在凳子上坐得乖乖的了。

有介瞧著這一桌子少見的菜色，難得地咽了咽口水。

釋往費解地問：「你饞什麼？」

「這些。」有介抿唇，「沒吃過。」

哪怕是行軍，他吃的也是上好的羹肴，哪裡見過豆腐白菜雞蛋羹。釋往是吃膩了的，扁著嘴嘀咕：「不好吃。」

有介狠狠地瞪了他一眼。

釋往覺得很無辜，扁扁嘴想哭，可又怕把娘親招來，只能忍著。

沒一會兒，那個長得好看的大哥哥……不對，聽說是他爹，他爹進門來了，端了兩盤菜，順手放在桌子中間。

釋往撐起身子一看，瞪圓了眼：「又又！」

「是肉。」有介膩味地掃了兩眼那肘子和糯米雞，雖然是入口即化，但他年紀還小，不喜歡吃那麼膩的。

霜降進門來，正好與李景允撞上，神色當即複雜起來。

「這位大人。」她道，「您來歸來，不用還去酒樓端菜，今兒菜夠。」

李景允看了她一眼，抿唇。

有介幫著道：「這是爹爹自己做的，弟弟沒嘗過。」

霜降：「……」

騙人的吧，李景允會下廚？君子遠庖廚，他這樣的人，怎麼可能——

對上有介十分認真的小眼神，霜降把嘴邊的疑惑咽了回去，狐疑地在桌邊坐下。

「前些日子京華傳來消息，說觀山下的亂葬崗刨出許多陪葬寶物。」李景允坐得端正，聲音很輕，「看標記，是前朝的東西，伴著一口楠木棺。」

霜降一頓，臉色驟然發青，拍案而起：「你想做什麼？」

楠木棺材，不是一般人能用得起的，但用得起的人，不會埋在亂葬崗，除非是前朝的老王爺。那是她父王生前就備好的棺材，死後她偷摸藏下的，身上所有的金銀珠寶全放了進去，埋得極深，沒想到還是有被人發現的一天。

平靜地抬眼，李景允看向她：「我讓人遷了地方，重新入了土，妳若有一日還要回去京華，便去看看吧。」

說罷，遞給她一張寫著地方的紙。

霜降愕然，僵硬地伸手接過紙條，打開看了一眼，眼眸微動。

花月做好最後一道菜端進來，就見人已經坐齊。她沒看李景允，只將菜放下，朝霜降道：「動筷吧。」

飛快地收好紙條，霜降抹了把臉，神色複雜地朝李景允抬了抬下巴：「客人先動。」

花月挑眉，頗為意外。霜降是極為不待見李景允的，還以為這一頓飯她一定不會搭理人，沒想到竟挺有禮貌。

李景允也不推辭，拿筷子夾了菜，兩個小孩兒也跟著動起來。

花月是要給釋往餵飯的，有介就老實多了，自個兒拿著勺子吃，李景允只有一搭沒一搭地給他舀雞蛋羹，其餘想吃什麼他自己動手。

桌上沒人說話，氣氛怪悶的，有介吃著吃著就看了自家爹爹一眼，後者皺了皺眉，終於伸筷子給旁邊的人夾了肘子肉。

花月微愣，悶聲道：「您不用客氣。」

「不是客氣。」李景允道，「爺樂意。」

有介聽得搖頭，眼含憤怒地看著他。

「……」緩和了語氣，李景允道，「妳身子太差，吃點肉補補。」

花月看了有介一眼，輕咳著低聲道：「大人，您不必如此，這倆孩子都不傻，做戲不做戲的，看得出來。」

舀了一碗湯放在她手邊，李景允側眼看她：「妳怎麼知道我是在做戲？」

「不是做戲，您還能是上趕著對我好來了？」花月嗤之以鼻。

「嗯。」他點頭。

這答得飛快，連一點猶豫也沒有，反而把花月給說懵了，皺眉看著他，活像見了鬼。

餘光瞥著她的神情，李景允哼笑：「是不是覺得稀奇，像我這樣無法無天目中無人的孽障，竟會跟妳低頭？」

用來說自己的這幾個詞也太精準了，花月忍不住跟著笑：「確實。」

「我也不想低頭。」把蛋羹舀給有介，李景允垂著眼道，「要不是真的喜歡妳，誰願意來找不痛快。」

筷子一鬆，夾著的雞肉「咚」地一聲落進了面前的湯碗裡，濺起兩點湯水，嚇得她半閉了眼。霜降眼疾手快地遞了帕子來，花月擺手，掏出身上帶著的，抹了把臉。

李景允斜眼看著她手裡的方巾，悶聲道：「妳走的時候沒有拿休書，按理說不能改嫁。」

這話哪兒出來的？花月低頭，卻發現自己拿的是先前趙掌櫃給她的帕子，一直揣著，還沒來得及洗乾淨還回去。

她挑眉，又看向他。

李景允臉上沒什麼表情，眼裡的東西卻很複雜，筷子戳著碗裡的豆腐，也不正眼看她。

她突然有點好奇：「那若是我非要改嫁，是不是還得求您寫一封休書？」

然後求他，他就會用各種法子羞辱為難她，老招數，她很熟悉。

戳著豆腐的筷子頓了頓，李景允側過頭來，一雙眼幽深得帶了怨：「不用。」

「妳若真想另嫁，休書我給妳寫。」

不可思議地瞪大眼，花月左右看了看他，很想去摸摸他臉上是不是有人皮面具。三爺哪會這麼寬宏大量啊？

「但是。」他又開口。

一聽這個但是，花月反而放心了，她就說麼，這人詭計多端，哪會那麼輕易饒了她。坐直身子，她認真地等著他的下文。

李景允看著她，眼裡硬邦邦的東西一點點化開，聲音也跟著軟了些：「但是，妳要另嫁之前，能不能……」

「能不能再多想想？」

第98章　夢境

想什麼？

花月有些沒反應過來，霜降卻是聽懂了，柳眉輕撇：「你們大梁的律法，為人妻妾兩年不歸府邸，等同被休棄，還用得著什麼休書？主子傻，您也不能拿這個來蒙人。」

這麼一說，花月回過神了。也是，她現在與他已經沒什麼干係，就算是要再嫁，也用不著過問他。

調整好情緒，她一邊夾菜一邊道：「您且放心，暫時沒這個打算。」

捏著筷子的指節有些泛白，李景允閉了閉眼。重點不是這個，重點是他在給她服軟，可她好像聽不出來，輕飄飄兩句話就又岔開了去。

怎麼辦？他看向旁邊的有介。

有介正吃著豆腐羹，吃高興了，頭也沒抬。

哪有大人向兩歲小孩兒求助的？他咬牙。自己的事還得自己辦，萬事開頭難，這都開了頭了，沒道理半途而廢。

定了定神，李景允夾了菜送進嘴裡。

這一頓飯吃得花月渾身不舒坦，飯後一下桌子就抓著霜降問：「他們要在這附近停留多久？」

霜降想了想：「班師回朝是定了日子的，左右不能拖延過五日，否則就有不忠之嫌。他們駐紮在此地也許有別的事要忙，但應該不會太久，您且忍忍，忙活著把香囊的單子完成就是。」

花月嘆了口氣。

這世上最難面對的就是自己愛過的人，若說無動於衷，那不可能，但若要像以前一樣怦然心動，她又不是記吃不記打。

一看見這人，什麼舊事都能想起來，好的壞的，在腦子裡一起翻湧撕扯。偶爾也有那麼一絲想依靠的衝動，但念起這人無情的時候，又覺得何必浪費這一腔熱血重蹈覆轍。

兩年過去了，李景允還是這麼豐神俊朗，眉目含英，一眼就能讓她想起當年練兵場上看見的那個模樣。但他身上的傲氣是只增不減的，一開口也能讓她想起生釋往和有介那天的無助和茫然。

也許每個人的一生裡都會遇見這麼個劫數吧，忘記了怪可惜的，可要是去記掛，又有些膈應。將自己埋在一堆布料裡，花月想，忙活兒也是個好事情，把這段日子忙過去也不錯。

然而，李景允好像無處可去似的，成天就在她身邊。她一抬眼就能看見他，或站或坐，端茶看書，沒往她這邊看一眼，但就是不走。

花月有些沉不住氣，霜降卻懶洋洋地道：「隨他去，畢竟是客官，人家定的單子，來看著點也沒什麼不對。」

是她太敏感了？花月嘀咕兩聲，看看霜降臉上坦蕩的神色，埋頭繼續幹活。

刺繡是個累人的事，哪怕她們把布莊暫時關了，沒日沒夜地繡，一天也只能繡二十來個，尤其殷花月這身子，捱不過亥時就會睡過去。

霜降很體貼，每回她睡著，第二天起來都在床上，旁邊放著霜降替她繡好的香囊。花月很過意不去，拉著她道：「妳到了時辰就跟我一起睡吧，總不能老累著妳。」

「沒事。」霜降移開目光，含糊地道，「也不是很累。」

這麼多香囊一個人繡，哪能不累呢，花月心裡有愧，幹活就更快了些，但一到亥時，她還是睜不開眼了。

就靠在桌上小憩片刻吧，她想，瞇一會兒就繼續繡。

霜降看了她一眼，以為她睡著了，一如既往地沒有打擾她，大概是想等她睡熟些，再扶她上床去。

花月閉著眼欣慰地想，餘生有霜降這樣的人陪著，也不是不能過。

然而，一炷香之後，門突然響了一聲。

花月睜開眼，就見霜降起身去開門，門外進來一股夜風，夾雜著一股子熟悉的味道。

心神一動，她飛快地又閉上了眼。

霜降沒跟來人說話，轉身又回到了桌邊繼續繡花。那人慢悠悠地走到她身邊，俯身將她抱了起來。

練武的手就是穩啊，花月想，如同在京華時某個抱她回府的夜晚，她若不是醒著，絕對察覺不到自己在被抱著走。

這人極為小心地把她放上床，拉了被子來一點點給她掖好，動作溫柔得不可思議。

「繡不完了。」霜降聲音極輕地道，「您意不在此，就把這單子轉出去，別累壞了人。」

「給別人，她樂意？」李景允問。

霜降沒答話，應該是也知道布莊需要這生意糊口，但片刻之後，她還是耐不住性子地道：「當年輕賤人的是您，眼下巴巴地來討好的也是您，玩的這是什麼路數？」

「沒有。」

「您看看您現在這做派，不是討好人的路數？」

屋子裡安靜了片刻，李景允的聲音又輕又無奈：「爺的意思是，當年沒有輕賤人。」

「呸！」霜降狠狠地啐了一口。

這聲兒大了些，花月下意識地跟著動了動，屋子裡兩個人像是察覺了，紛紛噤聲，沒一會兒，腳步聲就往外去了。

門「吱」地一聲半攏住，花月睜開了眼。

她沒想到李景允會在這個時候過來，而且看霜降那見怪不怪的模樣，好像也不是頭一次。

兩人站在屋外房檐下，聲音還是壓得很輕。

「您真以為誰都是傻子？心上擱著人的才是傻子，不擱的時候都是人精，您那一樁樁一件件的風流事，用在這地方聽我掰扯？」

「年少輕狂。」

被這輕飄飄的四個字噎了一會兒，霜降冷笑：「那您現在就是活該。」

「沒有要避罪的意思。」

「話說在前頭，咱們如今只是平民百姓，您手裡的螻蟻，您非得這麼著我攔不住，但您別仗著權勢壓人。就這麼些日子，您討得來寬恕便討，討不了就走。」
「可以。」
霜降皺眉盯著他看了好一會兒，確定他沒瘋，才一臉納悶地推門回屋。
花月在床上睡得純熟，她看了一會兒，搖頭繼續繡香囊。
有介和釋往玩得越來越熟，兩人最近都是同進同出，同吃同住，她們忙著活兒，孩子就在院子裡同李景允玩。偶爾釋往撒個嬌，李景允就會把他舉過頭頂，逗得他咯咯直笑。
花月在繡花的間隙抬頭看了一眼，正好看見釋往朝李景允伸出兩隻小嫩手，胖胖乎乎的，在光裡有些透紅。
「娘親。」有介拉了拉她的裙擺，捧著一張紙朝她遞過來，「這個字唸什麼？」
回神低頭，花月咋舌：「你怎麼就開始認字了？」
有介皺著小臉道：「會背，但是不認識字。問爹爹的話，他要笑我笨。」
「……」兩歲背詩的孩子還笨的話，別家的孩子活不活了？
花月很不能想像李景允的教導方式，但還是低頭教他：「這是鵝，大白鵝的鵝。」
有介展顏一笑，拿著紙就朝李景允跑了過去。
恍然一瞬，花月覺得自己看見了小時候的父皇母后，兩人也是這麼在庭院裡，一個站著逗小孩兒，一個坐著繡花，她朝母后跑過去，總能看見她臉上溫柔得不像話的笑意。
她好久沒有夢見過父皇母后了。

大概是日有所思，當天晚上照舊被人抱上床之後，花月沒來得及聽李景允和霜降碎嘴，就陷入了夢境。

夢裡的母后招手讓她過去，摸著她的頭髮問：「妳院子裡的花是不是開了？」

「是啊。」她乖巧地答。

「小孩兒可還康健？」

「都活潑著呢，倆孩子性子不一樣，但都體貼懂事，等長大了，會有出息。」她趴在母后的膝蓋上碎碎唸，「您二位打小就讓我以後好好過日子，我也算不負期望。」

摸著她的手一頓，母后笑著問：「真的過好了？」

喉嚨莫名有點堵，花月梗著脖子點頭：「嗯，過好了。」

夢醒之後，她眼角有點溼，怔愣地看著床帳上的花紋出了許久的神，才又起身下床。

霜降說得沒錯，班師回朝的大軍是不能在這裡耽誤太久的，沒過幾日就傳來了拔營的消息，鎮上不少人還去送軍了。

可是，不知道為什麼，她買了菜回到布莊，還是一如既往地看見了李景允。

他換了一身青珀色的長衫，眉目清淡地回頭，不像戰場上下來的，倒又像當年將軍府裡任性的公子爺。

「不是商量好了等剩下的香囊做好就托人送去京華？」她開口。

李景允定定地看了她一會兒，點頭：「嗯。」

「那您為何沒有隨軍動身?」

「有介說不想走。」他道,「他想多留一陣子,我便在這兒多陪些日子。」

有介和釋往太親近,的確是難捨難分,她也為某一天這兩人要分開而發過愁,他這麼說,她自然也不會趕人。

只是……

「大人。」花月放下菜籃,「您如今的地位,要什麼樣的女人都有。」

「嗯。」他冷淡地點頭,「這不用妳說。」

「既然如此,何不往前看?」

「妳何處覺著爺沒有往前看?」

深吸一口氣,花月抬起自己的手,這人的手就在這光天化日之下搭在她的手腕上,指節分明,想忽略是不可能的。

李景允垂眼,看向她手背上的血痕,抿了抿唇。

「哪兒弄的。」

花月很無奈:「大人,平民百姓過日子,少不得有磕磕碰碰,集市上買菜,人都挎著籃子,轉身勾扯出點痕跡實在尋常。」

第99章　今兒是個好日子

李景允不說話了，拉著她的手倒是沒鬆，一路進得主屋去，翻出藥水來給她洗傷口。

背脊發麻，花月掙扎了兩下：「不必。」

就一條血痕，破了點皮。

李景允沒聽，扯了老長一塊白布，在她手上纏了三圈。

嘴角抽了抽，花月舉著粽子似的手，直搖頭。公子爺就是公子爺，尋常百姓過日子，哪有這麼大驚小怪的。

包都包了，她也懶得拆，起身就去廚房準備做飯。

身後這人亦步亦趨地跟著她。

「大人。」她有些煩，「您這是何意？」

「不能跟？」他挑眉。

「您是大人，您愛去哪兒去哪兒。」花月回頭看他，「但您總跟著我有什麼意思，大丈夫行寬道不走小巷，何況尾隨於婦人？」

「爺樂意。」

最後這三個字一點也不衝，倒莫名帶了些孩子氣，花月擰眉望向他的眼睛，卻發現裡頭沒了先前的暗流洶湧，只剩一片靜謐如湖水的東西，任由她尖銳地看進去，也沒有絲毫防備和反擊。

她看得有點怔愣。

這是硬的行不通，打算同她來軟的？花月覺得好笑，這位爺可真是不會哄人，就算是使軟手段，也沒有他這樣的，光跟著有什麼用？況且，也跟不了太久，他總是要回京華的。

邊關平定，大軍回朝，周和瑉即將登基，這場面怎麼也不可能少了李景允，他該封侯拜相，受萬民敬仰了。

這麼一想，花月心裡就輕鬆多了，任由他四處跟著，只當他不存在。

於是，鎮上的人都慢慢發現，新來的那位大人對殷氏布莊的掌櫃有意思，跟進跟出，絲毫不避諱閒言碎語。有他在，地痞流氓再也沒去布莊找過麻煩，就連收稅的衙差，路過布莊也沒停下步子，跑得飛快，還是那掌櫃的追去衙門，主動交稅銀。

有人說這掌櫃的是攀上高枝了，布莊說不準什麼時候就得盤出去，跟著人享清福去。

可是，日子過了一天又一天，布莊開得好好的，那位大人也依舊只是跟著掌櫃的轉悠。

花月已經從一開始的不自在變得習以為常了，早起開門就能看見他，出門買菜有他，回來做飯有他，帶孩子出去散步有他，在燈下幹活兒也有他。

她也有生氣的時候，堵著門問他：「您能不能放過我？」

李景允低頭看著她，聲音裡還帶著昨兒熬夜看文書的沙啞：「那妳放過我了嗎？」

胡說八道，她怎麼就沒放過他了？花月黑了臉，掰著手指頭給他數：「您要的孩子，我給沒給？」

「您膩了我了，在外頭風流，我管沒管？」
「孩子生了，你府上主母之位，我讓沒讓？」
「我這都叫不放過你，那什麼才叫放過你？！」
越說嗓門越大，殷掌櫃在被李大人尾隨的第十天，終於失去了往日的鎮定和平靜，衝著他咆哮出聲：「你做人講不講良心！」
眼眸微動，李景允看著她，喉結上下一哽。
「我要是真的不要良心，妳現在就該被關在京華的大宅院裡。」
眼尾有些發紅，他半闔了眼，輕聲道，「我是個什麼人妳還不清楚，口不對心，言不由衷，我說要孩子，妳就真只給我留個孩子，我說膩了妳了，妳就不能聽話來跟我低個頭。」
花月氣得胸口起伏，一掌就想拍過去。
手腕被他抓住，慢慢地分開手指，握在掌心。
李景允軟了語氣：「很多不肯低頭的人，都折在爺手裡了。但在妳這兒，妳實在不肯低，那便我來低，低到妳肯像這樣同我算帳為止。」
冷漠是比怨懟更可怕的東西，這麼些天，他最擔心的不是她討厭他，而是她始終不肯與他開口，幸好，幸好她心裡還有怨氣，那就還有得救。
手飛快地抽了回去，花月冷著臉道：「您別以為這樣就算完。」
「好。」他應，「咱們不完。」

「誰跟你不完，完蛋了，早完蛋了！」她叉著腰道，「你棲鳳樓裡那能歌善舞的姑娘最喜歡唱的是《別恨生》吧？那天就你一個客人，坐在上頭聽人家衣衫半敞地唱，記得詞嗎？」

想也不想地搖頭，李景允道：「不記得。」

撇清倒是快，花月皮笑肉不笑地道：「您不記得我記得啊。」

「朝暮與君好，風不惜勁草。寧化孤鴻去，不學鴛鴦老。」

她學著那姑娘的模樣，捏著袖口半遮了眼，朝他媚氣地抬頭。

李景允看得低笑：「哪兒學來的。」

板回一張臉，花月道：「當時我就在您隔壁站著，站了半個時辰。」

「……」心裡一緊，李景允拉住了她的衣袖，頗為不安地掃了一眼她的臉色。

「您安心吧，這才哪兒到哪兒，諸如此類不勝枚舉。」她拂開他，扭身朝外走，「我勸您是別白費功夫了，我屬狗的，記仇。」

水紅色的裙擺在風裡一揚，毫不留情地往走廊盡頭飄去，李景允怔愣地看著，嘴唇有些發白。

「爹！」有介和釋往躲在牆角看著，焦急地喊了他一聲。

他回神，扭頭看過去，就見兩個小團子拚命朝他打眼色。

追啊，愣著幹什麼！

收斂心神，李景允抿唇，大步朝著前頭那影子追上去。

「難啊。」溫故知站在後頭，唏噓地搖頭，「太難了。」

徐長逸納悶：「你不是說，只要他們肯吵架，就離和好不遠了？」

「我又不是說和好難。」溫故知哼笑，看著三爺的背影道，「我是說，三爺以後的日子若還想翻身，那可就太難了。」

感情之中，從來是捨不得的人落下風，三爺先前也捨不得，但他不肯表露，嫂夫人自然拿捏不住。這回可好，一腔軟肋都遞上去，只能任人宰割了。

不過，他喜歡這樣的三爺，鮮活又有趣，不像在戰場上的那個人，漠然得好幾回都不拿自己的命當命。

「咱們得回去了吧？」徐長逸看了看天色，「得提前回京華幫忙打點，軍功赫赫，正是功高震主的時候，別讓人抓了小辮子才好。」

溫故知白他一眼，道：「三爺想的可比你遠多了。」

城裡好幾處樓閣已經悄悄易了主，幾封密信往御書房一送，周和瑁也該明白李景允是個什麼態度。沒有君主會忌憚一個人沒回朝就把兵符交了的將軍，也沒有將軍有李景允這樣的魄力，絲毫不怕上頭兔死狗烹。

周和瑁試穿了新做好的龍袍，臉上沒幾分歡喜。他站在空蕩蕩的大雄寶殿裡，目盡之處，覺得都是無趣的凡人。

他很想問問當年那個藏花生酥的姑娘現在的日子過得怎麼樣，不過眼下的身分和地位，已經是不能再開這個口的了。

「陛下。」心腹恭敬地道，「李大人有密函送來。」

這人是個有趣的，可惜一直不肯回京，周和瑨捏著密函就猜了猜他會說什麼，是想要他封侯，還是想要兵權？

然而，打開密函，裡頭夾了一幅畫。

畫上的姑娘三兩筆勾勒，十分溫婉動人，她倚著旁邊高大的男子，身邊還帶著兩個活潑可愛的孩童。

背景是一片樸實的青瓦低簷。

周和瑨瞇眼，看了好一會兒，忍不住罵了一聲。

真是個孽障。

掃了一眼長信，他哼了一聲，將信放在宮燈裡燒了，然後把畫捲了捲，塞進了衣袖。

京華的秋天一點也不漂亮，蕭瑟冷清，可江南的秋天不同，到處都是山水美景。

蘇妙躺在畫舫裡，拿著剛送來的信看著，樂不可支。她枕的是沈知落的腿，那人一身清冷地看著畫舫外的景色，手卻護著她的腰身，怕她掉下去。

「你能像我表哥這樣嗎？」蘇妙揚著信紙笑彎了眼，「我表哥竟然把棲鳳樓關了。」

沈知落哼笑：「有錢不賺，傻子。」

「他才不傻呢，錢賺得夠多了，接下來就是該追媳婦的時候。」蘇妙撫掌，「你要是給我放一晚上的煙花，我也原諒你，怎麼樣？」

眉心微攏，沈知落低頭，看向她微凸的小腹。

「我以為在妳發現當年給妳看診的大夫是個庸醫的時候，妳已經原諒了我。」

「那不行，我表哥都要經歷九九八十一難，你憑什麼立地成佛啊，我多虧得慌？」她不依不饒地拉著他的衣袖。

這等胡攪蠻纏，沈知落向來是不理她的，蘇妙也只是圖個自己鬧著好玩。

然而，片刻之後，這人竟然「嗯」了一聲。

蘇妙睜大了眼。

碧綠的水從畫舫邊湛藍的花紋上飄過，隨著風蕩出千百里，岸堤楓葉正紅，端的是人間好個秋。

花月寄出去的信，很快收到了回音，蘇妙隨信給她帶了兩片江南紅楓。李景允對這種微薄的禮實在是嗤之以鼻，不過他孩兒的娘親喜歡，他也就夾在書裡，替她收好。

兩人坐在屋子裡，一個看書，一個繡花，孩子在庭院裡打鬧，鬧累了，有介便跑回來，朝她懷裡一倒。

身上帶著一股子香氣，花月聞見了，摸了摸他的腦袋：「桂花又開了。」

很多年前，她也是這麼撲在莊氏的膝蓋上的，莊氏溫柔地低頭，心情甚佳地道：「今兒是個好日子。」

記憶裡故人的聲音和自己的聲音遙遠地重合做一處，從窗口飄出去，繞在滿院盛開的秋花上，彷佛又是一個故事的開頭。

（全文完）

Instagram Plurk

國家圖書館出版品預行編目資料

不學鴛鴦老（下） / 白鷺成雙 著 . -- 第一版 . --
臺北市 : 未境原創事業有限公司 , 2025.02
面；　公分
ISBN 978-626-99199-6-3(下冊 : 平裝)
857.7　　114000233

不學鴛鴦老（下）

作　　者：白鷺成雙
發 行 人：林緻筠
出 版 者：未境原創事業有限公司
發 行 者：未境原創事業有限公司
E-mail：unknownrealm2024@gmail.com
地　　址：台北市中正區重慶南路一段 61 號 8 樓
8F., No.61, Sec. 1, Chongqing S. Rd., Zhongzheng Dist., Taipei City 100, Taiwan
電　　話：(02) 2370-3310　　傳　　真：(02) 2388-1990
印　　刷：京峯數位服務有限公司
律師顧問：廣華律師事務所 張珮琦律師
總 經 銷：聯合發行股份有限公司
地　　址：新北市新店區寶橋路 235 巷 6 弄 6 號 2 樓
電　　話：(02)2917-8022

定　　價：350 元
發行日期：2025 年 02 月第一版